Amanda Cross:
In besten Kreisen
Kriminalroman

Deutsch von Monika Blaich und
Klaus Kamberger

Deutscher
Taschenbuch
Verlag

dtv

Von Amanda Cross
sind im Deutschen Taschenbuch Verlag erschienen:
Albertas Schatten (11203)
Gefährliche Praxis (11243)
Eine feine Gesellschaft (11513)
Schule für höhere Töchter (11632)
Tödliches Erbe (11683)

Ungekürzte Ausgabe
März 1991
4. Auflage April 1993
Deutscher Taschenbuch Verlag GmbH & Co. KG,
München

Titel der amerikanischen Originalausgabe:
›The James Joyce Murder‹

Umschlaggestaltung: Celestino Piatti
Umschlagbild: Rotraut Susanne Berner
Gesamtherstellung: C. H. Beck'sche Buchdruckerei,
Nördlingen
Printed in Germany · ISBN 3-423-11348-0

Inhalt

Prolog

Der ›Ulysses‹ von James Joyce ist – das weiß heute eigentlich jeder – ein dicker Roman, der einen einzigen Tag in Dublin beschreibt: den 16. Juni 1904. Am 16. Juni 1966, also genau zweiundsechzig Jahre später, machte sich Kate Fansler zu einem Treffen der James-Joyce-Gesellschaft auf, die alljährlich ihren »Bloomsday« beging.

Kate nahm eine Haltung an, von der sie hoffte, sie sei Joyce und dem Anlaß angemessen, und ihr fiel ein, daß sie Gotham Book Mart, den Sitz der James-Joyce-Gesellschaft, fast genau zu der gleichen Tageszeit erreichen würde, zu der Leopold Bloom, der Held des ›Ulysses‹, den Sandymount Beach entlanggewandert war. »Und wenn ich nur einen Funken Verstand hätte«, dachte Kate, »dann wäre ich jetzt selber irgendwo am Strand.« Aber da sie Nachlaßverwalterin der Papiere Samuel Lingerwells geworden und auf diese Weise unverhofft Zugang zu der literarischen Korrespondenz von James Joyce bekommen hatte, hielt sie es nur für recht und billig, an der abendlichen Feier teilzunehmen.

Der Gotham Book Mart liegt an der 47. Straße West in New York und empfängt die Mitglieder der James-Joyce-Gesellschaft in einem Hinterzimmer des Ladens. Kate war einigermaßen überrascht, wieviele Männer anwesend waren – nicht etwa nur berühmte Joyce-Forscher, sondern junge Männer von der Sorte, die man zuallerletzt bei Treffen von literarischen Gesellschaften erwartete. Aber der Grund dafür lag gar nicht so fern. Sie schrieben gerade an ihren Dissertationen über Joyce und hofften, hier einen geheimen, bislang unentdeckten Zugang zum Labyrinth seiner Werke zu finden, der ihnen akademische Ehren sichern würde. Schließlich war es Joyce neben seinen anderen magischen Kräften inzwischen gelungen, Wissenschaftlern in den Vereinigten Staaten zu akademischen Ehren zu verhelfen.

Kate war kein Mitglied der James-Joyce-Gesellschaft, aber der Name von Samuel Lingerwell verschaffte ihr den Zugang und eine Begrüßung samt einem Glas jenes

Schweizer Weines, den Joyce besonders gemocht hatte. Eines ist verdammt sicher, dachte Kate nach einer Weile, wenn ich mir einen Studenten höheren Semesters aussuche, der mir bei den Lingerwell-Papieren hilft, dann muß der möglichst wenig mit Joyce, Lawrence oder sonstigen modernen Schriftstellern am Hut haben. Jemand, der sich nicht der literarischen Hinterlassenschaft des lieben Sam annimmt, um seine eigene Karriere zu fördern. Eher ein Jane-Austen-Verehrer. Einer, der von ihr als »Jane« spricht. Ich werde Grace Knole bitten, mir einen geeigneten Kandidaten zu empfehlen.

Womit erklärt wäre, wieso Emmet Crawford den Sommer in Araby verbrachte.

Die Pension

»Kate«, sagte Reed Amhearst und fädelte seine langen Beine aus dem kleinen Wagen. »Um Himmelswillen, was machst du ausgerechnet hier? Falls du dich entschlossen hast, dich dem Landleben hinzugeben, dann solltest du so nett sein, mir das schonend beizubringen. Es war ein ziemlicher Schock, aus Europa zurückzukommen und festzustellen, daß du dich hier auf einem verlassenen Hügel in den Berkshires eingerichtet hast. Was ist mit der Kuh los?«

Bevor Kate antworten konnte, kam eine rote Katze um die Hausecke gesaust, hitzig verfolgt von einem braunen Hund. »Die Fauna hat hier noch mehr zu bieten«, sagte Kate in, wie sie hoffte, versöhnlichem Ton. »Komm herein und erzähl mir alles über New Scotland Yard. Die Kuh brüllt nach ihrem Kalb.«

»Hat sie es verloren?«

»Man hat es ihr weggenommen; in ein, zwei Tagen hat sie es vergessen. Wie war es in England?«

Reed folgte Kate in den riesigen Wohnraum mit gewölbter Decke, an dessen einem Ende ein paar Sessel um einen ausladenden Kamin gruppiert waren. Etwas, das ganz nach einer Bar aussah, stand daneben. Reed bewegte sich gerade gemessenen Schrittes auf den Kamin zu, als ein schmächtiger Junge eine Treppe, die Reed nicht bemerkt hatte, heruntergeschossen kam und in der Mitte des Raumes landete. Reed erwog die Möglichkeit, ihn wieder zurückzubefördern, und nahm widerstrebend Abstand davon.

»Ich möchte wissen, ob du das beantworten kannst«, sagte das schmächtige männliche Geschöpf, ohne Reed zu beachten. »Was geht schneller, Verbluten oder Erstikken?«

»Ersticken, würde ich annehmen«, riet Kate. Reed sah fasziniert zu.

»Falsch, falsch, falsch. Ich habe gewußt, daß du das nicht weißt. Paß auf«, sagte der Junge und ließ an dieser Stelle merken, daß auch Reed davon profitieren könnte,

»wenn ein Mensch ertrinkt und ein anderer aus seiner verletzten Schlagader blutet, dann muß man sich als erstes den blutenden Mann vornehmen. Es dauert neun Minuten länger, bis man an Sauerstoffmangel stirbt, als bis man verblutet. Machst du mit mir ein paar Netzwürfe, Kate?«

»Im Augenblick bin ich beschäftigt«, sagte Kate. »Wo steckt William?«

»Streitet sich mit Emmet über einen Kerl namens James Joyce.«

»Also, dann sag William mal, er soll aufhören, über James Joyce zu diskutieren, und lieber ein paar Netzwürfe mit dir machen. Deinen Aufsatz hast du fertig?«

»In Ordnung, ich hole mir William«, antwortete der Junge und verschwand mit einer Geschwindigkeit, deren Ursache wohl in der Abneigung lag, sich weiter über den Aufsatz zu verbreiten.

»Kate ...« begann Reed.

»Setz dich«, sagte Kate. »Ich hole dir einen Drink und versuche, dir die ganze Sache zu erklären.«

»Ich habe nur ein paar Tage Zeit«, antwortete Reed und setzte sich. »Und dies klingt so, als dauerte es bis zum Sankt-Nimmerleins-Tag. Warum hast du mir nicht erzählt, daß du aufs Land ziehst? Was ist das für ein Junge? Wer ist William? Wer ist Emmet? Mal ganz zu schweigen von der in ihren mütterlichen Gefühlen verletzten Kuh, der feuerroten Katze und dem Hund, der ihr hinterherhetzt. Und wer ist James Joyce?«

»Du wirst doch wohl wissen, wer James Joyce ist?«

»Wenn du den irischen Autor mehrerer unverständlicher Bücher meinst, den kenne ich. Aber angesichts der außergewöhnlichen Aspekte dieses Etablissements könnte es sich auch um den Gärtner handeln. Mein Gott, nun setz dich her und erkläre. Ich war nur sechs Monate in England, und nun finde ich dich so verändert, verwandelt und verklärt vor.«

»Das letzte hast du nur gesagt, damit es gut klingt.«

»Ich habe allerdings niemals damit gerechnet, dich mit einem kleinen Jungen unter ein und demselben Dach wohnen zu sehen. Wie alt sind Emmet und William?« fragte Reed, als sei ihm plötzlich der furchtbare Gedanke gekommen, Kate hätte sich zur Betreuung größerer Gruppen kleiner Jungen hinreißen lassen.

»Mitte oder Ende zwanzig, nehme ich an. William Lenehan ist Leos Hauslehrer (du weißt, der mit den verschiedenen Todesarten), und Emmet Crawford arbeitet für mich ein paar Unterlagen durch. Die Katze gehört Emmet und der Hund dem Gärtner, der nicht James Joyce heißt, sondern Mr. Pasquale. Die Kuh gehört dem Bauern und Nachbarn, der unser Land bestellt. Leo ist mein Neffe. Zum Wohl.«

»Also, trotz einer dreistündigen Autofahrt, auf die ich nicht vorbereitet war, und einer Umgebung, die ich mir für dich nicht im Traum hätte vorstellen können, ist es schön, dich zu sehen, Kate.«

»Danke gleichfalls. Unter den gegebenen Umständen gehe ich sogar das Risiko der Übertreibung ein und sage dir, du bist eine Freude für meine entzündeten Augen.«

»Du hast einfach den Anblick all dieser Kühe satt; ich fühle mich nicht gerade geschmeichelt. Ich habe dich vermißt, Kate. In England dachte ich die ganze Zeit ...«

»Kate«, unterbrach ihn ein junger Mann, der in der Tür auftauchte. »Wenn dieser Frau der Zutritt zu diesem Haus weiterhin gestattet ist, werde ich um meine Entlassung bitten müssen. Widerstrebend, da können Sie sicher sein, denn es handelt sich um eine faszinierende Sammlung. Da gibt es einen Brief – aber ich vertrage es nicht, daß diese Frau über mir hängt, als wäre ich ein Pudding, um diese oder jene außerordentlich interessante Neuigkeit über Sie wie Rosinen aus mir herauszupikken.«

»Emmet, Sie sollten wissen, daß Leute vom Land so unheilbar neugierig sind wie Katzen. Nur Städter sind in der Lage, ihre Nachbarn zu ignorieren. Erzählen Sie Mrs. Bradford, daß Leo mein uneheliches Kind ist, daß ich seinen Vater ermordet habe und daß ich hier meine Kolonie der Lustknaben aufbaue, weil ich eine neue Religion gründen will. Das dürfte ihr für eine Weile die Sprache verschlagen.«

»Das einzige, was dieser Frau die Sprache verschlagen kann, ist eine Kugel in den Kopf, und selbst dann wird sie aus reiner Gewohnheit die Lippen noch weiterbewegen. Als Entschuldigung für ihr Erscheinen bringt sie übrigens vor, daß sie sich etwas Essig ausborgen möchte.«

»Kann Mrs. Monzoni ihr nicht Essig geben?«

»Mrs. Monzoni würde Mary Bradford nicht einmal ein gebrauchtes Papiertaschentuch leihen. Vielleicht gehen Sie einmal hin und versuchen, mit ihr fertig zu werden. Am besten erzählen Sie ihr, daß ich gerade zehn Jahre wegen Kannibalismus gesessen habe und unberechenbar bin.«

»Na gut. Reed, darf ich dir Emmet Crawford vorstellen? Mr. Reed Amhearst.« Kate ging sichtlich widerstrebend hinaus, umhüllt von Emmets offensichtlichem Mitleid.

»Wer ist Mrs. Monzoni?« fragte Reed.

»Die Köchin. Haben Sie die Korrespondenz zwischen Joyce und seinem englischen Verleger aus dem Jahre 1908 gelesen? Es ist wirklich unglaublich. Stellen Sie sich vor, ›Dubliner‹ galt als obszön, weil Edward VII. darin nicht gerade als Ausbund der Tugendhaftigkeit dargestellt wird und an zwei Stellen das Wort ›verdammt‹ vorkommt. Natürlich hat Lingerwell sich darüber hinweggesetzt, mutig, wie er war. Er hat auch das ›Porträt des Künstlers als junger Mann‹ gemacht.«

»Wollen Sie damit sagen, daß er Maler war?«

»Wer?«

»Lingerwell.«

»Maler? Wieso, um Himmels willen, sollte ein Maler das ›Porträt‹ veröffentlichen?«

»Ich habe nicht die leiseste Ahnung, Mr. Crawford, und außerdem das unselige Gefühl, nichts von dem verstanden zu haben, was ich gehört und gesehen habe, seit ich auf diesen reichlich steilen Berg gekommen bin ...«

»Ich möchte wetten, im Winter ist das ...«

»Offen gesagt – es interessiert mich überhaupt nicht, wie es hier zur einen oder anderen Jahreszeit aussieht. Ich versuche nur zu verstehen, wovon Sie reden. Das ›Porträt‹ stammt von Joyce, wie konnte es dann ein Verleger *machen*?«

»Sind Sie nicht von der Kongreßbibliothek?«

»Ganz bestimmt nicht. Ich bin von der Bezirksstaatsanwaltschaft in New York, falls mein Beruf für dieses außergewöhnliche Gespräch von Bedeutung sein sollte.«

»Tut mir leid. Die Leute von der Kongreßbibliothek haben uns regelrecht die Tür eingerannt. Wollen Sie hier jemanden festnehmen?«

»Ich bin gekommen ..., also, ich habe gehofft, ich käme, um jemanden zu besuchen. Ich bin ein Freund von Miss Fansler.«

»Da wird Kate sich freuen. William und ich reden ständig nur über theologische und nichttheologische Hermeneutik, und Leos Gesprächsstoff bewegt sich zwischen Basketball und den grausameren Aspekten der Ersten Hilfe. Alsdann, ich darf annehmen, daß Mary Bradford wieder abgezogen ist, und ziehe mich wieder zu meinen Aufgaben des Odysseus zurück. Wir sehen uns beim Dinner.« Er wanderte hinaus und ließ einen Reed zurück, der zwischen den jeweils relativen Vorteilen eines weiteren Drinks und einer sofortigen Abreise schwankte. Mit Kates Rückkehr neigte sich der Zeiger eindeutig in Richtung Drink.

»Sie ist fort«, sagte Kate, »aber nicht, ohne eine Flasche Essig mitgenommen, zuvor ihr maßloses Entsetzen über den doppelt so hohen Preis von Weinessig im Vergleich zu normalem ausgedrückt und mich gefragt zu haben, ob ich ihr das Haus für eine Teestunde ihres Gartenclubs überlasse. Außerdem hat sie mich wissen lassen, daß sie mehr zu tun hat als jeder andere Mensch auf der Welt, und mit kaum verhüllter schmutziger Phantasie gefragt, was für eine Rolle die beiden jungen Männer wohl in meinem Haushalt spielen. Ich habe meine Illusionen über den Charakter der Landbevölkerung ziemlich verloren. Ich glaube inzwischen, Wordsworth hat, nachdem er aufs Land gezogen war, mit niemandem außer Dorothy und Coleridge gesprochen, und vielleicht noch ab und an mit dem Blutegel-Sammler. Erzähl mir von England.«

»Kate! *Was machst du hier?*«

In dem Augenblick brach draußen ein Geheul los, als stürze sich ein Rudel Wölfe auf seine Beute. »Ich werde nicht fragen, was das bedeutet«, sagte Reed erschöpft.

»Ich nehme an«, sagte Kate und ging gemächlich ans Fenster, »das ist das Araby Boys' Camp, das zum Würstchen-Fassen antritt. Reed, hast du Lust, mich zum Dinner auszuführen in ein nicht sehr reputierliches Freß- und Bumslokal in der nächsten Stadt? Zur Warnung muß ich allerdings sagen, daß dort ununterbrochen die Musicbox spielt, aber was außerdem passiert, kann man leichter ignorieren.«

»Ich hätte mir nie träumen lassen«, sagte Reed und führte Kate entschlossen aus dem Zimmer, »daß ich mich einmal auf eine Musicbox freuen würde wie auf den Gesang der Sirenen.« Reed schloß auf Kates Seite die Tür des Volkswagens auf, ging auf die Fahrerseite und faltete seine Beine wieder zusammen, bis sie unter das Lenkrad paßten. Er wendete den winzigen Wagen und raste die steile Straße in einem solchen Tempo hinunter, daß Kate die bewundernden Blicke unzähliger in Ehrfurcht erstarrter Knaben auf ihrem Rücken geradezu spüren konnte.

»Wieso hast du eine Pension aufgemacht?« fragte Reed, nachdem sie in der Kneipe Platz gefunden hatten. »Als ich dich verließ, warst du eine mehr oder weniger vernünftige außerordentliche Professorin für Englische Literatur. Hast du Verstand, Geld oder Überblick verloren? Selten hat mich jemand so beunruhigt wie du.«

»Es ist nicht *wirklich* eine Pension, auch wenn es auf den ersten Blick natürlich so aussieht. Man kann überhaupt meine ganze Situation in diesem Sommer als eine zufällige Verkettung unwahrscheinlicher Ereignisse bezeichnen. Soll heißen, das Leben hat eines mit dem Preisboxen gemeinsam: Kriegst du einen Schlag in die Magengrube, dann folgt dem wahrscheinlich ein Kinnhaken.«

»Ich wußte gar nicht, daß du kleine Jungen magst.«

»Ich mag überhaupt keine kleinen Jungen. Wenn du Leo meinst, er ist der Kinnhaken. Der springende Punkt ist, Reed, daß du einfach nicht da warst, als mir der Gedanke kam, dich um Rat zu fragen. Es gibt doch bestimmt genug Verbrechen in New York, deswegen brauchst du wohl kaum nach England zu jetten?«

»England hat große Fortschritte bei der Bekämpfung jener Verbrechen gemacht, die im Zusammenhang mit Drogen stehen. Es hat keine sonderlich großen Fortschritte gemacht, was das Problem von exzentrischem Verhalten angeht – ich glaube vielmehr, die haben es erfunden. Wenn Leo der Kinnhaken ist, fangen wir dann vielleicht, deinem äußerst schlecht informierten und unpassenden Vergleich mit dem Preisboxen folgend, damit an, daß wir den Schlag in die Magengrube besprechen?«

»Ich nehme an, du kennst Sam Lingerwell nicht – ich esse Kalbskotelett mit Spaghetti; ich kann es zwar nicht direkt *empfehlen*, aber es ist entschieden besser als die Hühnerpastete.«

»Zweimal Kalbskotelett mit Spaghetti«, sagte Reed zu der Kellnerin. »Von Mr. Lingerwell habe ich heute nachmittag zum erstenmal gehört; Emmet Crawford hat ihn erwähnt, im Zusammenhang mit einer ganz seltsamen Geschichte über Edinburgh.«

»Bestimmt war es Dublin. James Joyce.«

»Du hast recht. Dublin. Die Merkwürdigkeiten nehmen kein Ende.«

»Sam Lingerwell ist vergangenen Herbst gestorben, im reifen und wunderbaren Alter von neunzig. Er setzte sich in einen Sessel, zündete sich eine Zigarre an und begann mit der Lektüre eines Buchs von Sylvia Townsend Warner. Am Morgen haben sie ihn gefunden. Ich bin mit Lingerwells Tochter zur Schule gegangen und irgendwie mit ihm und seiner Frau befreundet geblieben, noch lange, nachdem seine Tochter in ein Kloster eingetreten war.«

»Ein Kloster?«

»Zu dem Teil der Geschichte komme ich gleich. Sam und die Calypso Press, die er gegründet hat – also, du müßtest ein bißchen in Alfred Knopfs Memoiren lesen, über seine Zeit als junger Verleger, dann wüßtest du, was ich meine. Sam war einer der großen alten Männer des Verlagswesens; es gibt sie heute kaum noch. Die Sorte, die etwas von Literatur versteht, Mumm hat und an Halluzinationen geglaubt hätte, wenn du ihnen erzählt hättest, wie es heute bei dem Klüngel in der Madison Avenue zugeht. Sie stammen alle aus einer Zeit, zu der man Verleger werden konnte, ohne eine Million Dollar zu besitzen, Cocktails zu trinken und einen PR-Manager und vierzehn Computer sein eigen zu nennen. Schon recht, ich erspare dir die Reden von der guten alten Zeit. Es reicht, wenn ich dir sage, daß Sam der Beste war, und zu der Zeit hieß das eine Menge. Er war derjenige amerikanische Verleger, der genug Mumm, Geschmack oder was immer man dazu brauchte, besaß, um James Joyce zu verlegen und D.H. Lawrence und die vielen anderen Engländer und Amerikaner, die wir heute als Klassiker ansehen, die aber damals, rund um den Ersten Weltkrieg, als dreckige Naturalisten galten.«

»Aha, ich fange an zu verstehen, worüber Mr. Crawford und ich vorhin gesprochen haben.«

»Ich bin froh zu hören, daß du es kapiert hast. Derzeit denken wir alle viel über Joyce nach. Emmet versucht, durch ein gelegentliches Grunzen meinerseits ermutigt, Sams Briefe nach Autoren zu ordnen, damit wir feststellen können, wessen Briefe wohin gehören, und vielleicht kommen wir so dahinter, warum Dublin immer wieder erwähnt wird. ›Dubliner‹ war das erste Buch von Joyce, das einen Verleger fand. Aber laß mich jetzt nicht weiter über Joyce reden; der wird nur mit jedem Satz immer schwieriger, und man kommt nie zu einem Schluß. Wo war ich stehengeblieben?«

»Bei der guten alten Zeit im Verlagswesen.«

»Ach ja. Also, Sam hat wunderbare Bücher herausgebracht und ungefähr fünfzig Jahre lang mit inzwischen berühmt gewordenen Schriftstellern korrespondiert, und überflüssig zu erwähnen, daß er mit der Zeit eine wertvolle Bibliothek und Sammlung von Papieren und Briefen zusammengebracht hat. In letzter Zeit hatte er Leuten auch Briefe für Sammlungen und so weiter überlassen, aber es war klar, daß etwas geschehen mußte, um seine Papiere und die Bibliothek zu ordnen. Kurzum, vor zwei Jahren hat er dieses Haus gekauft, in dem mich vorzufinden dich heute so schockiert hat, hat seinen ganzen literarischen und anderen Besitz hier heraufgeschafft, und wenn es soweit wäre, wollte er selber herziehen. Währenddessen reiste er herum. Ich bezweifle, ob er wirklich hierher gezogen wäre. Sam machte gern Witze darüber, was er ›auf seine alten Tage‹ noch vorhabe.«

»Wo war seine Frau?«

»Sie ist schon vor mehreren Jahren gestorben. Sam hatte ein angenehmes Leben, Freunde, interessante gesellschaftliche Kontakte, gute Gespräche, aber sein Familienleben war traurig. Er und seine Frau hatten zwei Töchter; eine starb, gerade zwanzig, an Krebs, und Veronica, die andere, die, mit der ich zur Schule gegangen bin, wurde Nonne. Sam war Humanist und Agnostiker, wie die meisten Intellektuellen seiner Generation, und ihr Eintritt in die Kirche und all das waren ein schwerer Schlag für ihn. Von Zeit zu Zeit haben sie sich noch getroffen, und sie verstanden sich gut. In seinem Testament hat Sam alles Veronica hinterlassen, auch dieses Haus.«

»Und wie bist *du* in all das hineingeraten?«

»Das ist natürlich der springende Punkt, das ist mir klar. Es tut mir leid, daß diese Erklärung so lang ausfällt, zumal die ganze Geschichte, wenn du ihren Hintergrund erfahren hast, keine Spur einleuchtender wird, wirklich. Wie gesagt, Sam starb. Eine Trauerfeier hat es für ihn nicht gegeben, weil er an diese Dinge nicht glaubte. In der Todesanzeige der ›Times‹ wurde Veronicas Kloster erwähnt, und ich habe ihr geschrieben. Kurz darauf erhielt ich eine Antwort, in der sie mich bat, mich besuchen zu dürfen.«

»Und sie brachte einen achtjährigen Jungen namens Leo mit, den sie im nächsten Waisenhaus aufgegabelt hatte.«

»Reed, du hörst mir nicht zu. Ich habe dir erzählt, daß Leo mein Neffe ist. Zwischen Leo und Veronica gibt es keine Verbindung.«

»Natürlich nicht. Wie dumm von mir, so etwas zu denken. Wagen wir den Heidelbeerkuchen, oder machen wir uns gleich an den Kaffee? Gut. Du sagtest also, Veronica kam dich besuchen.«

»Wenn du jetzt ungeduldig wirst, hat es keinen Zweck, daß ich weitererzähle.«

»Ich und ungeduldig? Ich bin der geduldigste Mensch der Welt, wer wüßte das besser als du? Es ist nur so: Als ich in meinem kleinen Volkswagen hier heraufbrummte, hatte ich vor, mit dir am Kamin zu sitzen und in Ruhe und Frieden angenehme Gespräche zu führen. Statt dessen finde ich dich inmitten eines absoluten Wirbels männlicher Aktivitäten. Glaubst du, daß am Kamin Ruhe herrscht, wenn wir zurückkommen? Zumindest werden ja wohl all diese schrecklichen Jungen, mit Würstchen vollgestopft, wieder schreiend in der Nacht verschwunden sein.«

»Reed, machst du dir denn gar nichts aus Kindern?«

»Nicht ein bißchen.«

»Seltsam, das habe ich nicht gewußt.«

»Ich hätte es Ihnen gesagt, sagte das Kindermädchen, als es seine Stelle in dem Haus kündigte, wo sie Alligatoren hielten. Aber ich habe nicht geglaubt, daß sich die Frage je stellen würde.«

»Gut, gut. Ich fürchte, mein Herd wird noch nicht verlassen genug sein. Machen wir einen Spaziergang?«

»Da ich anscheinend keine Wahl habe, akzeptiere ich mit dem mir eigenen Anstand.« Reed zahlte, und sie gingen in den Abend hinaus. »Erzähl weiter«, sagte Reed. »Veronica kam dich besuchen ...«

»Ja. Ihr Vater hatte ihr seinen gesamten Besitz hinterlassen, einschließlich seiner Bibliothek und seiner Papiere und der ›Pension‹, wie du sie nennst – und sie bat mich, ob ich ihr helfen könne, genau festzustellen, was die Sammlung enthält, und zu entscheiden, was damit geschehen soll. Ich machte sie darauf aufmerksam, daß jemand, der den Marktwert dieser Dinge kenne, ihr da nützlicher sei, aber sie scheint an Geld kein Interesse zu haben, sondern daran, daß die Bücher und die Papiere dort landen, wo sie den meisten Nutzen bringen. Von verschiedenen Universitäten und der Kongreßbibliothek und anderen war sie bereits bestürmt worden.«

»Gab es irgendeinen bestimmten Grund, warum sie sich an dich gewandt hat?«

»Keinen oder – wenn du so willst – jeden. Ich habe ihren Vater gekannt und gemocht, der bei vielen Gelegenheiten mehr als genug getan hat, um mir einen Gefallen zu tun. Ich glaube, sie hatte begriffen, daß ich die Chance, einmal, wenn auch nur *postum*, etwas für ihn tun zu können, sehr begrüßen würde. Ich glaube, es gibt nicht viele Leute, denen klar ist, daß es schon wieder ein Freundschaftsdienst ist, wenn man jemandem die Möglichkeit gibt, sich nützlich zu machen. Kannst du mir folgen?«

»Vollkommen, wie du weißt.«

»Zudem gab es wirklich nicht so viele Leute, an die sie sich wenden konnte. Natürlich nahm sie an, ich bräuchte bloß ein paar Tage, um alles durchzusehen – Familien, die im Besitz solcher Sammlungen sind, haben selten eine Vorstellung davon, wieviel Arbeit es bedeutet, das alles zu sortieren. Du kennst die Geschichte von den Boswell-Papieren, die in einem alten Schloß in einer Kiste unter Krocket-Utensilien gefunden wurden?« Reed schüttelte den Kopf.

»Erinnere mich daran, daß ich sie dir erzähle, aber erst bei unserem übernächsten Gespräch. Es stellte sich heraus, daß die Sammlung geordnet werden mußte und daß ich das allein nicht schaffen würde. Ich freundete mich Schritt für Schritt mit dem Gedanken an, den Sommer hier zu verbringen, statt nach Europa zu tänzeln.«

»Langsam fange ich an zu verstehen.«

»Nur eine flüchtige Vorstellung, nicht mehr als ein Nebelstreif. Aber bald kam noch einer hinzu, nämlich Leo.«

»Ich warte schon mit gespitzten Ohren darauf, was du mir über Leo zu sagen hast. Offen gesagt, ich habe die Geheimnisse deiner Familienbande noch nie ausgelotet.«

»Familienbande sind immer schwer zu erklären und unmöglich zu lösen. Nicht, daß man das ernsthaft wollte. Wie sehr einem die Familie auch auf den Nerv gehen kann, es gibt da so etwas wie die Stimme des Blutes, die einen nötigt, zu antworten. Mit keinem Mitglied meiner Familie habe ich irgend etwas gemeinsam, aber wenn es eine Krise gibt, egal ob persönlicher oder nationaler Natur, dann hält man zusammen.«

»Was ist eine nationale Krise?«

»Weihnachten.«

»Ach ja. Verstanden.«

»Diese Krise war jedoch persönlicher Art. Leo ist das mittlere von drei Kindern, und offensichtlich sind alle mittleren Kinder auf dieser Welt gefährdete Existenzen, werden sozusagen von oben und unten gleichzeitig bedroht und entwickeln eine Unsicherheit, die sich oft in Widerspenstigkeit, Gewalttätigkeit und purer Faulheit ausdrückt. Ich behaupte nicht, daß ich verstünde, warum man als das ältere oder das jüngere Kind so wunderbar seiner selbst sicher sein soll und nicht genauso sagen kann: ›Ich bin das mittlere Kind‹, und fertig. Aber Kinderpsychologie war mir schon immer zu hoch. Wie dem auch sei, Leo war schwach in der Schule, schwierig zu Haus und indifferent in der Gruppe.«

»In der Gruppe?«

»Reed, ich habe wirklich den Eindruck, du stellst dich dumm. Du weißt doch sicher, was eine Gruppe ist – bist du denn zu keiner gegangen, samstags, als kleiner Junge in New York?«

»Ich *war kein* kleiner Junge in New York. Ich war ein kleiner Junge in Baltimore, Maryland.«

»Aha, offensichtlich eine zurückgebliebene Gemeinde. Gruppen sind dazu da, den Nachwuchs während der Freizeit zu beschäftigen, weil sonst die Eltern durchdrehen. Für eine beachtliche Summe nimmt die Gruppe dein Kind mit in den Park, zum Eislaufen, zum Klettern. Leo machte sich nichts aus solchen Gruppen. Ich persönlich halte das für ein Zeichen klaren Verstandes, aber Leos Eltern und der Erziehungsberater, den sie konsultierten, sahen das anders.«

Kate wandte ihm das Gesicht zu. »Natürlich hätte das alles mit mir nichts zu tun gehabt, wenn das Schicksal, von dem die Griechen so viel verstanden und wir so wenig, seine Hand nicht im Spiel gehabt hätte. Leos Eltern beschlossen, zu ihrem Hochzeitstag eine Dinnerparty für die Familie zu geben, und in einem unglücklichen Anfall von familiärer Sentimentalität sagte ich mein Kommen zu. Meine drei Brüder versuchen ständig, mich in ihre diversen gesellschaftlichen Kreise hereinzuziehen, obwohl sie es, Gottseidank, inzwischen aufgegeben haben, mich gesellschaftlich akzeptablen Junggesellen vorzustellen. Ich werde langsam älter, die Junggesellen werden immer unverbesserlicher, und im übrigen kann man nie darauf vertrauen, daß ich mich gut benehme. Leos Vater ist mein jüngster Bruder. Reed! Was bist du für ein Engel, daß du dir das alles anhörst. Ich glaube, mir hat das mitleidige Ohr, das mir zuhört, ziemlich gefehlt.«

»Ist dieser jüngste Bruder genauso ein Spießer wie die anderen?«

»Noch spießiger. Aber er ist auch derjenige, der für mich mein Geld anlegt und mir bei der Einkommenssteuererklärung hilft. Deswegen habe ich mit ihm eher als mit den anderen einen *modus vivendi* gefunden. Welcher Teufel mich geritten hat, am Abend ihres Hochzeitstagsdinners Sam Lingerwell, seine Bibliothek und sein Haus auf dem Lande zu erwähnen, kann ich mir nicht mehr zusammenreimen. Sicher, mir fehlte es, wie üblich, an geeignetem Gesprächsstoff, aber ich neige noch immer dazu, die Götter dafür verantwortlich zu machen. Egal, die Tatsache, daß ich vielleicht den Sommer auf dem Lande verbringen würde, hatte sich in der nicht besonders ausgeprägten Vorstellungskraft meines Bruders festgesetzt, und eine Woche später wurde ich zum Lunch eingeladen.«

Kate blieb stehen, zündete sich eine Zigarette an und hockte sich zweifelnd auf einen Baumstumpf, bevor sie fortfuhr. »Das für sich genommen war schon eine bedrohliche Sache. Er sagte, er wolle mich um einen Gefallen bitten, und lud mich zum Lunch ins White's ein, wo sie Beefeater-Martinis kredenzen, für die ich, wie er sich erinnerte, ein Faible habe. Es würde meinem Bruder niemals einfallen, mit mir in ein Lokal zum Lunch zu gehen, das für mich bequem zu erreichen ist. Gefallen oder nicht Gefallen, er arbeitet schließlich, und ich – ja, die Tatsache, daß auch ich arbeite, hat er sich nie richtig bewußt gemacht, und außerdem – was *tut* eine Professorin denn? Flink, wie ich normalerweise kombiniere, kam ich zu dem Schluß, es müsse sich um Geld handeln. Es hat meinen Bruder schon immer gestört, daß ich, obwohl ich genauso viel Geld geerbt habe wie er, mit meinem Einkommen zufrieden bin und meine Aktien und Wertpapiere einfach wachsen oder sich auflösen lasse oder was angelegtes Geld sonst noch tut. Solange ich nie an mein Kapital herangehe, kann mein Bruder sich nicht wirklich beklagen, daß ich nicht genug unternähme, um meinen Etat zu verdoppeln oder andere Beteiligungen zu kaufen und was es sonst noch an obskuren Finanzmanövern gibt. Aber ich dachte mir, gut, wahrscheinlich hat er entdeckt, daß er ein bißchen flüssiges Geld braucht, und will versuchen, über irgendeine komplizierte Sache mit mir zu verhandeln. Und so ging ich hin und war darauf vorbereitet, zwei Martinis zu trinken und jede nur mögliche Befriedigung aus seinen finanziellen Problemen zu ziehen.«

Kate bohrte ein kleines Loch in die Erde und versenkte den Zigarettenstummel darin. »Ich hätte mich gar nicht gründlicher irren können. Mein Bruder ist in der Tat sehr reich, und wahrscheinlich hätte ihn zu Tode erschreckt, daß ich auf die Idee gekommen war, er könnte Interesse an meinen schmächtigen Geldanlagen haben. Unnötig zu sagen, daß *er* sein Erbe mehr als verdoppelt hat, und außerdem verdient er Unmengen Geld mit seiner Anwaltskanzlei an der Wall Street. Kaum hatte ich meinen ersten Martini getrunken, da kam es heraus: Er wollte mit mir über Leo sprechen. Es lief darauf hinaus, daß Leo in der Schule hinterherhinkte, abwechselnd aggressiv und widerspenstig war, und daß er einen Sommer lang einen Hauslehrer brauchte und *nicht* in ein Jugendlager gehen, sondern in einem Haushalt leben sollte, in dem er das einzige jugendliche Mitglied darstellte. Kurz gesagt, mein Bruder schlug von Leos Problemen über die Ratschläge des Erziehungsberaters zu der unglücklichen Bekanntgabe meiner Ferienpläne einen Bogen. Er schlug mir vor, ich sollte Leo mitsamt Hauslehrer für den Sommer mit mir nehmen und ihn nach der Devise ›Das ist doch selbstverständlich, und ich mag dich, wie du bist‹ behandeln, was offenbar meine Art mit Kindern ist – die Wahrheit ist, daß ich, wenn ich schon gezwungen bin, mit Kindern zu reden, das genauso tue wie mit jedem anderen Menschen –, und wir sollten sehen, ob wir Leo nicht wieder hinbekämen. Mein Bruder hatte seiner Frau versprochen, den Sommer mit ihr in Europa zu verbringen, und mir schwante, ohne daß er genauer werden mußte, daß jede Enttäuschung in diesem Punkt meinem Bruder für eine beträchtliche Zeitspanne das Leben schwer gemacht hätte. Er bot an, den Hauslehrer zu bezahlen, wen immer ich engagieren würde, mir seinen eleganten Wagen zu leihen und alle Ausgaben zu übernehmen, die durch diese ganze ›Operation Ferienpension‹ entstünden.«

»Und da hast du zugestimmt.«

»Natürlich nicht. Ich habe rundweg abgelehnt. Ich habe meinem Bruder gesagt, er und seine Frau könnten sich sehr wohl selbst ein Haus mieten und Leo versorgen.

Dann trank ich meinen zweiten Beefeater-Martini aus, beendete meinen Lunch, goß noch einen hervorragenden Brandy darüber und machte mich in einer Wolke rechtschaffener Empörung davon.«

»Kate«, sagte Reed, »ich bin noch keiner Frau begegnet, die einen so verrückt machen kann wie du. Es will mir zum Beispiel nicht in den Kopf, warum ich, der ich mich glücklich in meiner vollklimatisierten Wohnung in New York ausruhen könnte, hier mit dir eine Landstraße entlangspaziere, mich von Moskitos aussaugen lasse und in meiner Nase das unbehagliche Gefühl habe, daß sich bei mir ein Heuschnupfen ankündigt.«

»Im Juli bekommt man keinen Heuschnupfen mehr.«

»Also gut, was immer man im Juli bekommen kann, ich bekomme es. Da, bitte!« Reed nieste heftig. »Doch da stehe ich nun, schlage nach Moskitos, hasse das Landleben und bin sogar aus dem Haus, das du dort hast, vertrieben worden. Wie ist es dann, in Gottes Namen, mit Leo doch so weit gekommen?«

»Er ist von zu Hause weggerannt und bei mir gelandet. Es war ganz offensichtlich, daß er sich, weil alle so mächtig bemüht waren, ihn zu verstehen, die Gesellschaft von jemandem wünschte, der ihn nicht verstand und das auch gar nicht versuchte. Ich habe ihn natürlich wieder nach Hause geschickt, aber ich habe ihm versprochen, daß er den Sommer über bei mir sein darf. Mein Bruder, stur und verstockt wie alle Menschen schlichten Gemüts, war außer sich, daß Leo bei mir war. Jedenfalls wurde die ›Ferienpension‹ auf diese Weise überwältigend real.«

Eine Begegnung

Reed, der dank Moskitostichen, Niesen und Verwirrung einen höchst gestörten Schlaf gefunden hatte, wurde am nächsten Morgen von einer Kinderstimme geweckt, die sehr deutlich und fast direkt an sein Ohr verkündete: »Hurra! Ich habe das Mistvieh erwischt, ganz bestimmt!« Ihr folgte die strenge Stimme eines Älteren: »Das Wort ›Mistvieh‹ solltest du nicht in den Mund nehmen. Wie ich dir zu erklären versuchte, gibt es eine Sprache für Gleichaltrige und eine andere, die man Älteren gegenüber benutzt, und beide überschneiden sich nur ungefähr die Hälfte der Zeit. ›Mistvieh‹ gehört nicht zu diesen Überschneidungen, es sei denn, du meinst exakt die Spezies, die Mist macht. Aber«, fügte die Stimme nun leiser hinzu, »abgesehen davon glaube ich, du hast sie tatsächlich erwischt.«

Reed setzte sich im Bett auf. Wahrscheinlich war es nur ein Traum. Er tastete nach seiner Uhr auf dem Nachttisch und konsultierte sie: Viertel vor sechs. Unmöglich. Aber der Sekundenzeiger der wunderschönen Uhr seines Großvaters tickte beharrlich seine kleine Runde. Das war es, das absolute, unwiderrufliche Ende. Er würde in sein Auto steigen und fort sein, sobald er einer Tasse Kaffee habhaft geworden war, Kate hin und Kate her. Wie sehr er auch an Kate hing, es gab Erfahrungen, denen er sich nicht aussetzen wollte. Kate – er legte sich wieder hin, nur für einen Augenblick, und dachte an Kate. Aus einiger Entfernung hörte er eine weibliche Stimme wie in einem Wutanfall kreischen. Das war nicht Kate: eine unangenehme Stimme. Kates Stimme dagegen ... Reed war wieder eingeschlafen.

Als er das nächste Mal aufwachte, zeigte die Uhr seines Großvaters zehn Minuten vor zehn, und es herrschte himmlische Ruhe. Irritiert fragte er sich, was mit den anderen passiert sein mochte. Er zog sich an und ging auf Zehenspitzen ins Wohnzimmer: leer. Niemand kam in den Raum geschossen oder katapultierte sich die Treppe hinab. Reed entspannte sich ein wenig und ging ins Eßzimmer, wo er ein Gedeck fand, auf dessen Teller ein Schildchen stand: »Für Dich.« Auf der Anrichte wartete ein Glas Orangensaft in einem Kühler mit gehacktem Eis; daneben standen eine Kaffeemaschine, ein Toaster, ein Korb mit Brot und ein Paket Cornflakes. An dem klebte ein Zettel: »Nach 9.30 Uhr keine Eier mehr.« Reed grinste, trug den Orangensaft zum Tisch und griff nach der Zeitung, die neben dem Teller lag. Eine Zeitung draußen auf dem Lande! Man stelle sich vor! Sein Staunen verwandelte sich in Irritation, als er merkte, daß es der ›Berkshire Eagle‹ von gestern war. Auf dem Rand hatte Kate geschrieben: »Für den Fall, daß Zeitungslektüre beim Frühstück eine Notwendigkeit ist.« Reed machte es sich mit dem ›Berkshire Eagle‹ bequem.

Das Schweigen im Hause hielt das ganze Frühstück über an und folgte ihm auch hinaus auf den Rasen. Es war einer von diesen Tagen, beschloß Reed, an denen selbst ein Mensch, der sich höchst dauerhaft seine Skepsis gegenüber dem Charme des ländlichen Lebens bewahrt hat, der Überzeugung nachgab, daß die Erschaffung der Erde kein absoluter Unsinn war. Ein Kolibri, der scheinbar bewegungslos in der Luft schwebte, glitt von Blume zu Blume. Reed sah ihm glücklich zu.

Das Gästezimmer, in dem er die Nacht verbracht hatte, ging zur Rückseite des Hauses hinaus; ein Zaun mit einem Tor darin führte ungefähr zwei Meter von seinem Fenster entfernt vorbei. An dem Tor mußten die Menschen gelehnt haben, deren Stimmen er gehört hatte. Wer, fragte sich Reed, war das »Mistvieh« gewesen, das sie »erwischt« hatten? Er drehte dem Tor den Rücken zu und folgte einem Fußweg, der zu einer Auffahrt führte und von dort zur Straße. Er nahm sich vor, einen Spaziergang zu machen. Auf der Straße blieb er stehen, um sich eine Pfeife anzuzünden und über den Frieden des ländlichen Lebens zu sinnieren. Bis auf die Telefonmasten und Stromleitungen hatte sich hier, da war er sicher, seit hundert Jahren nichts mehr geändert. Auf einem entfernten Hügel grasten Kühe in der Sonne. Reed beschloß, daß ihm Kühe als Teil der Landschaft auf einem entfernten Hügel durchaus gefielen. Er schmauchte seine Pfeife, schob die Hände in die Taschen und ging die Straße hinab. Jegliche Illusion, die er sich über eine von der industriellen Revolution unberührte ländliche Welt gemacht hatte, wurde indes plötzlich durch Lärm aus vier Quellen gleichzeitig erschüttert. Zum einen hörte er das Heulen von Düsenmotoren und entdeckte am Himmel die weiße Spur eines Flugzeugs, wahrscheinlich der Elf-Uhr-Jet von Boston nach Chicago. Zum anderen schoß auf der Straße eine alte Kiste vorbei, offenbar mit frisiertem Motor, die, das war Reed zu schwören bereit, ihre achtzig Meilen in der Stunde machte und, soweit Reed das mit einem kurzen Blick sagen konnte, von einem Heranwachsenden gefahren wurde, dessen Überheblichkeit im Verein mit den Auspuffgasen des Wagens die Umgebung verpestete. Zur Linken Reeds wurde auf einem Feld ein Traktor angeworfen, und ein Stück die Straße hinunter wurde ein riesiger Milchtankwagen hin- und hermanövriert. Reed zog sich wieder in die Auffahrt zurück.

Wahrscheinlich empfahl es sich eher, durch das Tor zu gehen und den Weg durch die Felder zu nehmen. Er entriegelte das Tor, ging hindurch, schob den Riegel wieder vor (denn das Feld draußen war offensichtlich für Kühe da, wenn auch gerade keine dort zu sehen waren) und schlenderte los. Sofort schloß sich ihm der große braune Hund an, der aber scheinbar eher Gesellschaft als Streit suchte. Reed zündete sich erneut seine Pfeife an, steckte die Hände in die Taschen und landete mit seinem nächsten Schritt in einem riesigen frischen Kuhfladen.

Sein Kommentar, den glücklicherweise niemand außer dem braunen Hund hören konnte, glich wohl demjenigen, der bei solchen Gelegenheiten seit hundert Jahren auf dem Land zu hören ist. Einige Aspekte des ländlichen Lebens waren offensichtlich unverändert geblieben. Das traf indessen nicht auf die eigentümliche Maschine zu, die über eine Heuwiese auf Reed zugefahren kam, ein schreckliches Geklapper veranstaltete und mächtige Sachen in die Luft schleuderte. Mit einem Schulterzucken, da die Schuhe so oder so hinüber waren, marschierte Reed quer über die Felder auf die Maschine zu. Der Hund, der offensichtlich der Meinung war, daß Reeds Flüche sie einander nähergebracht hatten, trottete hinter ihm her. Gemeinsam erreichten Mann und Hund die Maschine, die die beiden offenbar mit Hilfe einer verblüffenden Mechanik hatte ankommen sehen und deswegen ihre Schleuderübungen eingestellt hatte. Doch als sie nahe genug heran waren, konnte Reed feststellen, daß die Landwirtschaft zwar schon von der Mechanisierung erreicht worden war, aber noch nicht von der Automatisierung: Die Maschine wurde von einem Traktor gezogen, und der Traktor wurde von einem Mann gelenkt.

Er sah Reeds Ankunft in einer Haltung freundlicher Erwartung entgegen.

»Reingetreten, wie?« fragte er, als Reed in Hörweite war.

»Konnten Sie das aus der Entfernung erkennen?«

»Habe ich daran gesehen, wie Sie herumgehüpft sind. Zu Besuch bei Miss Fansler?«

»Vorübergehend«, antwortete Reed und registrierte amüsiert, daß Neugier auch die männlichen Einwohner erfüllte. Ihm fiel ein, daß er vielleicht der Ehemann der ungeliebten Mary Bradford sein könnte, die gekommen war, um sich Essig zu borgen.

»Mein Name ist Bradford«, sagte der Mann auf dem Traktor und bestätigte damit seine Vermutung.

»Amhearst«, antwortete Reed.

»So heißt die Stadt, in der ich aufs College gegangen bin«, sagte Bradford. »Universität von Massachusetts, Landwirtschaftsschule. Sind Sie überrascht, daß ein Bauer das College besucht hat?«

»Das bin ich«, sagte Reed ehrlich. »Ich dachte, Bauern hielten das Lernen aus Büchern für Unsinn.«

»Die, die das tun, machen pleite. Die Landwirtschaft hat sich in den letzten zwanzig Jahren mehr verändert als in den tausend Jahren zuvor.«

»Das sehe ich.« Reed zeigte auf die Heumaschine.

»Das ist ein tolles Gerät«, sagte Bradford. »Es nimmt das Heu auf, schiebt es dort in die Maschine, die es zu Ballen bindet und die dann auf den Anhänger da schleudert. Wenn der voll ist, ziehe ich ihn mit meinem anderen Traktor zur Scheune, wo die Ballen mit einem Aufzug zum Heuboden hinauftransportiert werden.«

»Was machen Sie denn, wenn Sie einen Maschinenschaden haben?«

»Reparieren. Ein Farmer, der seine Maschinen nicht reparieren kann, kommt in die Klemme. Wollen Sie sehen, wie die hier arbeitet? Hopp, rauf mit Ihnen.«

Das erschien Reed, der absolut unsportlich war, wie eine Einladung zum Selbstmord. Aber Bradford deutete auf die Deichsel, mit der die Heumaschine an den Traktor gekuppelt war und auf die Reed sich stellen sollte. Reed tat es gehorsam.

Als sie losfuhren, war Reeds Aufmerksamkeit auf zwei Dinge konzentriert, nämlich sich festzuhalten und sich außerdem zu fragen, wie lange es dauern würde, bis ihm jeder einzelne Zahn aus dem Mund gerüttelt war. Erst nachdem sie die Wiese ein paarmal auf und ab gefahren waren, gelang es ihm, einen Blick auf die Heumaschine zu werfen: Das Heu war schon geschnitten und gewendet worden und lag nun in Reihen zusammengeharkt. Die Heumaschine gabelte es hoch, bündelte und band es und spuckte die Ballen wieder aus. Erstaunlich. Der braune Hund trottete neben ihnen her und schien ständig in höchster Gefahr, überfahren zu werden. Aber all diese Lebewesen auf dem Lande hatten sich der Maschine so geschickt angepaßt wie den übrigen Veränderungen ihres Lebensraums. »Aber ich«, dachte Reed, »ich kann das nicht. Ich entwickele bestimmt einen ewigen Tremor.«

Schließlich hielt Bradford die Maschine an, gerade als er einen Stacheldrahtzaun niederzuwalzen drohte; fast hoffte Reed, in völlige Gleichgültigkeit geschüttelt, er würde es tun. Aber Bradford ging mit seiner Maschine um, als wäre sie ein Pferd, dessen Schwung und Elan er bewunderte. Als Reed hinuntersprang, hieß er die Erde mitsamt Kuhfladen und allem übrigen mit einem stillen Dankgebet willkommen. Sein Ritt auf der Maschine war eine Herausforderung gewesen, und er hatte sie gemeistert. Reed zündete seine Pfeife an.

»Wie wurde denn Heu gemacht, als Sie noch ein Junge waren?« fragte er.

»Pferde, Harke und drei Männer, glaube ich«, antwortete Bradford. »Aber ich bin in Scarsdale aufgewachsen und weiß es nicht genau.«

»Scarsdale!«

»Ja. Mein Vater war Anwalt. Ich bin gerne Bauer. Meine Frau stammt aus dieser Gegend, ihre Vorfahren sind hier herübergeschwommen – gefolgt von der Mayflower – und hatten die Fangleine zwischen den Zähnen. Schön hier, nicht?« Im letzten Satz schwang kein Hauch von Sarkasmus mit. Reed folgte Bradfords Blick. Es war schön hier. »Am schönsten ist der Blick oben vom Traktor aus, in den Feldern. Fahren Sie mal wieder mit.« Bradford winkte ihm zu und ließ den Traktor an. Reed wanderte über die Felder zurück und probierte mal den einen Muskel und dann den anderen, in Erwartung des Muskelkaters, der unvermeidlich war.

Als er das Tor hinter sich zugemacht hatte, sah er Kate, die in einem Klubsessel unter einem Baum saß und las. »Erlaubt der Stundenplan jetzt eine Gesprächsrunde?« fragte er.

»Es gäbe bessere Gelegenheiten. Mary Bradford ist unterwegs, um den Essig zurückzubringen und mit mir eine Tasse Kaffee einzunehmen.«

»Ich hatte auch eine Begegnung«, sagte Reed und ließ sich in einen Sessel fallen. »Mit Mary Bradfords Mann.«

»Das weiß ich bereits, du Unschuld aus der Stadt. Mary Bradford sah dich auf die Maschine hüpfen, offenbar wartete sie ab, ob du das in mörderischer Absicht tatest, und als sich herausstellte, daß dem nicht so war, beschloß sie herauszubekommen, was du ihrem Mann erzählt hast, bevor er die Gelegenheit hat und es ihr sagen kann.«

»Was du da sagst, klingt, als sei sie eine besonders reizende Lady. Hat sie gar keine positiven Seiten – ein ehrliches Wesen vielleicht, eine angeborene Gutmütigkeit, eine besondere Lebenskraft?«

»Die größte Lebenskraft steckt – und das wirst du schon bald hören – in ihrer Stimme. Hör ihr zu, wenn sie davon redet, daß niemand so schwer arbeitet wie sie, daß niemand so viel für die Gesellschaft tut und so wenig dafür zurückkriegt, daß niemand über so viel Rechtschaffenheit, Anstand und gute, alte Moral verfügt. Bei ihrer goldenen Regel ›Sei zu Mary Bradford, wie Mary Bradford will, daß man zu ihr ist‹ ist es nicht einfach festzustellen, woher sie ihren hohen moralischen Anspruch bezieht. Aber laß dir von mir keine Vorurteile einreden. Worüber hast du dich mit Bradford unterhalten?«

»Ich war derart damit beschäftigt, mir die Zähne aus dem Mund rütteln zu lassen und die Wunder der Landwirtschaftstechnik zu betrachten, daß wir gar nicht viel zum Reden gekommen sind. Meine Schuhe sind voller Kuhmist, und mein Schwung hat ziemlich gelitten.«

»Reed! Haben wir dich fertiggemacht mit unserer lauten Art? Ich hoffe, du hast heute früh gemerkt, daß unser Haushalt nicht ganz so verrückt ist, wie er gestern schien. Hier *ist* es doch friedvoll, oder?«

»Alles hat sich hier verbündet, um mir meine Selbstachtung zu rauben. Ich habe New York gestern ausgeruht verlassen, fühlte mich stark und fähig, den Herausforderungen des Lebens auf meine Weise zu begegnen. Aber seit ich deine fürchterliche Auffahrt hinaufgetuckert bin, wurde ich an meine Unwissenheit erinnert, in Kuhfladen getunkt, habe neben einem sonnenverbrannten Ausbund an Männlichkeit auf einem Traktor einen schlappen Eindruck gemacht und bin jetzt, wie es scheint, dazu verdammt, mir das Geschwätz der Frau dieses sonnenverbrannten Monsters anzuhören.«

»Mich führst du nicht eine Minute lang auf den Leim«, sagte Kate. »Deine Männlichkeit und deine Selbstachtung sind durch die Ereignisse des Tages nicht mehr gefährdet als sonst. Du magst an einem Übermaß an frischer Luft leiden – das Gefühl kenne ich. Reed, was ich am meisten an dir schätze, ist deine ruhige Selbstsicherheit, die sich nicht erst beweisen muß. Was den Kuhmist angeht, so ruiniert der vielleicht ein Paar guter Schuhe, aber er ist teurer als Rubine, und jeder Gärtner beneidet dich darum. Pasquale wird ihn von deinen Schuhen kratzen und um eine Blume verteilen.«

»Kate, die Wahrheit ist, daß ich eigentlich gerne...« Aber ein Auto, das plötzlich in die Auffahrt einbog, zerstörte seine Hoffnung oder ließ sie zumindest unausgesprochen. »Hat sie etwa für dieses kurze Stück den Wagen genommen?« fragte Reed verwundert.

»Auf dem Lande geht niemand zu Fuß, außer den Leuten aus der Stadt. Hart arbeitende Farmer haben keine

Zeit für solche Verrücktheiten. Hallo, Mary«, rief Kate und stand auf. »Darf ich vorstellen? Mr. Amhearst – Mrs. Bradford.«

»Ich dachte mir, daß Sie das waren im Gästezimmer heute morgen, als ich die Kühe holte. Man weiß immer, wann jemand im Gästezimmer ist, weil dann die Fenster offenstehen und die Rollos heruntergelassen sind. Das tun sie natürlich nicht, wenn das Zimmer leer ist. Aha, dachte ich, Kate Fansler hat einen neuen Gast. Ich möchte wetten, es ist ein junger Mann, sie bevorzugt männliche Gäste. Mir sind Frauen lieber, die machen ihre Betten selber und erwarten nicht, daß man sie von oben bis unten bedient, aber schließlich hat Kate ja all diese dienstbaren Geister und muß sich wahrscheinlich deswegen keine Gedanken machen. Ich beneide Leute, die eine Hilfe haben, aber die wollen ja alle nur ein Vermögen verdienen und keinen Handschlag dafür tun – diese schreckliche Mrs. Pasquale, die ein Stück weiter die Straße hinunter wohnt, kam eines Tages, um mir zu helfen, und redete und redete den ganzen Tag, und ich mußte alle Arbeit allein tun. Es hat keinen Zweck.«

Reed hatte sich erhoben und wußte nicht recht, auf welchen Teil ihrer Tirade er reagieren sollte, falls eine Antwort überhaupt vonnöten war.

»Wie ich höre, sind Sie Bezirksstaatsanwalt«, sagte Mary Bradford.

Jetzt starrte Reed sie völlig erstaunt an. Er fing Kates Blick auf, und ihr Schulterzucken bedeutete: »*Ich* habe es ihr nicht erzählt.«

»Gehen wir ins Haus und trinken eine Tasse Kaffee?« sagte Kate und ging entschlossen auf die Haustür zu.

»Eigentlich habe ich gar keine Zeit«, sagte Mary Bradford und folgte ihr. »Ich habe ganze Körbe voller Himbeeren, die eingekocht werden müssen, und zur Zeit bin ich natürlich wieder mal allein; und wenn ich nicht bald mal oben saubermache, dann bleibt uns nichts anderes übrig als auszuziehen, und Brad ist natürlich schlimmer als die Kinder, er läßt überall seine Sachen liegen – dauernd habe ich eine Socke im Staubsauger. ›Sieh mal‹, sage ich dann zu ihm, ›ich bin nicht der einzige Mensch hier, der Sachen vom Boden aufheben kann...‹« Reed blieb auf der hinteren Veranda stehen, zog Schuhe und Socken aus und trat barfuß ins Haus. Normalerweise wäre er nun in sein Zimmer hinaufgegangen und hätte frische Socken und ein neues Paar Schuhe geholt, aber der Gedanke, mit seinen nackten Füßen weiteren Stoff für Mrs. Bradfords Redeschwall zu liefern, war zu übermächtig. Er fing an zu begreifen, welche Wirkung Mary Bradford auf die Leute hatte. Die Frau zwang einen förmlich, sich unpassend zu benehmen und ihr Redestoff zu geben. Es war die Wirkung, die solche übermäßige Rechtschaffenheit einfach hervorrief, ein Kitzel, wie ihn Reed bisher noch nie gespürt hatte, und er war fasziniert davon.

Sie nahmen um den Tisch im Eßzimmer Platz: Schon bald hatte jeder eine Tasse Kaffee vor sich. Reed hatte das eigenartige Gefühl, an einem uralten Ritual teilzunehmen. Er wackelte glücklich mit den Zehen und fragte sich, was in aller Welt Mary Bradford wohl als nächstes auf Lager haben würde.

»Ich finde solch ein Benehmen unpassend und schokkierend«, sagte sie und nahm die Zigarette, die Kate ihr anbot. »Ich habe das Rauchen aufgegeben«, fügte sie hinzu und zündete sie an. »Natürlich geht es niemanden etwas an, was ein Mann in seinem eigenen Haus tut, nehme ich an, aber er fährt mit ihnen im offenen Kabrio die Straße hinunter, einfach frech, sage ich, und was geht dann vor in einem so großen Haus, mit all den Mädchen? Orgien. Ich würde mich nicht wundern«, fügte sie mit vielsagendem Blick hinzu, »wenn es dort auch Drogen gäbe. Alkohol sowieso, das ist klar. Eines Morgens werden all diese Leute aufstehen und merken, daß sie nicht weiter stolpern können als bis zur nächsten Flasche.«

»Reden wir über jemanden, den ich kenne?« fragte Reed mit so bemüht unschuldiger Stimme, daß es in seinen eigenen Ohren albern klang.

»Das Büro des Bezirksstaatsanwalts des Berkshire County sollte über ihn Bescheid wissen«, sagte Mary Bradford mit Nachdruck. »Aber dort haben sie ja nicht einmal genügend Zeit, sich die Leute vorzuknöpfen, die mit fünfzig Meilen an den Schildern vorbei die Straße entlangrasen, auf denen steht: ›Achtung, Kinder. Langsam fahren.‹ Ich muß meine Kinder ins Haus sperren, wenn die Sommerfrischler kommen, das sage ich Ihnen ganz ehrlich.«

»Der Junge, der heute morgen hier vorbeigerast ist, sah mir nicht wie ein Sommerfrischler aus«, sagte Reed.

»Dieses Gesindel«, schnaufte Mary Bradford und identifizierte den fraglichen Menschen ohne Schwierigkeiten. »Jedes Jahr ein neues Baby und weder Vernunft noch Geld genug für die, die schon da sind. Wer hätte keine achtzehn Kinder, wenn er ihnen nicht auch Schuhe kaufen müßte.«

»Wie viele haben Sie?« fragte Reed. Er wollte gerne herausbekommen, ob Mary Bradford ihren Redefluß lange genug unterbrechen konnte, um eine Frage richtig zu beantworten. Kate lehnte sich einfach zurück und lächelte. Fraglos hatte sie das schon mehrfach durchgemacht.

»Zwei«, sagte Mary Bradford. »Und sie sind ordentlich angezogen und dürfen nicht herumrennen und einfach machen, was sie wollen. Natürlich, wenn dieses Jugendlager erst aufmacht und all diese faulen Eltern, die ihre Kinder tagsüber dorthin schicken, die Straße heraufgerast kommen, können wir nicht mehr sicher über die Straße zu unserer Scheune gehen. Aber wir sind ja nur Bauern, und niemand kümmert sich um Bauern. Heutzutage muß man lernen, wie man an Sozialhilfe kommt, oder in irgendeine Gewerkschaft eintreten, die einen unterstützt. Also, ich muß nach Hause und Brads Lunch vorbereiten. Er muß sich mit Sandwiches mit Erdnußbutter zufriedengeben. Wo ich all die Himbeeren noch einkochen muß, habe ich keine Zeit für was anderes.« Sie redete pausenlos weiter auf dem Weg ins Freie und zu ihrem Auto, holte Luft, um Feststellungen zu machen und dann von ihnen in großem Bogen abzuschweifen. Als sie ihren Wagen endlich zurückgesetzt hatte und davongefahren war, hatte Reed das Gefühl, gerade einen Luftangriff überlebt zu haben; jetzt müßte nur noch eine Sirene Entwarnung geben.

»Was betrachtet man in dieser Gegend als Lunch?« fragte Reed. »Wenn du glaubst, ein gewisses Zittern in meiner Stimme zu hören, so kann ich dir sagen, es stimmt. Kate, meine Liebe, ich habe den sehnlichen Wunsch, daß du in die Zivilisation zurückkehrst, und ich hoffe, dich dann stundenlang mit Beschlag belegen zu dürfen, aber ich fürchte, ich bin einfach zu schwach, um den Unbilden des Landlebens gewachsen zu sein. Ich weiß nicht, was schrecklicher ist: auf einem Traktor herumgerüttelt zu werden, mich im Dung zu wälzen oder mir den Redeschwall dieses leuchtenden Engels von nebenan anzuhören. Sie ist nicht nur bösartig und leidet an Logorrhöe, sie bringt auch keinen einzigen Gedanken zu Ende. Wer ist dieser Genußmensch mit den Mädchen und den Orgien ein paar Häuser weiter?«

Kate lachte. »Ein sehr amüsanter Mensch, und wie der Zufall es will, kommt er heute abend zum Dinner. Er ist ein paarmal vorbeigekommen und hat uns eingeladen, und schließlich habe ich mich revanchiert. Genau so, wie du darauf bestehst, hier barfuß herumzulaufen, und Mary Bradford damit jede Menge Stoff lieferst, für das nächste Täßchen Kaffee bei der nächsten Nachbarin, spielt Mr. Mulligan voller Hingabe für sie den betrunkenen Playboy. Ich habe mich lange genug mit ihm unterhalten, um zu wissen, daß er ordentlicher Professor für Englisch ist und eine ganze Reihe kritischer Bücher über Literatur veröffentlicht hat. Bitte, fahr nicht weg, Reed. Bleib wenigstens bis morgen, lerne Mr. Mulligan kennen, und gib uns eine Chance, deinen Glauben an das Landleben wiederherzustellen. Es hat seinen Charme, weißt du? Offenes Feuer, stille, lange, einsame Spaziergänge und eine Schönheit, die einem manchmal den Atem nimmt.«

»Die Schönheit ist mir auf meiner Traktorfahrt aufgefallen. Würdest du jetzt einen von diesen einsamen Spaziergängen mit mir wagen? Als ich heute morgen einen Fuß auf die Straße gesetzt habe, wurde ich nämlich von der industriellen Revolution fast niedergewalzt.«

»Wir nehmen ein paar Sandwiches mit – ich verspreche dir, nicht mit Erdnußbutter – und genießen unseren Lunch oben auf dem Hügel dort. Der braune Hund kommt sicher mit, aber ansonsten wird es ganz friedlich sein. Natürlich wird uns zweifellos Mary Bradford hinaufwandern sehen und das Schlimmste vermuten.«

»Ich sehe es als meine moralische Verpflichtung an, wenigstens eine von Mary Bradfords Verdächtigungen

Wahrheit werden zu lassen. Mir geht es schon viel besser. In Ordnung, ja, ich ziehe mir auch wieder Schuhe an.«

»Und ich mache die Sandwiches.«

»Alsdann«, sagte Reed, »ich bin bereit, bis morgen früh zu bleiben und die Möglichkeiten des ländlichen Lebens noch einmal einer Prüfung zu unterziehen. Beim Dinner ist Leo doch sicher dabei, oder?«

»Und Emmet und William, aber ohne den Rest aus dem Lager der Araby Boys. Leo wird referieren, was er bei Mr. Artifoni gelernt hat – über Erste Hilfe –, aber sonst wird es nicht allzu schlimm werden. Warte nur ab. Du wirst sehen, Mr. Mulligan ist nett, und Emmet ist wirklich in seiner blassen Art so interessant wie William mit seiner Großtuerei.«

»Ich freue mich, den Nachmittag auf den Hügeln auf meine Art zu verbringen. Da gibt es doch keine Kuhherden«, fügte er hinzu, »oder etwa einen Bullen?«

»In dieser Gegend gibt es keine Bullen.«

»Woher kommen dann die Kälber? Unbefleckte Empfängnis?«

»Künstliche Befruchtung.«

»Kein Zweifel, das ländliche Leben ist dekadent, unmoralisch und macht jedes Seelenleben zunichte. Hat der braune Hund einen Namen? Anscheinend sind wir Freunde geworden.«

»Brownie.«

»Und wie heißt die rote Katze?«

»Kassandra. Sie gehört Emmet. Aber gewöhnlich nennen wir sie Pussens.«

»Was war das?« Reed blieb stehen, einen Fuß auf der Veranda.

»Jemand schießt auf Murmeltiere.«

»Glaubst du, der Jemand könnte aus Versehen auch auf uns schießen?«

»Also, erstens haben sie Zielfernrohre auf ihren Gewehren, und zweitens werden sie uns doch von Murmeltieren unterscheiden können.«

»Kate?«

»Ja.«

»Beeil dich und mach diese verdammten Sandwiches.

Wenn wir erschossen werden, dann laß uns gemeinsam sterben, einer in des anderen Armen.«

»Wir machen einfach nur einen Spaziergang«, sagte Kate.

»Ich frage mich«, sinnierte Reed, »was sich Mary Bradford unter einer ländlichen Orgie vorstellt. Na gut, immerhin weiß ich, daß ich dir, solltest du gleichzeitig ertrinken und verbluten, sofort eine Kompresse anlegen und dann auf den geeigneten Zeitpunkt für die künstliche Beatmung warten muß. Ich muß daran denken, Leo beim Dinner zu fragen, wie lang es nach Ansicht von Mr. Artifoni dauert, bis man an einer Schußwunde stirbt.«

Reed und Kate saßen an den gegenüberliegenden Enden der Tafel; ab und zu begegneten sich ihre Blicke, aber meistens lauschten sie den Gesprächen der anderen am Tisch. Es war ein schöner Spaziergang gewesen und ein schöner Nachmittag. Die Cocktailstunde war zwar von Leos Rückkehr wenn nicht zerrissen, so doch gestört worden, aber Reed sah keinen Anlaß, sich zu beklagen, Kate schien die ganze Geschichte mit Leo als eine faszinierende Erfahrung anzusehen, wie eine Safari oder die Erkundung eines Pols: schwierig, körperlich erschöpfend, aber lehrreich und angefüllt mit Stoff für künftige Anekdoten, falls man überlebte.

Mr. Mulligan war zur Cocktailstunde gekommen. Er erwies sich als angenehmer, wenn auch ein wenig wichtigtuerischer Mann um die vierzig. »Sie haben also Mary Bradford schon kennengelernt«, hatte Mr. Mulligan gesagt, ließ sich einen Martini einschenken und sank mit sichtlicher Befriedigung in einen Sessel vor dem Kamin. »Dann muß ich sie Ihnen ja nicht mehr beschreiben. Ich gelte als Literaturkritiker, und ich habe versucht, Mary Bradford meinen Freunden zu schildern, aber die hegen immer den Verdacht, daß meine Phantasie mit mir durchgeht. Lassen Sie mich Ihnen versichern, daß ich, der ich als Letzter – zu Recht oder zu Unrecht – die Tugend der Rechtschaffenheit für mich reklamiere, auf alle Fälle nicht an Orgien teilnehme, weder alkoholischer noch sexueller Art.«

»Daß Sie Schriftsteller sind, habe ich gar nicht gewußt«, sagte Kate. »Ich habe Sie für einen trockenen Akademiker gehalten, wie ich einer bin.«

»Verträumte Akademiker schreiben, haben Sie das nicht gewußt? In meinem Fall ist es so, daß ich viel zu viele Bücher schreibe, die ›Die Zukunft des Romans‹, ›Der Roman und das moderne Chaos‹ oder ›Form und Funktion moderner Fiktionsliteratur‹ heißen – für eine richtige Alliteration hätte da natürlich ›französischer Fiktionsliteratur‹ stehen müssen, aber leider, leider, ich kann kein Französisch. In allen meinen Büchern ist die Rede vom Niedergang der alten Werte und der Leere des modernen Lebens. Sie kennen das sicher. Ich habe den Verdacht, keines der Bücher ist zu etwas nütze, aber ich habe so viele geschrieben, daß das Ganze einfach irgendwann Eindruck machen mußte, und so bin ich nicht nur in Amt und Würden und zu einer ordentlichen Professur gekommen, sondern ich werde auch zu Vorträgen vor Frauenvereinen eingeladen, und im nächsten Herbst soll ich vielleicht sogar einen Frühkurs im Fernsehen halten. Was kann der Mensch sich mehr wünschen?«

»Wer bringt Ihre Bücher heraus?« fragte Kate. »Die University of Southern Montana Press?«

»Nein, so merkwürdig das ist: die Calypso Press.«

»Dann unterschätzen Sie aber Ihre eigenen Bücher. Wenn Sam Lingerwells Verlag sie herausbringt, dann sind sie ohne Zweifel erstklassig.«

»Tun Sie mir den Gefallen, liebe Lady, und bleiben Sie bei dieser Annahme. Wir müssen wohl schreiben oder untergehen, aber ich sehe keinen Grund, voller Langeweile unterzugehen, während ich lese, was die anderen geschrieben haben. Die Irrationalitäten des akademischen Lebens müssen doch nicht bis zu ihrer logischen Konsequenz geführt werden. Ja, danke, ich hätte gern noch einen Drink.«

Das war zur Cocktailstunde gewesen. Nun, beim Dinner, verkündete Leo: »Heute morgen habe ich Mary Bradford genau zwischen die Augen getroffen, da bin ich ganz sicher. Also, jedenfalls seitlich am Kopf, stimmt's, William?«

»Sehr wahrscheinlich«, sagte William, dessen Interesse mehr dem Hühnchen im Gemüsebett galt.

»Es ist wirklich unglaublich«, bemerkte Emmet, »daß wir nicht aufhören können, über dieses schreckliche Frauenzimmer zu reden. Womit hast du sie denn ›erwischt‹, Leo? Ich hoffe doch sehr, mit etwas, das sicher zu ihrem Tode führte.«

»Mary Bradford«, sagte Kate, »ist wie eine Kriegsdrohung oder wie der starke Verdacht, daß man schwanger ist: Es ist absolut unmöglich, an irgend etwas anderes zu denken. Aber wenn wir uns zusammennehmen, dann ist zumindest der Versuch eines Themawechsels möglich. So oder so, die Frau ist faszinierend. Sie ist sich ihrer eigenen Rechtschaffenheit so vollkommen sicher und liegt dabei in jedem Punkt so absolut und überwältigend falsch. Womit ich schon wieder bei ihr bin ... Leo, ich bin gar nicht so sicher, ob ich deine Schießübungen gut finde, falls es das ist, womit du Mary Bradford ›erwischt‹ hast. Aber jedenfalls solltest du nicht darüber reden.«

»Ich habe es niemandem erzählt«, grummelte Leo. »Keinem, der zählt.«

»Nur allen Jungs im Araby Boys' Camp«, sagte Emmet.

»Die zählen nicht«, beharrte Leo.

»Mein lieber Leo«, sagte Kate, »du bist genauso unheilbar städtisch wie wir alle. Jeder von diesen Jungen hat eine Familie, die gierig auf jedes Häppchen Klatsch und Tratsch wartet. Letzte Woche, Reed, sind fünf unglückliche Jugendliche dort unten auf der Straße in einen besonders scheußlichen Unfall verwickelt gewesen; sie müssen achtzig Meilen draufgehabt haben, und ihr Wagen wurde buchstäblich in zwei Hälften gerissen. Und weißt du was? Zwei Tage lang sind die Leute aus der Gegend meilenweit gefahren, um einen Blick auf das Autowrack zu werfen. Der Mann, dem das Grundstück gehörte, mußte Parkverbotsschilder aufstellen, und nur die Sommerfrischler fanden daran etwas ungewöhnlich.«

»Ich bin mit Ihnen einer Meinung, was das Gewehr betrifft«, sagte Emmet. »Man liest ja dauernd von Menschen, die durch Zufall von ›unschuldigen‹ Gewehren getroffen wurden. Ich lehne es kategorisch ab, an die Unschuld von Gewehren zu glauben.«

»Wenn ein Gewehr nicht geladen ist«, widersprach William, der sich offenbar persönlich herausgefordert sah, »dann kannst du es vielleicht jemandem über den Schädel schlagen und ihn so umbringen, aber ganz sicher kannst du niemanden damit erschießen. Ich finde, es ist ein hervorragendes Ventil für Leo.«

»Mit einem ungeladenen Gewehr zu schießen?« fragte Mr. Mulligan.

»Es hat ein Zielfernrohr«, erklärte Leo eilig, bevor William noch den Ball aufnehmen konnte, den ihm Mulligan zugeworfen hatte. »Ich visiere mein Ziel an und lerne, nicht zu wackeln, wenn ich abdrücke. William hat mir versprochen, daß er Ende des Sommers mit mir richtige Schießübungen macht. Natürlich passiert jetzt nichts, wenn ich abdrücke, aber das Zielen durchs Visier macht schon Spaß. Da unten auf dem Hof gibt es einen Mann, der trifft Murmeltiere, die Meilen weit weg sind. Also gut, ein paar Meter weit«, fügte er hinzu, als er Kates Blick auffing.

»Woher bist du so sicher, daß hier nirgends Kugeln herumliegen?« fragte Reed.

»Ach, Lieber«, sagte Kate, »wir haben das Gewehr gerade erst in der Scheune gefunden; der Gärtner hat gleich nachgeschaut, ob der Lauf und das Magazin auch wirklich leer sind, und ich glaube, er hat es ein wenig geölt. Leo hat auf das Feierlichste geschworen, niemals eine Kugel, falls er eine finden sollte, auch nur anzurühren, nicht einmal mit dem Fingernagel, und ich habe mich sehr sorgfältig umgeschaut und keine gefunden. Jetzt hast du mich richtig unsicher gemacht. Aber ich weiß wirklich nicht viel über Jungen, und es kommt mir ein wenig altjüngferlich und männlichkeitsfeindlich vor, Gewehre in Bausch und Bogen zu verdammen; ich habe darauf bestanden, daß niemand, solange er unter meinem Dach wohnt, auf Lebendiges schießen darf, und das ist doch wohl ladylike genug.«

»Warum aber mit dem Gewehr üben, wenn man auf nichts schießen darf, nicht einmal später?« fragte Mr. Mulligan.

»Also. Leo und William behaupten beide, es würde großen Spaß machen, auf Scheiben zu schießen. Jedenfalls kann ich es ganz und gar nicht billigen, wenn auf Mary Bradford gezielt wird. Sie ist zweifellos eine unmögliche Frau – ich bin die Letzte, die dem nicht zustimmte –, aber mußt du wirklich auf sie zielen, als wolltest du sie töten, Leo, selbst wenn das Gewehr nicht geladen ist? Das scheint mir doch ein bißchen gegen den Geist unserer Abmachung zu verstoßen, wenn nicht gar gegen ihren Wortlaut.«

»Wahrscheinlich haben Sie recht«, sagte William. »Aber ich stehe immer mit Leo zusammen früh auf«

(»Verdammt früh«, murmelte Reed), »und morgens macht er halt gern seine Zielübungen, und da stand sie eben direkt vor uns, die gute Mary Bradford, und bot sich sozusagen an als Zielscheibe. Sie wissen ja, sie ist dort jeden Morgen und schreit herum, was das Zeug hält.«

»Was um Himmels willen hat sie dort um halb sechs in der Früh zu suchen?« fragte Reed. »Sammelt sie Kröten im Tau?«

»Treibt die Kühe zum Melken zusammen.«

»Ich hoffe nur, sie hat nicht gesehen, wie du auf sie gezielt hast«, sagte Kate. »Wer immer Mary Bradford auch ist, wir sollten eine gewisse Etikette aufrechterhalten, oder?«

»Aber sie kann uns gar nicht sehen, Tante Kate«, versicherte Leo. »Erstens sind wir gut versteckt, liegen sozusagen im Hinterhalt. Und zweitens erwartet sie gar nicht, zu der Stunde jemanden auf den Beinen zu sehen, weil all diese Windbeutel aus der Stadt ihre Zeit nur verschlafen, wie sie immer sagt. Und sie macht solch einen unglaublichen Lärm, wenn sie nach den Kühen schreit. Und wie sie sie nennt ... einmal hat sie ...!«

»Leo!« Das war Williams Stimme, und sein höchst wütender Blick traf Leo und durchbohrte ihn.

»Mein lieber Leo«, sagte Emmet. »Falls Miss Fansler wissen will, was Mary Bradford dort des Morgens zu sagen hat, kann sie auf die schlichte Möglichkeit zurückgreifen, sich um die Uhrzeit zu erheben und zuzuhören. Bis dahin stimmst du mir sicher zu, daß eine detaillierte Wiedergabe aus deinem Mund weder aufschlußreich noch schicklich wäre.«

»Wenn sie so faszinierend ist«, warf Mulligan ein, »dann werde ich allerdings aufstehen und ihr mit eigenen Ohren zuhören.«

»Vielleicht«, sagte Emmet, »sollten wir eine Kühe-Einsammel-Party geben, mit Kaffee und Beschimpfungen: Kommen Sie im Schlafanzug, und seien Sie darauf gefaßt, total wach und schockiert zu werden.«

»Mr. Artifoni sagt«, bemerkte Leo, »daß der Schock einer der gefährlichsten Zustände nach einem Unfall ist. Darum ist es so wichtig, vorsichtig zu sein nach einem Unfall, also zu ...!«

»Mr. Artifoni ist, wenn ich richtig vermute«, sagte Mr. Mulligan, »das örtliche Orakel, das die Aufsicht über das Jugendlager da oben hat.«

»So ist es«, antwortete Kate, »und es gibt Augenblicke, in denen der Vorteil, dieses A.B.C., wie das Lager genannt wird, zu haben – jedenfalls um Leos willen –, deutlich in Frage gestellt wird durch die Wucht nicht nur der Bemerkungen aus dem Mund Mr. Artifonis, die natürlich klug und hilfreich sind, wenn auch nur anwendbar in ziemlich speziellen Situationen« – Kate lächelte Leo an –, »sondern auch durch die Wucht, mit der siebzig Jungen aufzutreten pflegen. Jedesmal, wenn ich mehrere Jungen die Köpfe zusammenstecken sehe, fürchte ich um die Zukunft der Menschheit. Zweifellos ist das der Grund, warum ich eine alte Junggesellin geblieben bin und persönlich zur Zukunft der Menschheit nichts beitrage. Trinken wir den Kaffee im Wohnzimmer?«

Reed registrierte überrascht, aber erfreut, daß Leo, Emmet und William in die eine Richtung verschwanden, während Kate ihm und Mr. Mulligan ins Wohnzimmer voranging.

»Für mich bitte schwarz«, sagte Mr. Mulligan. »Die mögen über *meine* Orgien sagen, was sie wollen, Miss Fansler, und das gleiche gilt auch für Ihr Junggesellinnen-Dasein. Aber wenn Sie weiterhin so mannhaft und wirkungsvoll Ihren Haushalt führen, dann werden auch Ihnen demnächst die Orgien angedichtet werden. Meinen Sie nicht«, fragte er, nippte genußvoll an seinem Kaffee und ließ sich einen Brandy dazu einschenken, »wir sollten unsere Haushalte zusammenlegen und eine Orgie feiern, damit wir wenigstens sagen können, es habe tatsächlich eine gegeben. Sind wir nicht irgendwie verpflichtet, ein wenig Wasser auf Mary Bradfords Mühlen zu leiten?«

»Das ist genau das, was mir heute nachmittag durch den Kopf ging«, sagte Reed. »Sie piesackt die Leute wirklich so sehr, daß sie einen geradezu zu Gemeinheiten zwingt. Wäre ich ihr Mann, was ich Gottseidank nicht bin, dann würde ich ihr höchstpersönlich meine Socken in den Staubsauger stecken. Wie gehässig das klingt. Versteht ihr, was ich meine?«

»Genau«, sagte Kate. »Du mußt Emmet und William

dazu bringen, daß sie mit dir einen geeigneten teuflischen Plan aushecken. Aber laß bitte Leo und mich aus der Sache heraus. Offen gesagt, die Frau schreckt und entsetzt mich gleichermaßen, und ich *bin* nun einmal verantwortlich für Leo.«

»Natürlich will keiner sein wie unsere neugierige Nachbarin«, bemerkte Mr. Mulligan, »aber dürfte ich wohl, ohne abstoßend zu erscheinen, fragen, wer eigentlich Emmet und William sind? Sie sehen, schöne Dame, daß schon die Art meiner Fragestellung eine unschuldige und vernünftige Antwort voraussetzt.«

»Sie sind ziemlich sicher, daß ich jetzt nicht behaupten werde, sie seien meine Liebhaber, meine unehelichen Kinder oder Mitglieder meiner Bande?«

»Allerdings. Soweit ich mitbekommen habe, hängen ihre Aufgaben mit Leo, Ihrem Neffen, zusammen.«

»Auf William trifft das zu. Und Leo ist, nebenbei bemerkt, tatsächlich mein Neffe. Natürlich hat man ihn auch schon für einen Fehltritt von mir gehalten, den ich auf diese Art bemäntele. Gibt es übrigens auch eine Adjektivform zu ›Tante‹? Aber nicht ›tantenhaft‹.«

»Das glaube ich kaum«, sagte Mr. Mulligan. »Vielleicht können wir eine erfinden. Ich war mir immer schon sicher, daß Joyce nur deshalb ›Finnegans Wake‹ geschrieben hat, weil er Spaß daran hatte, neue Wörter zu erfinden. Wie wäre es mit ›tant*lich*‹?«

»Nicht schlecht. Also, in meiner tantlichen Eigenschaft habe ich William als Leos Hauslehrer und zugleich seinen Kumpel eingestellt. Man könnte sagen, einen Gefährten für den jungen Telemach. Er, also William, ist zufällig Student in höherem Semester an der Universität, wo ich lehre. Ein großes Problem beim Anheuern männlicher Studenten dieses Alters als Sommergefährten für einen Neffen liegt darin, daß sie, wie Evelyn Waugh sagte, kleine Jungen entweder zu sehr oder zu wenig mögen, aber William kann gut mit Leo umgehen. Weil Leo tagsüber am A.B.C. teilnimmt, sind Williams Verpflichtungen nicht allzu groß; er kann diese hervorragende Bibliothek benutzen, hat Unterkunft und Verpflegung und dazu noch die anregende Gesellschaft von Emmet.«

»Und die Annehmlichkeiten eines sehr gut geführten

Hauses und die Dienste Ihrer hervorragenden Mrs. Monzoni.«

»Sie kennen Mrs. Monzoni, Mr. Mulligan?«

»Nicht persönlich. Aber ich habe, wie Sie sich vorstellen können, von dieser empörenden jungen Frau gehört, einer gewissen Miss Fansler, die selber weder kochen, noch den Haushalt führen und putzen, noch sich um ihren eigenen Neffen kümmern kann. Sie kennen das Leben hier noch nicht, Miss Fansler. Ich verbringe nun fast seit einem Dutzend Jahren den Sommer hier, und ich habe gelernt, daß die Landbewohner sich so obszöne Vorstellungen von einem machen, weil sie selber zum großen Teil solchen Dingen frönen. Wissen Sie zufällig, welches Verbrechen in den Berichten der Polizei von Vermont, um mal einen ländlichen Bundesstaat in New England herauszupicken, am häufigsten auftaucht?«

»Schwarzbrennerei?« riet Kate.

Mr. Mulligan wandte sich an Reed. »Vielleicht weiß es unser Bezirksstaatsanwalt?«

»Inzest, nehme ich an«, antwortete Reed.

Mr. Mulligan nickte. »Vor allem zwischen Vater und Tochter, aber es gibt auch andere Formen.«

»Sie machen mir Angst.«

»Natürlich tue ich das, liebe Lady. Aber wenn Sie mal einen Augenblick nachdenken, dann werden Sie begreifen, wieso der Mensch hier auf dem Lande bei aller Scheinheiligkeit sich sehr wohl Situationen vorstellen kann, die wir Städter nur durch die geniale Darstellungskraft eines William Faulkner erfahren; dem Landbewohner ist das sozusagen angeboren.«

»Ich bin sicher, daß Mary Bradford bei aller Niederträchtigkeit niemals Inzest begangen hat und auch niemand in ihrer Familie.«

»Da könnten Sie recht haben. Aber ich glaube von mir behaupten zu können, daß ich Charaktere beurteilen kann, und es gibt nicht allzu viele Sünden, die ich dieser Dame nicht zutrauen würde, deren Namen mir übrigens, das schwöre ich feierlich, heute abend nicht mehr über die Lippen kommen wird. Darf ich fragen, was Emmet tut?«

»Er sieht den Nachlaß von Sam Lingerwell durch und

versucht, eine Ordnung hineinzubringen, die es uns ermöglicht, die einzelnen Unterlagen den richtigen Institutionen zu vermachen. Gerade jetzt stellt er alles, was Joyce betrifft, zusammen, und zu meiner großen Überraschung – denn seiner Meinung nach ist Jane Austen die einzig erwähnenswerte Romanautorin – hat er angefangen, sich richtig für ihn zu interessieren, vor allem ›Dubliner‹ hat es ihm angetan. Er murrt allerdings ständig über Lingerwells Verständnis für Joyces Vorliebe für Kurzgeschichten. Natürlich hat Jane Austen niemals eine Kurzgeschichte geschrieben. Haben Sie Mr. Lingerwell gekannt? Schließlich war er ja Ihr Verleger.«

»Er hatte sich aus dem aktiven Verlagsgeschäft zurückgezogen, bevor ich dort auftauchte. Ich habe gehört, daß er dieses Haus gekauft hat, habe ihn aber nie gesehen.«

»Also, Emmet macht seine Sache sehr gut, alles in allem. Es ist ausschließlich seine neue Begeisterung für Joyces ›Dubliner‹, die ihn hier hält, denn er kann das Landleben nicht ausstehen, fürchtet sich vor Schlangen, zittert buchstäblich von Kopf bis Fuß bei dem Gedanken, über offenes Feld zu gehen, und fährt in die nahegelegene Stadt, wo wir einkaufen – sie hat dreitausend Einwohner –, um des schieren Vergnügens willen, über einen gepflasterten Bürgersteig zu gehen und eine Taube betrachten zu können. Er hat außerdem einen sehr guten Einfluß auf Leo, auch wenn er zu der Sorte Mensch gehört, die, wenn sie Bewegungsdrang überkommt, sich hinlegt und wartet, bis der Anfall vorbei ist. Aber er redet mit Leo, als hätten die beiden noch kürzlich zum Jet Set gehört und sich aus purer Langeweile zurückgezogen. Für Leo ist das eine gute Erfahrung, denn man hat ihn immer behandelt, als wäre er ein Pfadfinder, der seine Gruppe im Stich gelassen hat.«

»William und Emmet scheinen sich als Gegenspieler wunderbar zu entsprechen«, sagte Reed, »aber glaubst du, sie sind – vielleicht ist ›zuträglich‹ das Wort, das ich suche – wirklich zuträglich für Leo?«

»Was ihnen an Zuträglichkeit fehlt, liefert Mr. Artifoni und sein Lager in entsprechender Dosierung. Ich persönlich finde Emmets Kraftlosigkeit entschieden zuträglicher als die Kraftmeierei, wie sie im Lager üblich ist, aber vielleicht sollte ich das besser nicht zugeben. Leo beginnt den Tag mit William und den Zielübungen mit einer leeren Flinte und diskutiert mit Emmet über Joyce, aber dann wird er zum Lager gefahren, wo er nach dem Treueeid und dem Vaterunser in die höheren Geheimnisse des Ballwurfes eingeweiht wird, wie ihn Bob Cousy entwikkelt hat.«

»Kate«, sagte Reed, »du bist eine bemerkenswerte Frau. Du kennst tatsächlich Bob Cousy.«

»Mein Kompliment, verehrte Lady«, sagte Mr. Mulligan und erhob sich, »und auf Wiedersehen. Am kommenden Wochenende gebe ich eine Cocktailparty, und ich wäre entzückt, Miss Fansler, wenn Sie und Mr. Amhearst und natürlich Emmet und William am Samstagnachmittag zu mir kämen, vorausgesetzt, Sie können Leo mit Mrs. Monzoni allein lassen. Ich hoffe, ich kann Ihnen versprechen, daß niemand den Namen Mary Bradford erwähnen wird.«

Kate nahm für sich die Einladung an und versprach, auch Emmet und William mitzubringen. Reeds Antwort fiel ein wenig unklar aus. Er wisse zur Zeit vom einen Moment zum anderen nicht, ob er das Landleben weiter ertragen könne, denn ihm fehle, im Vergleich zu Emmet, etwas, das die Anziehungskraft von Joyce habe. Aber sollte er noch da sein, dann ...

»Ich erwarte morgen nachmittag die Ankunft von zwei Gästen«, sagte Kate. »Es wird Sie sicherlich erleichtern, zu hören, daß es sich um weibliche Wesen handelt. Falls wir alle kommen, könnte es sein, daß damit unser Haushalt bei Ihrer Party ein Übergewicht erhält; andererseits kann ich versprechen, daß Grace Knole für *jede* Gesellschaft ein Gewinn ist.«

»*Die* Grace Knole? Sie ist Ihre Kollegin, nicht wahr?«

»Leider nicht mehr. Sie ist emeritiert. Aber sie ist immer noch sehr *die* Grace Knole. Sie kommt zusammen mit einer jungen Kollegin von mir, die wiederum Williams Freundin ist.«

»Ich werde entzückt sein, Sie alle am Samstag begrüßen zu können, meine Liebe«, sagte Mr. Mulligan und streckte ihr mit zeremonieller Verbeugung die Hand entgegen. »Dann bis Samstag, mit besonderen Grüßen an die berühmte Frau Professor Knole. Ich bin sehr erfreut, Sie kennengelernt zu haben, Mr. Amhearst, und ich hoffe, Sie beschließen zu bleiben.«

»Wer ist denn diese berühmte Professor Knole?« fragte Reed, nachdem Mr. Mulligan mit weiteren Verbeugungen verschwunden war. »Ist sie tatsächlich so berühmt?«

»In der akademischen Welt«, antwortete Kate, »so berühmt, wie man nur sein kann.«

Grace

Die berühmte Professorin Grace Knole betrachtete die den Taconic Parkway umgebende Landschaft mit dem Gefühl liebevoller Verzweiflung. Mit siebzig Meilen raste diese Landschaft an ihr, beziehungsweise sie an der Landschaft vorbei. Eveline Chisana, die am Steuer saß, war eine geübte Fahrerin; zudem sollte sich Grace Knole, selbst schon fast siebzig und somit zahlenmäßig fast der Geschwindigkeit ebenbürtig, eigentlich vor dem Tod nicht mehr fürchten. Eveline war noch keine dreißig und hatte bisher keinerlei Anflüge von Selbstmordneigungen gezeigt. Frauen sollten sich möglichst nicht wie alte Damen benehmen, vor allem, wenn sie außer sich darüber waren, daß man sie auf dem Höhepunkt ihrer Kräfte in den Ruhestand versetzt hatte. Und sie war noch verdammt gut bei Kräften, dachte Grace, obwohl das gewiß nicht die beste Ausdrucksweise ist. »Ich nehme doch an, daß der Wagen vollkommen in Ordnung ist?« fragte sie auf möglichst beiläufige Weise. Lina, wie jeder sie nannte, grinste und ging mit dem Tempo auf schickliche fünfundfünfzig hinunter. »Tut mir leid«, sagte sie, »ich war wohl in Gedanken. Keine umwälzenden Ideen mehr bei mehr als sechzig Meilen pro Stunde, das verspreche ich feierlich.«

Grace betrachtete die junge Frau interessiert und dachte: anders als die jungen Frauen zu meiner Zeit, die sich damals für eine Sache entscheiden mußten. Viele junge Damen von heute entschieden sich zwar immer noch für ein Haus in der Vorstadt, komplett mit Ehemann und Kleinkindern, aber auch Frauen wie Lina, die ihren Doktor machten und brillante Wissenschaftlerinnen wurden, fanden dennoch Zeit, mit dem Auto herumzufahren, tanzen zu gehen, zu kochen, zu lieben, und das alles mit gleicher Perfektion.

Lina hatte aber noch mit keinem Mann geschlafen, jedenfalls noch nicht wirklich, eine Tatsache, über die sie nachdachte, während der Tachometer wieder in die siebziger hinaufkletterte; sie hatte keine nennenswerten sexuellen Erfahrungen, und das galt, was ein Problem war, auch für William. Sie nahm sich vor, ihn an diesem Wochenende ein für allemal über den sich ständig erweiternden Abgrund ihrer beider Jungfräulichkeit hinweg zu stellen. Was war denn das für ein Bild! Sie stellte sich ihr eigenes Entsetzen vor, wenn sie so etwas in der Seminararbeit eines ihrer Studenten lesen würde. Abgründe erweitern sich nicht, würde sie an den Rand schreiben, und schon gar nicht vor den Augen des Betrachters, um nur die unglücklichsten Stellen dieses schiefen Bildes zu benennen. Verdammter William. Verdammt. Verdammt.

»Tatsächlich«, sagte Grace, »würde es mir nicht das geringste ausmachen, zu Fuß zu gehen. Es tut mir leid, daß ich so ein Quälgeist bin, aber ich hatte einmal ein trauriges Erlebnis in einem Stanley Steamer, und Sie fuhren achtzig. Aber vielleicht sah es von hier nur so aus wie achtzig.«

Lina ging wieder mit dem Tempo herunter und lächelte eine Entschuldigung. Die liebe Professor Knole. Eine schlechtangezogene Vogelscheuche, es gab kein anderes Wort für sie, so brillant sie auch war. William erzählte gern davon, wie sie zum ersten Mal zu einer Vorlesung in den Hörsaal kam und er gedacht hatte, die Putzfrau hätte den Verstand verloren und wollte einen Vortrag halten. Natürlich nur so lange, bis sie den Mund aufmachte. Sie war eine etwas unordentliche Person, stämmig, mit zipfelndem Rocksaum, der Waden und Knöchel umbaumelte, vernünftigen festen Schuhen und Haaren, die aussahen, als hätte sie sie selber mit dem Schälmesser bearbeitet. Und doch brachte sie es fertig, mit siebzig fünfundzwanzigtausend Dollar abzulehnen, die sie für das Abhalten eines Seminars über Chaucer bekommen hätte. Und warum hatte sie abgelehnt? Weil sie gerade etwas anderes vorhatte. Eine eigenwillige alte Schachtel, dachte Lina. Wieviel sie wohl in ihrem Leben verpaßt hatte...

»Nach Kates Beschreibung«, sagte Grace, »muß ihr Haushalt eine recht unstete Mischung aus kleinen Jungen und James Joyce sein. Ich verstehe von beidem nichts, klar, aber ich finde, man soll offen bleiben für neue Erfahrungen. Kürzlich habe ich ›Lady Chatterley‹ gelesen, nachdem das Buch wieder legal erschienen ist. Mir scheint, die arme Constance wußte einfach nichts mit ihrer Zeit anzufangen.«

»Hätte sie einen Kurs über mittelalterliche Symbolik belegen sollen?« fragte Lina scherzend.

»Es gibt Schlimmeres; und in der Tat meine ich, das hat sie auch getan.«

»Zwischen Joyce und Lawrence gibt es eigentlich keine Verbindung«, sagte Lina amüsiert. »Ganz im Gegenteil sogar. Soviel ich weiß, hat der eine das Werk des anderen verabscheut.« Professor Knole mochte die größte lebende Expertin in Sachen Mittelalter sein, doch alle Romane, die nach der industriellen Revolution geschrieben wurden, waren für sie eine infantile Zerstreuung, die mit der Zeit sogar Kinder ermüden würde. »Wie mir William schrieb, hat Emmet ein paar aufregende Briefe über die ›Dubliner‹ gefunden. Natürlich ist William in seiner Ausdrucksweise immer sehr vorsichtig; seine Briefe sind alle wie mit einem Blick auf die Geschworenenbank geschrieben.«

»Was ist ›Dubliner‹ noch für ein Buch? Das ist nicht das, in dem Leopold Bloom vorkommt, oder?«

»Nein. Das ist genau der springende Punkt. Die Geschichten in ›Dubliner‹ handeln von verschiedenen Leuten aus Dublin, die sich alle in verschiedenen Stadien physischer und geistiger Paralyse befinden.« Lina dachte an die letzte Story in ›Dubliner‹, ›Die Toten‹, an Gabriel Conroys Verlangen nach seiner Frau und an Michael Fury, der gestorben war, weil er im Regen gestanden hatte, gestorben war, weil er liebte. Sie dachte an Bloom am Strand von Sandymount im ›Ulysses‹, wie er von der Liebe träumte, und an das verkrüppelte Mädchen, das von der Liebe träumte. Oh, Gott.

»Es sieht bestimmt von hier aus so aus wie achtzig«, sagte Grace.

»Professor Knole«, fragte Lina. »Ist Ihnen jemals aufgefallen, wie sehr Dinge, die Ihnen gerade im Kopf herumgehen, sich auch immer in Ihre Gespräche schleichen oder Ihnen aus Büchern entgegenspringen? Ich glaube, das geht hungrigen Kriegsgefangenen im Lager so und Leuten, die gerade das Rauchen aufgegeben haben.«

»Und beim Thema Sex«, sagte Grace, den Blick auf

den Tachometer gerichtet. »Ja, das ist mir oft aufgefallen. Natürlich ist das Jahre her.«

»Wir sind jetzt ohnehin in der Nähe der Kreuzung, wo wir abbiegen sollen«, sagte Lina und drosselte das Tempo.

Grace entfaltete den Zettel mit Kates Anweisungen und fing an, laut vorzulesen.

Trotz des drohenden Regens gingen Reed und Kate querfeldein über eine Wiese, die gerade gemäht worden war. Der braune Hund, der allem Anschein nach jetzt unter Reeds Fahne marschierte, begleitete sie. Sie wanderten an einem fünfzig Morgen großen Feld entlang und sahen, wie die Heumaschine an der anderen Seite hereinfuhr und mit ihrer Arbeit begann.

»Er muß das Heu jetzt einholen«, sagte Kate, »auch wenn es vielleicht noch nicht trocken ist. Wenn Heu nach dem Schnitt auf dem Boden liegend wieder naß wird, ist es verdorben. Soviel Agrarkunde habe ich schon gelernt.« Gemeinsam beobachteten sie, wie die Maschine das Heu aufgabelte und es in ihrem Inneren – unsichtbar – zu ordentlichen, rechteckigen Ballen verwandelte, die sie dann in den Anhänger schleuderte. »Dabei zuzuschauen wird mir nie langweilig«, sagte Kate.

»Laß uns über den Bach steigen und den Hügel hinaufklettern«, sagte Reed. »Ich möchte mit dir reden. Ich weiß auch nicht, warum mich so eine Maschine in der Ferne in meiner Privatsphäre stört, aber sie tut es. Wollen wir über diesen Stacheldrahtzaun springen?«

»Natürlich nicht. Deine Hosen werden irreparablen Schaden nehmen. Man legt sich demutsvoll auf den Boden und rollt sich unter ihm durch. So.« Kate vollführte das Manöver mit einer Eleganz, die auf Übung schließen ließ. »Man muß aufpassen«, fügte sie hinzu, »daß man sich eine Stelle ohne Kuhfladen aussucht.«

»Vielleicht«, sagte Reed nachdenklich, »wenn ich früh genug angefangen hätte, Tennis zu spielen und über Tennisnetze zu hüpfen ...«

»Leute mit überschäumenden Kräften sind so anstrengend«, sagte Kate. »Dieser Sommer war voll von solchen starken jungen Männern. All diese jungen Männer, die in

Leos Lager die Gruppe leiten, fangen nach acht Stunden mit den Jungen an, hitzige Basketball-Matches auszutragen, wenn sich jeder normale Mensch, meiner Meinung nach jedenfalls, mit einem kalten Drink ausstreckt. Aber es heißt ja, de gustibus ...«

»Kate?«

»Ja.«

»Willst du mich heiraten?«

Kate starrte Reed einen Augenblick lang an, dann tätschelte sie seine Schulter. »Das ist sehr nett von dir, Reed, wirklich, aber nein, danke.«

»Ich habe dich nicht gefragt, ob du mit mir Tee trinken gehst. Mein Gott, ich habe schon erlebt, daß der Vorschlag, in ein bestimmtes Restaurant essen zu gehen, um einiges gründlicher überdacht wurde.«

»Aber da gab es wahrscheinlich eine echte Wahl zwischen zwei Restaurants. William James hat das den Zwang der Wahl genannt. Ich habe aber nicht vor zu heiraten.«

»Was bedeutet: Es gab Männer, die du heiraten wolltest, und Männer, die dich heiraten wollten, aber es waren nie dieselben Männer. Wer hat das noch gesagt?«

»Barrie. Das ist es nicht, was ich meine, Reed. Es ist eine Frage von Ausgefülltsein und Zeit.«

»Mir war nicht klar, daß ich mit meiner scheuen Geliebten sprach.«

»Weißt du, bis vor kurzem habe ich unaufhörlich darüber nachgedacht, was diese Worte bedeuten. ›Die jungen Liebenden‹ heißt es, und wir neigen dazu anzunehmen, daß damit gemeint ist: Das Leben ist kurz, die Jugend nur ein kurzer Moment, die Tage entfliehen. Aber dahinter verbirgt sich Gewichtigeres. Ist dir nie aufgefallen, daß jedermann, den du kennst, entweder wirklich ausgefüllt ist oder eben Zeit hat, aber niemals beides? Leute, die ausgefüllt sind, die einen Job haben, eine Arbeit, etwas, das ihr Leben bestimmt – die haben alle keine Zeit. Das ist eine Bedingung für ein ausgefülltes Leben. Aber sieh dir die Leute an, die Zeit haben: Witwen auf Parkbänken, alte Männer, Frauen, deren Kinder in der Schule sind, sogar Kinder, um die sich keiner kümmert – sie haben alle genug Zeit, sind aber nicht ausgefüllt. Ich habe beschlossen, lieber ein ausgefülltes Leben zu führen.«

»Und Ehe, da bist du dir sicher, sorgt nur fürs Zeithaben.«

»Zeit oder, wenn du willst, ein anderes Ausgefülltsein, das nicht zu mir paßt. In diesem Sommer ist es mir wie Schuppen von den Augen gefallen, Reed. Ich habe die Welt der Häuslichkeit erlebt, aus der ich mir nichts mache, trotz all der Hilfen, für die mein Bruder gesorgt hat, und ich habe auch erlebt, was Zeit, einfach nur Zeit, bedeutet – den Tag ausfüllen, nichts weiter. Ich denke mir: Gut, lies ein Buch; aber dann denke ich mir, geh an die Arbeit; aber ich arbeite nicht und liege schließlich, wie der gestrandete Seemann in dem Gedicht von Milne, beschämt herum und tue gar nichts.«

»Was ist aus dem Seemann am Ende geworden?«

»Gut, er wurde gerettet. Aber ich bin nicht schiffbrüchig, nur vorübergehend in eine Flaute geraten. Reed, ich bin sicher, dir ist nicht klar, was für ein selbstsüchtiges, unweibliches und unhäusliches Wesen ich bin. Ich will einfach niemanden umsorgen oder den Engel im Haus spielen. Lieber streite ich mit Grace Knole über mittelalterliche Symbolik. Schreib das mal in einer Frauenzeitschrift.«

»Meine Liebe, ich will nicht umsorgt werden, und ich kann auch nicht behaupten, daß deine Qualitäten als häuslicher Engel mich überwältigt hätten. Könnten wir nicht unsere ausgefüllten Welten teilen *und* Zeit miteinander verbringen?«

»Das erste wäre doch, daß du deinen Chef zum Dinner einlädst oder er lädt dich zu einer Party ein, und du kannst nicht absagen: Schon fände ich mich beim Ausdenken von Menus wieder oder beim Kauf eines neuen Abendkleids, weil deine Kollegen das alte schon kennen, und ich lasse mir die Haare machen und treibe Konversation mit Anwälten bei Dinnerparties. Wie es jetzt ist, können wir zusammen sein, wenn wir Lust dazu haben, und so bist du mir lieber, nicht angebunden und sorgenvoll. Einfach nur Reed; nicht *mein* Mann, *mein* Haus, *meine* Vorhänge – lieber zwei Kreise, wie Rilke sagt, die einander berühren. Weißt du, daß du mir noch nicht erzählt hast, wie es in England war, noch nicht einmal an dem Tag auf dem Hügel.«

»Auf dem Hügel hatte ich andere Dinge im Kopf, wie jetzt auch. England war hauptsächlich deshalb bemerkenswert, weil du nicht dabei warst.«

William und Emmet kamen aus dem Haus und machten Anstalten, sich in den Klubsesseln in der Sonne niederzulassen. Emmet rieb sich mit Sonnencreme ein und William mit einem Gebräu mit idiotischem Namen, das versprach, Insekten fernzuhalten – und dieses Versprechen erstaunlicherweise auch hielt.

»Man kriegt davon vielleicht Hautkrebs«, bemerkte William munter, »aber es schützt vor Stichen. Willst du auch?«

»Danke, nein. Aus irgendeinem Grund finden mich Insekten nicht übermäßig anziehend. Sie stechen mich eigentlich nur, wenn sonst weit und breit kein empfindungsfähiges Lebewesen zu finden ist, und auch dann nur als letzte Alternative zum Hungertod. Angeblich hat es was damit zu tun, wie nah das Blut unter der Hautoberfläche fließt. Aber es gibt jede Menge Theorien dazu.«

»Dann brauchst du dir ja auch keine Sorgen um einen Sonnenbrand zu machen.«

»Ich mache mir keine Sorgen«, sagte Emmet. »Ich mache mir weder Gedanken darum noch zittere ich vor Angst. Ich finde es einfach befriedigender, gleichmäßig braun zu sein als auszusehen, als hätte man mich in kochendes Wasser getaucht und mir dann in Fetzen die Haut abgezogen.«

»Es geht mich ja nichts an ...« fing William an.

»Immer ein sicheres Merkmal dafür, daß man vom Gegenteil überzeugt ist.«

»Wahrscheinlich hast du recht. Streich die einleitenden Worte ersatzlos. Warum liebst du eigentlich diese blassen Manierismen, die doch jeden in Hör- und Tratschweite geradezu einladen, dich für schwul zu halten?«

»Woher weißt du, daß ich nicht schwul bin, wie du dich so derb auszudrücken geruhst – verzeih mir, daß ich das so nenne.«

»Zum einen unterdrückst du jedesmal offensichtlich ein Schaudern, wenn du Leo ansiehst.«

»Du meine Güte, sieht man das so deutlich? Das tut mir leid. Ich habe eigentlich nichts gegen kleine Jungen, wenn sie so um die fünf sind, kurze Hosen tragen und die Haare à la Prince Charles geschnitten haben, Gott segne ihre artigen kleinen Herzen; Leo ist dagegen eher eine Nervensäge, findest du nicht?«

»Leo ist in Ordnung, solange man ihn ernst nimmt und mit Würde behandelt. Du hast übrigens meine Frage noch nicht beantwortet.«

»Was für eine Frage, mein lieber William?«

»Ach, zum Teufel, Emmet, ich gebe ja zu, du bist unterhaltsam, sehr unterhaltsam, und vor allem bewundere ich, wieviel Alkohol du verträgst, ohne aus der Rolle zu fallen.«

»Dein Fassungsvermögen ist auch nicht von schlechten Eltern.«

»Kein Vergleich. Mit fortschreitendem Abend wirst du einfach immer schlauer. Glaubst du, deine Widerstandskraft gegenüber Alkohol hat etwas mit deiner Unattraktivität für Moskitos zu tun?«

»Es sind gar nicht in erster Linie Moskitos, wie Kate mir erzählte, sondern Bremsen und eine Sorte fliegender Ameisen. Warum sagst du nicht endlich, was dir im Kopf herumgeht?«

»Zufällig habe ich nichts gegen Schwule, obwohl sie neuerdings die Landschaft regelrecht zu überschwemmen scheinen, aber du hast seit drei Jahren eine leidenschaftliche Liebesaffäre mit einer verheirateten Frau. Warum tust du ständig, als könnte dich nichts Weibliches so in Wallung bringen wie ein Chorknabe?«

»Dürfte ich mit aller Zurückhaltung fragen, woher...«

»Keine Sorge. Das hat sich noch nicht herumgesprochen. Lina Chisana, die dieses Wochenende hierher kommt, ist mit deiner – ehm – Geliebten zur Schule gegangen. Die beiden sind gute Freundinnen. Genau wie Lina und ich gute Freunde sind. Keiner von uns ist ein Klatschmaul, was du vielleicht glaubst, weil deine – ehm – Geliebte es Lina weitererzählt hat. Ich muß jedoch zugeben (und ich bin froh, das endlich loszuwerden), daß ich es Kate gesagt habe. Sie hat sich, was ja nicht unnatürlich ist, Sorgen gemacht wegen dir und Leo. Ich kenne Kate auch schon seit drei Jahren, nebenbei bemerkt, und sie ist bekannt dafür, so unbestechlich zu sein wie Carlyle und so schweigsam wie ein Grab.«

»›Geliebte‹«, sagte Emmet und untersuchte seine Beine nach Spuren von Sonnenbrand, »ist für mich ein Begriff, den es präziser anzuwenden gilt. Sollte dieses Wort nicht, etymologisch gesehen, einer Frau vorbehalten bleiben, die von einem Mann finanziell ausgehalten wird, der ihr also eine Wohnung mietet, Kleidung kauft und von ihr erwartet, daß sie mit ihm schläft, wann immer er bei ihr auftaucht?«

»Ich sehe nicht recht ...«

»Heutzutage benutzen wir den Begriff für jede Frau, mit der ein Mann einmal geschlafen hat. Aber wieso sollte sie deswegen seine Geliebte sein? Sind beide nicht eher Menschen, die sich lieben, sonst nichts?«

»Versuch einmal, das Mary Bradford auseinanderzusetzen.«

»Ach, vögel doch mit Mary Bradford, wenn du die Vorstellung erträgst. Was mich zu der Frage bringt, nachdem wir schon auf diese reizende, um nicht zu sagen mädchenhafte Weise Vertraulichkeiten austauschen: Wie lange ist es her, seit du mit deiner feierlichen Art eine Frau gehabt hast, und sei es nur im Traum?«

William stand auf. »Tut mir leid, Emmet. Ich habe dich ganz offenbar beleidigt. Bitte, nimm meine Entschuldigung an. Ich dachte bloß ...«

»Ach, bei Petrus und allen Heiligen, setz dich hin. Was mich an Leuten, die ein Leben voller Keuschheit führen, so wild macht, ist, daß sie offenbar glauben, ihre Reinheit würde in Frage gestellt, wenn sie darüber reden. Ich wollte es dir gar nicht mit gleicher Münze heimzahlen, ich wollte dir nur bescheiden einen Dienst erweisen, wie du, nehme ich an, auch mir. Macht nichts. Ich bin verdammt verliebt in eine verheiratete Frau, die ihre Scheidung nicht durchsetzen kann und deren Ehemann ein brutaler Kerl ist. Es reizt mich, mich in diesem Sommer ernsthaft mit der modernen Literatur zu befassen, weil mir die früheren, melodramatischeren Werke etwas zu sehr unter die Haut gehen.«

»Tut mir leid für dich. Wo verbringt sie den Sommer?«

»Sie ist mit ihrem Mann auf einer verfluchten Jacht. Würde es dir schrecklich viel ausmachen, wenn wir über etwas anderes redeten?«

»In Ordnung; James Joyce. Wie kommst du mit seinen frühen Briefen weiter?«

»Untertänigsten Dank, sehr gut, sehr gut. Sam Lingerwell war zweifellos ein großer Mann. Wenn dein Anti-Insekten-Duft verflogen ist, dann komm mit, und ich zeige dir ein paar Briefe. Das heißt, falls Leo und seine athletischen Kohorten nicht über uns hereinbrechen. Weißt du was? Ich glaube, ich bin deiner Lina schon einmal begegnet. Sieht italienisch aus, ist von enormer Vitalität und vernarrt in die Dichtkunst des achtzehnten Jahrhunderts. Sie kommt also zusammen mit Grace Knole? Stell dir einen Haushalt mit drei so bemerkenswerten und brillanten Frauen vor, keine verheiratet, und alle haben sie eine ausdrückliche Haltung der Jungfräulichkeit gegenüber.«

»Was, zum Teufel, meinst du damit?«

»Grundlagenwissen, mein Lieber. Der einen ist ihre Jungfräulichkeit so sicher, daß nur noch das Grab sie in Versuchung führen kann. Die andere bedauert ihr keusches Dasein und wird es, möchte ich behaupten, schon bald und fröhlich dem ersten Mann opfern, der sich ihr im rechten Licht inmitten entsprechend alkoholischer Umgebung präsentiert; und die dritte ...«

»Du sagst da verdammt beleidigende Dinge!« William sprang auf und stieß dabei die Flasche mit der Anti-Mükken-Essenz um, was jenen Ameisen, die zufällig mit ihr konfrontiert wurden, höchstes Unbehagen bereitete.

»Und die dritte ...«

»Emmet, um Himmels willen.«

»Aha, ich sehe, der kraftschäumende Leo ist heimgekehrt, begleitet von Mr. Artifoni persönlich.«

»Vielleicht«, sagte William, »sollte ich mich entschuldigen. Ich dachte, ich hätte es gut gemeint.«

»Kein Grund zur Entschuldigung, finde ich. Nur eine Warnung, oder sagen wir besser, eine Vermutung. Mir hat Miss Lina Chisana sehr gefallen, als ich sie kennenlernte, und der Frau, die ich liebe, geht es genauso. Ich hoffe, ich habe dich nicht beleidigt mit meiner Vermutung, was Kates Jungfräulichkeit betrifft; ich bin sicher, sie wäre nicht gekränkt.«

»Ach, verdammte Jungfräulichkeit«, sagte William.

»Ganz meine Meinung«, sagte Emmet und stand langsam und würdevoll auf. »Ich freue mich ziemlich auf den Zustrom von Weiblichkeit in unserem Haushalt, vor allem auf Grace Knole. Wann werden sie erwartet? Hast du eine Ahnung?«

Unterdessen konferierte Mr. Mulligan mit seiner Aufwartefrau und Köchin über die Cocktailparty, die er für den nächsten Tag plante. »Hoffentlich regnet es nicht«, sagte er, »weil ich ganz Araby eingeladen habe, und wenn wir nicht auch draußen den Rasen überfluten können, dann werden wir nach oben bis in die Schlafzimmer fluten müssen. Opfern Sie den Göttern, Mrs. Pasquale, egal welchen.«

Araby

Ob es nun an der Unwirksamkeit von Mrs. Pasquales Gebeten lag oder an ihren Göttern oder doch bloß an den meteorologischen Verhältnissen als solchen, das Wetter hätte am Samstag jedenfalls kaum schlechter sein können. Ein Dauerregen tränkte Rasen und Bäume und hinterließ verräterische Pfützen auf allen Gartenstühlen und Tischen. »Na ja«, sagte Mr. Mulligan zu Mrs. Pasquale, »man weiß nie. Schließlich sagt man über das Wetter in den Berkshires: Wenn es dir nicht gefällt, dann warte zehn Minuten. Haben wir die Schlafzimmer abgestaubt, Mrs. Pasquale?« Mrs. Pasquale, die gerade etwas mit hartgekochten Eiern garnierte, ignorierte ihn. Er wanderte zum Wohnzimmerfenster und starrte hinaus.

Natürlich kamen nicht alle Einwohner von Araby – nur die Sommergäste, und von denen wiederum nur diejenigen, die an diesem Wochenende in ihren Ferienhäusern waren und von Mr. Mulligan für einladenswert erachtet wurden. Die Leute, die das ganze Jahr über hier wohnten, wurden nicht eingeladen und erwarteten das auch nicht. Aus allgemein gesellschaftlichen Gründen hätten zwar Mary Bradford und ihr Mann eingeladen werden können, schließlich hatte sie durch ihre Vorfahren irgendwelche Beziehungen zur Mayflower und er zu Scarsdale, aber ihre Persönlichkeit sorgte dafür, daß eine solche Einladung unterblieb. Die Sommergäste nahmen stillschweigend an, daß die Bradfords an Cocktailparties nicht teilnehmen könnten, weil die unvermeidlich, wenn nicht gar konsequent, immer zur Melkzeit stattfinden.

Die Stadt Araby liegt, um den Standardbildband über die Berkshires zu zitieren, nördlich von Pittsfield und verdankt ihren weiterhin ländlichen Charakter der Tatsache, daß die Eisenbahn dort nicht hält. Sicher ist das höchst Ungewöhnliche, wenn nicht Einmalige an dieser Gegend im westlichen Massachusetts, daß es so gut wie keine Geschäfte gibt. Die Post wird von der »Rural Free Delivery« zugestellt, und Arabys Einwohner haben gelernt, damit zu leben, daß sie für ein Päckchen Zigaretten acht Meilen fahren müssen. Die Steuern sind hoch, denn nur Wohnhäuser können besteuert werden und so Schulen und Straßen finanzieren. Die Sommergäste in ihren Ferienhäusern werden – zwar nicht im Prinzip, aber faktisch – doppelt so hoch besteuert wie die eigentlichen Einwohner, was aber, weil jeder Sommergast natürlich reich ist wie Krösus, von den Steuerbehörden als vollkommen angemessen angesehen wird. Von Mr. Mulligan wußte man zum Beispiel, daß er für seinen Stall – ein relativ kleines Gebäude, das ursprünglich einmal als Pferdestall gedient hatte und jetzt seinen Wagen beherbergte – fast doppelt so viel Steuer zahlen mußte wie die Bradfords, deren Ställe und Scheunen immerhin ein Vermögen in Form von Melkmaschinen und Heu-Aufzug bargen. Aber irgendwie fanden die Sommergäste weder Zeit noch Energie, dem Ganzen einmal auf den Grund zu gehen.

Der Name Araby ist häufig kommentiert worden, weil es in New England fast die einzige Stadt ist, die nicht nach einem englischen Herzogtum oder einem Begriff indianischen Ursprungs benannt wurde. Geschichten darüber, wie es zu diesem seltsamen Namen gekommen sei, gab es viele, und sie waren alle gleich dubios. Die bekannteste erzählte von einem der ersten Siedler, der gern ein Scheich sein wollte und behauptet haben soll, er stamme »aus Arabien«. Wie er es schaffte, aus dieser eigentümlichen Marotte den Namen der Stadt zu machen, wurde nie befriedigend geklärt, und das wird wohl auch jetzt nicht mehr geschehen.

Mit dem zweiten Juli-Wochenende waren fast alle Sommergäste »angetreten«, und die meisten bevölkerten Mr. Mulligans Wohnzimmer. Bei Halbzeit, als die entfernteren Bekannten wieder im Aufbruch waren und das fröhliche Treiben höchste Phonstärke erreicht hatte, traf das Kontingent aus Kates Haus ein, sechs an der Zahl. Mr. Mulligan begrüßte sie mit größtmöglichem Enthusiasmus und verkündete sogleich, daß er vorhabe, Grace Knole mit Beschlag zu belegen, weil sie so eine berühmte und faszinierende Frau sei, und ebenso Lina, weil sie faszinierend sei und ihm bisher unbekannt.

»Und für den jungen Mann ist ja gewiß auch gut gesorgt«, sagte er zu Emmet und William gewandt, die sich gerade Martinis besorgten.

»Er ist anderswo zu Besuch«, sagte William.

»Bei einem Bürschchen aus diesem fidelen Ferienlager«, sagte Emmet. »Der ist jetzt dran, die Jungs zu Würstchen und türkischem Honig einzuladen. Was das Landleben so alles an sozialen Kontakten bietet, es ist schon erstaunlich.«

»Martini oder Scotch?« fragte Reed Kate.

»Was würdest du sagen, wenn ich um einen Manhattan bäte?«

»Whisky und süßen Wermut? Ich habe ja gehofft, du würdest dich so weit ändern, daß du vielleicht bereit wärest, mich zu heiraten, aber wenn ich das Gefühl hätte, du könntest dich derartig ändern, dann würde ich dich vielleicht gar nicht mehr wollen.«

»Ich habe schon galantere Feststellungen gehört.«

»Mir ist nicht galant zumute. Nur alt, dumm und merkwürdig besorgt.«

»Weshalb, Reed? Das sieht dir gar nicht ähnlich. Wann immer ich mir über irgend etwas auch nur ansatzweise Sorgen mache, siehst du darin immer typisch weiblichen Schwachsinn.«

»Wenn du es denn wissen willst, unsere Spaziergänge durch die Hügel sind der einzige Teil meines ländlichen Zwischenspiels, an den ich mit vollkommener Befriedigung denke. Worüber hat sich Mr. Artifoni, der Fitness- und Erste-Hilfe-Experte, gestern ausgelassen, als wir von unserem Spaziergang zurückkehrten?«

»Über Mary Bradford.«

»Schon wieder diese Frau. Kaum zu glauben.«

»Ich bin vollkommen deiner Meinung. Alle Eltern, die mit ihrem Wagen ihren Sprößling ins A.B.C. bringen oder dort abholen und deswegen unsere Straße entlangfahren, scheinen Mary Bradfords Hühner aufzuscheuchen und ihre Kinder der Vernichtung anheimzugeben; das behauptet sie jedenfalls. Sie hat sich angewöhnt, im Lager aufzutauchen, wenn dort Hochbetrieb ist, Drohungen auszustoßen und davon zu reden, daß sie Mr. Artifoni verklagen will. Ich glaube, sie hat sogar einen Polizisten von der Verkehrsstreife bearbeitet, damit er den Eltern Strafzettel wegen Geschwindigkeitsüberschreitung verpaßt. Jedenfalls hatte Mr. Artifoni Mordlust in den Augen.«

»Und da kam er natürlich als erstes zu dir, um mit dir zu reden.«

»Na ja, ich bin noch neu hier, und deshalb nimmt man wohl an, ich hätte noch mehr Toleranz für Klatsch und Tratsch hier am Ort. Zudem hat er Leo nach Hause gebracht, das war nett von ihm. Was beobachtest du da mit deinem höchst bezirksstaatsanwältlichen Blick?«

»Mr. Mulligan«, sagte Reed. »Er mag ja keine Orgien veranstalten, aber er ist eindeutig der schnellste Verführer seit Don Giovanni und hat auch den gleichen Geschmack, wenn ich mich richtig an Leporellos vertrauliche Mitteilungen erinnere.«

»Das sehe ich«, sagte Kate, »und verdammt, William schaut auch schon hin. Aber schließlich ist sie weit über zwanzig und wird schon wissen, was sie tut.«

»Da habe ich meine Zweifel«, sagte Reed düster, »ob irgendeiner von uns das weiß. Noch was zu trinken?«

»Ich muß schon sagen, deine umwölkte Stirn ist nicht gerade schmeichelhaft für mich.«

Reed sah sie an. »Es sieht schlicht so aus«, sagte er, »daß ich dich liebe und mir wünschte, du kämst mit mir nach New York zurück und würdest ordentlich mit mir in einer vollklimatisierten Wohnung sündigen. Wenn du meine Meinung hören willst: Die meisten Stadtbewohner, bis auf den Jet Set und die Verfasser schmutziger Artikel für den ›Esquire‹, sind so unschuldig wie ungeborene Lämmer.«

»Apropos Lämmer«, sagte Kate.

»Ich weiß, deswegen ist mir auch der Vergleich mit den Lämmern eingefallen. Glaubst du, er hat vor, sie noch während der Cocktailparty zu verführen oder gleich hinterher, oder wird er sie erst über Formen und Funktion im französischen ...«

»Wir gehen besser zu William und reden mit ihm.«

»Emmet redet schon mit William.«

»Zweimal ist er schon auf die Nase gefallen, und wie ich ihn kenne, passiert das auch noch ein drittes Mal. Kannst du dich nicht dazwischendrängen?«

»Kate«, sagte Reed und schob sich nicht gerade sanft durch die Menge vorwärts, »du mußt mir erklären, was mit William los ist.«

»Das kann ich nicht«, sagte Kate. »Ich kann dir auch nicht erklären, was mit Emmet oder Leo los ist oder sonstwem. Emmet hat mir heute morgen James Joyce in aller quälenden Ausführlichkeit erklärt, und ich habe beschlossen, ich kann auch Joyce nicht erklären. William!« rief Kate, die jetzt bis auf Hörweite zu ihm vorgedrungen war.

William kam ihnen gehorsam durch den Menschenstrom entgegengeschwommen. »Wo ist Grace Knole?« fragte Kate.

»Wird von den Osterhoffs über künstliche Befruchtung aufgeklärt.«

»Oh, Gott, wir sollten sie lieber retten gehen. Wären Sie sehr dagegen, wenn wir danach gingen, falls es uns gelingt, sie von den Details des Privatlebens einer Kuh zu befreien?«

»Nichts wäre mir lieber«, sagte William brüsk und mit einem Seitenblick auf Mr. Mulligan und Lina, »als sofort zu verschwinden.«

»Wißt ihr, ich finde«, sagte Emmet, der sich ihnen anschloß, »mein Interesse an der künstlichen Befruchtung ist auch nicht gerade voll atemloser Spannung. Und seien wir doch ehrlich: Nichtkünstliche Befruchtung ist weit interessanter, und nichtkünstliche Nicht-Befruchtung noch mehr...«

»Ach, halt den Mund«, sagte William unfreundlich.

»Obwohl natürlich«, sagte Emmet mit dünner Stimme am Ende des Pilgerzugs, der sich auf Grace Knole zubewegte, »eine Nicht-Diskussion der nichtkünstlichen Nicht-Befruchtung überhaupt das beste ist.«

»Gehen Sie nicht«, sagte Mr. Mulligan zu Lina.

»Aber alle gehen doch.«

»Lassen Sie sie. Ich bringe Sie nach Hause. Sie können mich jetzt nicht verlassen. Um diese Zeit bin ich eine Cocktailparty eigentlich immer schon leid, aber wenn es Ihre eigene ist, dann können Sie nicht aufstehen und verschwinden. Der große Nachteil, wenn man Cocktailparties gibt, statt zu ihnen zu gehen. Was trinken Sie?«

»Ich glaube, ich sollte besser nichts mehr trinken.«

»Höre nie auf mit dem Trinken, solange du noch denken kannst, daß du besser aufhören solltest zu trinken, das ist Regel Nummer eins für ein erfolgreiches Genießerleben. Und natürlich ist ein genußvolles Leben das einzig mögliche, wenn man die heißen Monate auf dem Lande in seinem Sommerhaus verbringt. Trinken ist eine der wenigen einfachen Freuden, die einem im modernen Leben geblieben sind – trinken und lieben.«

»Ist Liebe wirklich eine einfache Freude?«

»Für den komplexen Charakter, ist Ihnen das noch nicht aufgefallen? Norman Mailer hat ein kleines Vermögen verdient mit dem Versuch, Liebe in eine einfache Freude zu verwandeln. Aber der einzige, dem das wirklich gelingt, ist James Bond, denn der ist selbst so simpel, daß seine Vergnügungen kaum anders sein können. Du durchlöcherst die Autoreifen eines Mädchens mit einem kleinen Spielzeug, das extra für 007 gebaut worden ist, und dann amüsierst du dich mit ihr im Gras, während dir die Kugeln um die Ohren pfeifen. Es ist einfach der größte Fehler, wenn man sich das Leben unnötig schwer macht.«

»Ich fürchte, ich bin ein ziemlich komplexer Mensch.«

»Genau. Und wie sagt schon Oscar Wilde? Einfache Freuden sind die letzte Zuflucht für den komplexen Charakter.«

Kate und William wanderten gemeinsam nach Hause. William hatte wütend erklärt, er brauche frische Luft, und Kate hatte all ihre Wünsche nach Faulheit unterdrückt und beschlossen, ihn zu begleiten. Reed fuhr Grace Knole heim, zusammen mit Emmet, dessen Drang, zu den Lingerwell-Papieren zurückkehren zu können, sich kaum verhehlen ließ. Kate hegte ziemlich gemischte Gefühle gegenüber William, die auch nicht durch die Erkenntnis einfacher wurden, daß ihr Entschluß, sich nicht in seine Angelegenheiten zu mischen, schließlich überrollt werden würde von der Notwendigkeit ihrer Einmischung. Natürlich hätte sie Lina Chisana erst gar nicht einladen dürfen. Aber sie hatte zu spät bemerkt, wie intensiv die Beziehung zwischen Lina und William war.

Kein Zweifel, nur ein Henry James wäre ihr gerecht geworden. Entweder mußte William die Barrieren niederreißen, oder Lina müßte sich, wenn sie mit ihm zusammenbliebe, mit einem Leben auf Freundschaftsebene nach Art der Grace Knole abfinden; und es fiel Kate reichlich schwer, zu entscheiden, welches dieser beiden Extreme das unbefriedigendere war. Ob aber eine Liebelei zwischen ihr und Mr. Mulligan...

»Wie ist eigentlich der Vorname dieses unsäglichen Schurken?« fragte William. Kate hätte zu gern »Welches Schurken?« gefragt, aber da es ihr immer schwerfiel, sich plötzlich dumm zu stellen, sagte sie bloß: »Padraic, kommt aus dem Gälischen. Ich glaube«, fügte sie hinzu, »seine Freunde nennen ihn Paddy.«

»Wo findet der denn Freunde?« fragte William, »im Harem um die Ecke?«

»Der nächste Harem ist wahrscheinlich in Istanbul.«

»Ich glaube, der hat einen im ersten Stock, dieser...«

»Nun hören Sie mal, William, ich will ja nicht weise und auch nicht tantenhaft wirken, aber Sie müssen sich entscheiden zwischen einem Leben im absoluten Zölibat und der Liebe einer jungen Frau. Sie können einfach nicht beides haben, und je eher Sie aufhören, sich selber etwas vorzumachen, desto besser.«

»Ich weiß, es gibt nirgendwo mehr feste Regeln«, sagte William, »aber ein außereheliches Geschlechtsleben ist doch bestimmt nicht die einzige mögliche Lebensform, nicht einmal in den Augen älterer Frauen, die als Ausbund von Tugend gelten und dabei innerlich vor Lüsternheit brodeln.«

»In Ordnung«, sagte Kate und blieb stehen. »Ich gestehe eine vielleicht abstoßende Abneigung gegenüber beidem ein, Enthaltsamkeit und Ehestand, was mich zweifellos in Ihren Augen als verwerflich erscheinen läßt. Unterbrechen Sie mich nicht. Es gibt aber auch so etwas wie Unterlassungssünden, verstehen Sie? Wenn Sie Stunden, Tage, Wochen mit einer jungen Frau verbringen, ohne sie auch nur zu küssen, dann schaffen Sie sich die Probleme selber an den Hals und müssen sich dann auch mit ihnen abfinden. Darf ich hinzufügen«, sagte Kate und stieß zornig einen Stein weg, »da wir hier in dieser schamlosen

Weise *ad hominem* Bemerkungen austauschen, falls Sie unbedingt Priester werden wollen, dann verdammt noch mal, gehen Sie hin und werden Sie einer. Ich werde Ihnen jede mögliche Unterstützung zukommen lassen. Aber wenn Sie ein nichtzölibatäres Leben wählen, dann probieren Sie dieses Nicht-Zölibat auch aus. Und wenn Sie jetzt mit dem nächsten Zug wegfahren wollen, werde ich versuchen, für Leo jemand zu finden.«

»Morgen früh fährt ein Zug ab Pittsfield. Ich rufe mir ein Taxi und nehme den Zug, wenn Sie das wollen.«

»Ach, hören Sie auf, William, ich will nichts dergleichen. Was sollte Leo denn ohne Sie anfangen, vor allem um halb sechs in der Früh? Natürlich möchte ich, daß Sie bleiben.«

»Ich könnte es nicht ertragen, wenn Sie denken, ich hätte Sie beschuldigen wollen, ich meine, mir wäre nie eingefallen, zu unterstellen, daß Sie ...«

»... unverheiratet Geschlechtsverkehr habe? Keine Sorge. Die Dinge verändern sich, William, und sehr zu meiner Überraschung glaube ich, obwohl ich eine Menge altmodischer Züge an mir habe, daß sie sich zum Besseren wandeln. Ich schätze nach wie vor Höflichkeit, vielleicht sogar eine gewisse Förmlichkeit. Aber ich glaube auch, wie sich irgendein gelehrtes Haus mal ausgedrückt hat, daß das einzige Verbrechen, das es beim Sex geben kann, Mangel an Vergnügen ist.«

»Ich wollte, ich könnte Ihnen erklären, was ich fühle.«

»Macht nichts. Konzentrieren Sie sich auf die Erklärung der Feinheiten in Hopkins' Prosodie, denn darüber wollen Sie schließlich promovieren, und Sie müssen erst einmal die Schreibhemmung überwinden, die derzeit Ihre Dissertation blockiert. Denken Sie an den weisen Ausspruch von C.S. Lewis: Es ist leichter, die Schwelle zur göttlichen Offenbarung zu beschreiben als die Funktionsweise einer Schere.«

Nachdem Kate sich unter dem Vorwand vollkommener Erschöpfung ins Bett zurückgezogen und einen kräftigen Schlummertrunk genommen hatte und nach langem Hin- und Herwälzen in unruhigen Schlaf gefallen war, wurde sie mitten in der Nacht dadurch wieder geweckt, daß jemand an die Tür klopfte und ihren Namen rief. Im ersten Augenblick glaubte sie, das Haus stehe in Flammen und dann, Leo sei entführt worden; schließlich waren das ihre vordringlichsten Sorgen. Aber es war Lina, deutlich am Rande der Hysterie und, wie Kate mit einem Blick erkannte, nahe daran, völlig durchzudrehen. Nachdem Linas Schluchzen endlich leiser geworden war und Kate sich aufgerafft hatte, mit Lina ihr nächstes verständnisvolles Gespräch über die Gefahren der außerehelichen Liebe zu führen – jedenfalls rechnete sie damit und setzte deswegen schon ihr ausgesprochen altjüngferliches Gesicht auf –, da kam der Name Mary Bradford über Linas zitternde Lippen.

»Mary Bradford! Ja, was hat sie denn jetzt schon wieder veranstaltet?«

»Sie behauptet, sie hätte nicht damit gerechnet, daß außer ihm noch jemand im Hause wäre. Und natürlich hat sie gleich geschlußfolgert – da war dieses Glitzern in ihren Augen, und dabei war gar nichts passiert, ich meine, nicht wirklich, aber Padraic sagte, irgendwann werde jemand diesem Weibstück noch den Hals durchschneiden, wenn sie sich nicht vorsehe, und jetzt wird sie natürlich keine Minute Zeit vergeuden und die Geschichte weitererzählen ...«

»Das hat er zu ihr gesagt?«

»Ja. Als sie ihn nach der Party besuchen wollte. Kate, darf ich Sie wohl um etwas bitten?«

»Lassen Sie uns in die Küche gehen. Ich mache uns einen Kakao.«

»Kakao?«

»Warum nicht? Ein beruhigendes Getränk, nicht wahr. Nun hören Sie mir mal zu, Lina, ich möchte jetzt keinen Schwall von Geständnissen hören, für die Sie mich morgen früh hassen. Falls Mary Bradford hereinmarschiert ist, bevor Sie ein Schicksal ereilen konnte, das schlimmer ist als der Tod, dann war das vielleicht die beste Tat in Mary Bradfords sonst offenbar vergeudetem Leben. Padraic Mulligan ist kein so übler Kerl, auch wenn ich den Verdacht habe, daß er keinerlei Zugang zu irgendeiner Form oder Funktion des Romans in irgendeiner Sprache hat, aber wenn Sie ein Abenteuer suchen, dann werden Sie doch den Augenblick erwarten können, in dem es ein bißchen spontaner zugeht und vielleicht sogar gefühlvoller. Kommen Sie mit in die Küche?«

»Aber Jungfräulichkeit«, sagte Lina, als sie dort angekommen waren, »kann eine Last werden.«

»Alles ist eine Last, Studenten und die frühen Briefe von James Joyce ganz besonders. Aber denken Sie daran, meine Liebe, wie Keats es so weise ausgedrückt hat: Das Leben ist ein Jammertal. Übrigens, ich habe keine Ahnung, wie man Kakao macht. Wir trinken einfach einen heißen Punsch aus Scotch.«

»Verdammt und zugenäht, so ein Mist«, sagte Reed. »Vermittlung. *Vermittlung.* Da leben wir im Zeitalter der Automation, aber von Araby aus kann man natürlich nicht direkt wählen. Dafür sitzen dann Schwachsinnige in der Vermittlung, die offenbar aus dem nächstgelegenen Heim für zurückgebliebene Paviane stammen. Wenn ich die Nummer in Boston *wüßte,* mein liebes junges Fräulein, dann würde ich Sie wohl kaum belästigen. Ich *weiß,* daß es wahrscheinlich achtzehn John Cunninghams im Bostoner Telefonbuch gibt. Wir müssen alle durchprobieren, so lange, bis wir den richtigen gefunden haben. Ja, es ist Sonntag, ich kann die Wochentage durchaus auseinanderhalten. Nein, ich will unter dieser Nummer keinen Anruf entgegennehmen, ich will den richtigen Mr. Cunningham finden. Weißt du«, sagte er zu Kate und deckte die Sprechmuschel mit der Hand zu, »ich glaube, ich habe in diesem kindlichen Gemüt endlich eine Stelle erwischt, die funktioniert.«

»Im nächsten Jahr richten sie Durchwahltelefone ein«, sagte Kate.

»Im nächsten Jahr«, sagte Reed und umklammerte weiter den Hörer, »wird, das hoffe ich inständig, was immer in der Stadt Araby auch geschehen mag, für uns alle von allerhöchster Unwichtigkeit sein. Hallo, hallo, ist dort Mr. John Cunningham? Es tut mir leid, daß ich Sie so früh belästige, aber haben Sie zufällig die Harvard Law School, Jahrgang '44, besucht? Glauben Sie mir, Sir, das soll kein Witz sein, aha, Sie sind Angestellter bei der Elektriker-Gewerkschaft. Es tut mir leid, aber es handelt sich um eine äußerst wichtige Angelegenheit, glauben Sie mir. Vermittlung. *Vermittlung.* Den nächsten John Cunningham, mein Kind. Nach der Liste, die die Auskunft uns gegeben hat. Die Vorwahl bleibt so unverändert wie die Stadt Boston.«

»Reed«, sagte Kate. »Kannst du seine Adresse denn nicht bei der Verwaltung von Harvard erfahren, aus der Liste der Absolventen, oder aus einem Anwaltsverzeichnis oder ähnlichem?«

»Wenn die sonntags arbeiteten, könnte ich das zweifellos. Die Polizei wird in etwa fünf Minuten hier sein, und wir brauchen einen Rechtsanwalt, der in Massachusetts zugelassen ist. Ja, Vermittlung, gut, lassen Sie es klingeln. Es war sehr vorausschauend von dir«, sagte Reed, »daß du, nachdem du dir vorgenommen hattest, inmitten des ländlichen Lasters eine Pension zu eröffnen, Massachusetts dafür ausgewählt hast. Da ich in Harvard studiert habe, kann ich mich wenigstens an ein paar Bekannte halten und muß mich nicht der Gnade und Barmherzigkeit irgendeines Anwalts anheimgeben. Sehr gut, Fräulein, zweifellos sind sie ins Wochenende gefahren. Versuchen wir's beim nächsten John Cunningham. Kate, fang um Himmels willen nicht an zu weinen. Diese Frau ist keine Träne und keinen Seufzer wert. Miss Knole, nehmen Sie sie mit und probieren Sie, sie ein wenig zur Vernunft zu bringen. Ja, Vermittlung, ich bin noch hier, obwohl ich glücklich wäre, im Penthouse in der Stadt zu sein. Mr. Cunningham? Jack? Gottseidank. Hier ist Reed Amhearst. – Gut, bis vor einer Stunde. Sag einmal, erinnerst du dich zufällig an den Abend in Scollay Square, als du zu mir sagtest, wenn es jemals etwas gäbe, das du für mich tun könntest, dann sollte ich ...? Gut. Ich hoffe, wenn du etwas sagst, meinst du es auch so. Ich bin in Araby, und hier ist gerade eine Frau ermordet worden. Araby. In der Nähe von Tanglewood. Berkshire County. Das solltest du wohl besser, wenn es dir nichts ausmacht. Die Einzelheiten besprechen wir später. Falls du bis nach Pittsfield findest, erkläre ich dir dann den Weg hierher. Mach auf alle Fälle eine Pause und trink eine Tasse Kaffee. Ich bin ziemlich sicher, daß sie uns frühestens in vier Stunden unter Mordanklage festnehmen werden, zumal heute Sonntag ist. Vielleicht hilft uns ein wenig, daß ich von der Bezirksstaatsanwaltschaft in New York bin – jedenfalls werde ich damit nicht hinterm Berg halten. Jemand, den ich mochte? Das ist das Problem, Jack, sie war ein Mensch, den niemand mochte. In Ordnung. Hallo, Vermittlung. Danke, mein Kind, Gott schütze Sie, wir haben es geschafft.« Reed hängte ein. »Kommen Sie, Emmet, sehen wir nach, was unsere Professorinnen tun.«

Es war Kate so vorgekommen, als rufe jemand nach ihr, und sie versuchte zu antworten, aber William heiratete gerade Lina und zankte sich mit Emmet wegen des Rings, den Leo, in ein seltsames Samtwams und Kniehosen gekleidet, unbedingt als Preis für den besten Ball aussetzen wollte. Am anderen Ende der Kirche rief jemand etwas. Ihr Unterbewußtsein kämpfte vergeblich darum, diesen Laut, der ihren Schlaf bedrohte, in ihren Traum einzubeziehen. Kate wachte auf und hörte, daß Grace Knole ihren Namen rief.

»Wie spät ist es?« fragte Kate.

»Ungefähr halb sieben, glaube ich. Sind Sie wach, oder brauchen Sie noch Zeit, um zu sich zu kommen?«

»Was ist passiert? Leo? Lina und Mulligan?«

»Offenbar gehört zur Routine in diesem Haushalt auch eine Gewehrübung um halb sechs in der Frühe?«

»Ist Leo etwas passiert?«

»Leo geht es gut, nehme ich an. Aber William hat auf eine Frau geschossen, die Kühe zusammentrieb. Eine Frau namens Bradford. Hat ihr direkt in den Kopf geschossen. Ich habe Gewehre noch nie gemocht.«

»In dem Gewehr waren keine Kugeln. Niemand hat je gewußt, welche Patronen in das Gewehr passen. Oh, mein Gott, ist sie tot? Sind Sie sicher?«

»Ich bin selten einer Sache so sicher gewesen. Ich habe die Mühe auf mich genommen, hinauszugehen und sie anzuschauen, da alle anderen der Hysterie nahe zu sein schienen, oder schon mehr als das!«

»Sind alle auf?«

»Alle bis auf Lina. Ihr Mr. Amhearst sagt, wir müssen die Polizei rufen. Emmet wollte hinübergehen und Marys Mann holen, aber es wurde entschieden, erst einmal Sie zu wecken. Ich hoffe, Sie kommen schnell genug zu sich und können einen Plan machen, weil niemand außer Mr. Amhearst eine Vorstellung zu haben scheint, was als nächstes zu tun ist. Der sagt, wir bräuchten einen in Massachusetts zugelassenen Anwalt.«

»Emmet wäre wirklich besser gegangen und hätte dem Ehemann Bescheid gesagt. Nein, ich werde gehen. Es ist wirklich in erster Linie meine Aufgabe. Ich brauche eine Minute zum Anziehen.«

Aber als Kate die Treppe hinunterkam, fand sie Reed am Telefon und die anderen – alle, bis auf Lina, die offensichtlich ihren jungen Kummer ausschlief – im Eßzimmer, wo das Telefon stand; trotz ihrer Ängste mußte Kate denken, daß sie dastanden wie eine Gruppe Aktionäre, die sich zur Auflösung einer Gesellschaft versammelt hatten. Leo war in der Küche und wurde von Mrs. Monzoni versorgt. Als Kate hineinschaute, hatte sie den Eindruck, daß Mrs. Monzoni unter den gegebenen Umständen mit dieser Aufgabe so gut fertig wurde wie die anderen, wenn nicht gar besser.

Reed, der sah, wie Kate sich mit einer zweiten Tasse Kaffee in Schwung brachte, wandte sich zur Tür. »Wohin gehst du?« fragte Kate.

»Mr. Bradford Bescheid sagen, daß seine Frau tot ist. Ich nehme an, ich finde ihn im Stall beim Melken.«

»Glauben Sie«, fragte Emmet, »daß die Kühe sich allein auf den Heimweg gemacht haben, getrieben vom Gedanken an Futter und dem Druck ihrer geschwollenen Euter?«

»Das ist die Frage«, sagte Reed. »Sind die Kühe noch draußen?«

»Keineswegs«, sagte Grace. »Die waren auch nicht da, als ich draußen war, um Mary anzuschauen.«

»Nach dem, was Leo mir erzählt hat, nehme ich an«, sagte Kate, »daß sie ihnen nie den ganzen Weg heimwärts gefolgt ist. Die Kühe brauchten jemanden, der sie von hinten antrieb, aber wenn sie sich erst einmal in Bewegung gesetzt hatten, gingen sie auch weiter. Ich glaube, Bradford wartet im Stall auf sie, wo jede Kuh zu ihrem Freßgitter geht und dann angebunden wird.«

»Gut«, sagte Reed, »ich bin schon auf dem Weg, wir werden es also bald wissen.«

»Ich gehe mit dir«, sagte Kate.

»Du bleibst hier.« Reeds Blick begegnete dem ihren. »Für den Fall, daß Cunningham zurückruft oder daß die Polizei kommt. Sag ihnen, ich bin bald zurück. Du solltest auch besser Lina wecken und dafür sorgen, daß Mrs. Monzoni das Haus nicht verläßt. Natürlich darf niemand die Leiche berühren oder nach draußen gehen.«

»Aha«, sagte Emmet, »der Detektiv ist am Werk.«

Als Kate ihre Aufträge ausgeführt hatte und wieder zurückkam, redete Emmet noch immer. »William«, sagte er, »solltest du nicht besser mal was sagen – irgend etwas, nur, damit ich weiß, daß du in Ordnung bist: natürlich geschockt, aber im Grunde gesund. William!« Kate ging auf William zu, der sich schließlich umdrehte und sie ansah. »Keine Sorge«, sagte er, »ich bin nicht hysterisch. Nur entsetzt und gleichermaßen verwirrt. Es war nicht mein Fehler. Ich wußte nicht, daß das Gewehr geladen war; ich wußte nicht einmal, daß eine Kugel im Hause war.«

»William«, sagte Kate, »wer hat geschossen, Sie oder...?«

»Ich war es. Ich hatte Leo das Gewehr abgenommen, um durch das Zielfernrohr zu sehen, und ich sagte: ›Jetzt habe ich sie‹, und drückte ab. Ich habe gedacht, ich könnte noch nicht einmal mit dem Zielfernrohr irgend etwas treffen. Aber ich hatte das Fadenkreuz natürlich genau auf ihrer Schläfe. Der Abzug...«

»Auf diese Entfernung konnten Sie sie ja kaum verfehlen«, sagte Grace, »selbst wenn Sie schielten oder unter dem Astigmatismus litten. Ich habe früher viel geschossen«, sagte sie überraschend, »als junges Mädchen in Montana. Wir hatten natürlich keine Zielfernrohre, aber auf diese Entfernung hätte ich zu meiner Zeit die Frau auch mit bloßem Auge getroffen. Warum haben die beiden überhaupt mit dem Gewehr gespielt, Kate? Vielleicht ein seltsamer Zeitpunkt für diese Frage, aber bis jetzt wußte ich nichts von diesen morgendlichen Zielübungen.«

»Jetzt, da die Frau tot ist«, sagte Kate, »kann ich mir gar nicht mehr vorstellen, wie ich so etwas jemals erlauben konnte. Aber als Sport unter Jungen schien es mir irgendwie vertretbar. Ich weiß, daß ich es beim Dinner gegenüber Mr. Mulligan verteidigt habe.«

»Also wußte Mr. Mulligan von den Zielübungen. Sonst noch jemand?«

»Alle«, sagte Emmet. »Sehen wir die Dinge, wie sie sind, Kate. Es gibt nicht einen einzigen Menschen in diesem leuchtenden Tal von Araby, der es nicht wußte, und die meisten von ihnen haben es wahrscheinlich ihren

Freunden und Verwandten erzählt oder geschrieben. Mr. Pasquale wußte es, da bin ich todsicher, von Leo selbst, und Mrs. Monzoni und all die Jungen im Lager und Mr. Artifoni und seine Gruppenführer wußten es auch.«

»Wußte Mr. Bradford es?« frage Grace.

»Jede Wette, daß er es wußte.«

»Emmet!« sagte Kate. »Dann hätte er sicher etwas gesagt.«

»Etwas gesagt? Wahrscheinlich hat er Freudensprünge gemacht und selber eine Kugel in den Lauf geschoben.«

»Emmet!«

»Schon gut! Und wenn jetzt einer von euch anfängt mit dem *nil nisi bonum* und so weiter, dann fange ich an zu schreien, das verspreche ich. Sie war eine Landplage und bösartig, und ich sehe nicht ein, warum wir, nur weil sie nun tot ist, anfangen sollen, uns zu belügen.« Emmet bückte sich, hob seine rote Katze hoch, drückte sie an sich und streichelte sie. »Ich behaupte nicht, daß ihr Mann sie erschossen hat. Wäre ich ihr Mann gewesen, ich hätte sie langsam mit einem nassen Strick totgeschlagen. Was ich aber behaupte, ist: William hat sie nicht wirklich erschossen, und ich meine, wir sollten dafür sorgen, daß die Polizei das erfährt.

»Tatsächlich hat er sie aber erschossen«, sagte Reed, der gerade das Zimmer betrat. »Kate, sollten wir nicht Mrs. Monzoni für eine Weile zu Bradford schicken, damit sie sich um ihn kümmert?«

»Wie hat er es aufgenommen?« fragte Grace, während Kate in die Küche ging.

»Er ist wie erstarrt. Er hat einfach weiter die Kühe gemolken. Schaut, da ist die Polizei.«

»Reed«, sagte Kate, die wieder ins Zimmer zurückkam, »die Polizei ist da.«

»In Ordnung, ich rede mit ihnen. Eines sollten wir jetzt bedenken. Ach, da ist ja auch endlich die schlafbedürftige Miss Chisana. Setzen Sie sich, Miss Chisana. Kate wird Ihnen alles erzählen. Und um Gottes willen, sagt die Wahrheit, alle miteinander. Versucht nicht zu lügen oder euch wie die Helden aufzuführen oder irgendeine Dummheit zu verheimlichen, denn das klingt nur verdächtig.«

»Wird William angeklagt werden, sie erschossen zu haben?« fragte Kate.

»Ich kenne die Gesetzeslage in Massachusetts nicht genau. Sicherlich wird man ihm fahrlässige Tötung vorwerfen, wahrscheinlich dritten Grades. Aber natürlich neigt die Polizei dazu, wie ich dir, glaube ich, schon an anderem Ort und in einem anderen Fall auseinandergesetzt habe, den eindeutigsten Verdächtigten mit gewissem Interesse zu betrachten.«

»William hatte keinen Grund, sie zu töten«, sagte Lina. »Was anderes wäre es, wenn er *mich* erschossen hätte.« William ging zu ihr und stellte sich neben sie.

»In Ordnung«, sagte Reed. »Auf in den Kampf.«

»Was hat die Polizei bisher unternommen?« fragte John Cunningham. Er saß mit Kate und Reed bei Tisch und vertilgte dankbar einen üppigen Lunch. Die übrigen waren hinaufgegangen, bis auf William und Leo, die draußen Korbwürfe übten.

»Nicht viel«, sagte Reed. »Sie haben nicht einmal die Leiche weggeschafft, aber sie haben sie zumindest zugedeckt. Keiner von den Streifenpolizisten, die kamen, war älter als vierundzwanzig, und obwohl ich glaube, daß hier früher schon Leute aus Versehen erschossen worden sind, hat sich die Frage von Mord noch nie gestellt. Sie haben den Sheriff benachrichtigt, und er oder sein Vertreter wird in Kürze hier auftauchen, wahrscheinlich mit Fotografen und dem Polizeiarzt, falls der auch in Massachusetts so heißt. Es hat meiner ganzen Überredungskunst bedurft, sie davon abzuhalten, daß sie William gleich mitnahmen.«

»Ich nehme an«, fragte Cunningham, »du bist überzeugt, daß es keinen Zweck hat, zu behaupten, es sei ein tödlicher Unfall gewesen?«

»Jemand soll zufällig eine Kugel in den Lauf gesteckt haben?«

»Das ist schon möglich. Es kommt schließlich jeden Tag vor, daß irgendein Kind eine Waffe lädt oder zufällig abdrückt. Vielleicht hat nur einer mit ihr herumgespielt, jemand kommen hören und die Waffe geladen liegenlassen.«

»Und wer zum Beispiel?«

»Was ist mit dem Jungen?« fragte Cunningham.

»Er schwört, daß er das Gewehr nicht geladen hat, nicht einmal eine Kugel für sie besaß und auch nie eine gesehen hat. Ich glaube ihm das, aber mir ist klar, daß der Sheriff das vielleicht nicht tut«, sagte Kate. »Und offen gesagt, glaube ich lieber an einen Mord, als Leo eine fahrlässige Tötung anzuhängen.«

»Das Gewehr befand sich immer im Haus, bis auf die Zeiten, zu denen diese beiden Schwachköpfe ihre Zielübungen absolvierten, ist das richtig?« fragte Cunningham.

»Ja.«

»Haben sie am Samstagmorgen ihre Zielübungen gemacht?«

»Ja.«

»Gut. Dann hat also im Laufe des Samstags oder in den sehr frühen Morgenstunden des Sonntags jemand die Kugel in den Lauf geschoben. Es kommt also am ehesten jemand in Frage, der im Haus wohnt.«

»Keineswegs«, sagte Reed. »Am Samstagnachmittag waren wir alle aus. Jedermann könnte hereingekommen sein. Diese Landhäuser werden niemals abgeschlossen.«

»Das ist wirklich großartig«, sagte Cunningham und nahm sich noch eine Portion Erdbeeren. »Keiner kann ein Alibi haben, weil wir nicht wissen, wann die Kugel in den Lauf geschoben wurde, beziehungsweise für welchen Zeitpunkt überhaupt ein Alibi gebraucht wird. Als das Gewehr zur Mordwaffe wurde, konnte der Täter Meilen entfernt sein. Wenn ich deine ziemlich unzusammenhängende Erklärung der herrschenden Umstände richtig verstanden habe, dann kann praktisch jeder, von den Angehörigen der Jungen in dem Araby Boys' Camp angefangen bis hin zu Miss Fansler selbst, reichlich Gelegenheit gehabt haben, die Kugel in den Lauf zu schieben. Diese Erdbeeren sind köstlich, nebenbei bemerkt; wohl hier aus der Gegend, nicht? Ich freue mich festzustellen, daß die einheimische Bevölkerung auch noch andere Dinge tut, als schändliche Dinge auszuhecken.«

»Ich gönne dir diesen kleinen Scherz gern«, sagte Reed, »und es gelingt mir auch, mit außergewöhnlicher Großzügigkeit neidlos dein Desinteresse zu akzeptieren, mit dem du hier sitzt und Erdbeeren mit Sahne in dich hineinstopfst. Aber entschieden muß ich dir widersprechen, wenn du meine Erklärungen unzusammenhängend nennst. Dem Haushalt mag es ein wenig an, sagen wir einmal, den gewöhnlichen Ingredienzen normaler Häuslichkeit mangeln, aber meine Schilderung dessen war exakt und von kristallener Klarheit, oder was sagst du, Kate?«

»Ich glaube, diese ganze Geschichte ist deiner Stimmung nicht gerade zuträglich«, sagte John Cunningham, »oder bist du gar mit den Jahren empfindlich geworden und verwandelst dich in den verwöhnten Junggesellen. Empfindlichkeit können wir verheirateten Männer mit vier Kindern und Scharen lieber Verwandter uns nicht leisten, die sich untereinander nur darin einig sind, daß sie die Art mißbilligen, wie wir unseren Nachwuchs erziehen.«

»Wenn das abwertend gemeint war, Reed ist der am wenigsten empfindliche Mensch, den ich kenne«, sagte Kate mit einem Nachdruck, der sie selbst überraschte. »Wahrscheinlich hat Ihr Umgang mit dem Verbrechen in Boston Sie an den täglichen Anblick der Leichen herumliegender Nachbarn gewöhnt. Ihnen ist es vielleicht noch nicht bewußt geworden, aber ich befinde mich in der erfreulichen Lage, entweder meinen Neffen oder dessen Hauslehrer wegen Mordes oder Totschlags festgenommen zu sehen, es sei denn, ich werde verhaftet oder einer meiner Gäste. Ich fange an zu glauben, die einzige Lösung ist, um mit Lord Peter Wimsey zu sprechen, ›Gift für drei in der Bibliothek‹. Jedenfalls sehe ich keinen Grund, den armen Reed herunterzuputzen. Mir erscheint er als der einzige durch und durch vernünftige Mensch in der ganzen furchtbaren Situation ...«

»... der zweifellos«, nahm Cunningham ihren Satz auf und vollendete ihn, »imstande ist zu beweisen, daß er weder der Mörder ist, noch daß ihm zuzutrauen ist, einen Meineid zu schwören, um den Mörder zu decken, falls sich herausstellen sollte, daß es sich dabei um eine Frau handelt, die er liebt, oder um sonst ein Mitglied des Haushalts. Alsdann, setzt euch alle beide hin, und hört auf zu glauben, ihr könntet mit dem Sheriff und dem Bezirksstaatsanwalt, die höchstwahrscheinlich schon auf dem Weg hierher sind, umgehen wie Gestalten aus einem Roman von Henry James. Ich bin, wie Sie durchaus richtig bemerkt haben, Strafverteidiger. Ich nehme an, daß genau das, verbunden mit einem Vorfall aus Reeds und meiner Vergangenheit, der Grund war, warum Sie mich zu diesem kritischen Zeitpunkt herbeigerufen haben. Lassen Sie uns deshalb die ganze Situation mit den Augen der Polizei betrachten und nicht, wie wir sie gern in einem hübsch gestrickten Roman von einem Schreiber voll ausgeprägter Sensibilität dargestellt sehen würden. Seid still, alle beide.«

Cunningham schob mit offensichtlicher Überwindung die Schüssel mit den Erdbeeren von sich. »Also. Angenommen, dieser Mord war nicht das Resultat eines aufgestauten Grolls und geschah durch das Zusammentreffen einiger außerordentlich unglücklicher Umstände, wozu dieser Haushalt zumindest die entsprechende Möglichkeit bot – und ich brauche wohl kaum hinzuzufügen, daß wir alles in unserer Macht Stehende tun werden, um genau das zu beweisen –, so muß der Mord jedoch von jemandem aus einem fest umrissenen Personenkreis begangen worden sein. Angefangen bei denen, die dem Opfer am nächsten standen, ihrem Mann oder, nach dem zu schließen, was Sie von ihr erzählt haben, praktisch jedem Mitglied ihrer Familie. Hat sie noch Verwandte in dieser Gegend?«

»Nicht, daß ich wüßte«, sagte Kate.

»Dann klingt es so«, fuhr Cunningham fort, »als sollten wir die Beseitigung der Frau als einen Akt sozialer Hygiene betrachten und fertig. Nur ist es eben so, daß ein Staat, der einen Mord nicht ahndet, so willkommen er gewesen sein mag, schon bald tausende ungeahndet läßt.«

»Wenn das Ihre Ansicht ist«, fragte Kate, »wie können Sie dann Strafverteidiger sein?«

»Ich leugne nicht den Mord als Faktum. Ich verteidige Menschen, die des Mordes angeklagt sind. Ist das nicht eine reichlich naive Frage für ein großes, erwachsenes Mädchen wie Sie?«

»Es gibt keinen Anlaß«, sagte Reed, »ausfallend zu werden.«

»Und auch keine Absicht, das kann ich dir versichern.

Aber immerhin bist du selber Staatsanwalt, und wenn du eine Leiche vor der Tür findest, dann rufst du einen Rechtsanwalt zu Hilfe.«

»Ich habe an unsere Freundschaft in der Law School gedacht.«

»Mal langsam, Amhearst. Ihr beide solltet euch besser an eine Menge deutlicher Fragen und Antworten gewöhnen, denn die wird es bald reichlich geben.«

»Ich bitte um Nachsicht«, sagte Reed.

»Und ich ebenfalls«, fügte Kate hinzu. »Obwohl meine Bemerkung, glauben Sie es oder nicht, eher der Neugier entsprang und nicht hämisch gemeint war. Schon gar nicht als Beleidigung.«

»Und auch nicht als solche aufgefaßt worden ist. Also. Neben dem Ehemann haben wir alle Mitglieder dieses Haushalts, und jeder verabscheute das Opfer, viele aus persönlichen Gründen, die anderen vielleicht ebenso aus persönlichen Gründen, nur kennen wir sie nicht. Ich darf annehmen, die entzückende Lady schreckte auch nicht vor moralischer Erpressung zurück und hatte ja offenbar besonderen Spaß daran, Leute in peinliche Situationen zu bringen, was über diesen Haushalt hinausreicht bis zu Miss Chisana und Mr. Padraic Mulligan.«

»Sie werden darüber niemandem gegenüber ein Wort verlieren!« sagte Kate. »Als wir darüber sprachen, haben Sie geschworen, daß – also, ich habe ein sehr großes Vertrauen, das mir entgegengebracht wurde, angesichts der ernsten Lage verraten, aber ich habe das nur unter der Voraussetzung getan, daß . . .«

»Die ernste Lage. Da haben wir sie wieder, die Sauberkeit und die gerechte Empörung. Denken Sie daran, die Polizei wird eine ganze Menge herauskriegen, und wir müssen einfach mehr wissen. Ob wir unser Wissen benutzen oder nicht, ist eine Entscheidung, die bis später warten kann und muß. Es hat keinen Zweck, den Dreck unter den Teppich zu kehren, wenn die Polizei als erstes den Teppich hochheben und den Fußboden darunter mit dem Mikroskop untersuchen wird. Wovon sprach ich gerade?«

»Von Mr. Mulligan.«

»Ach ja, und Miss Chisana. Dann haben wir Mr. Artifoni auf der Liste, den Mann vom A.B.C., der anscheinend ein hübsches Motiv hat...«

»Kaum ein Motiv für einen Mord.«

»Vielleicht ein Motiv für einen Mord, dessen Sinn und Zweck verborgen bleiben sollte. Dann gibt es die Pasquales – er arbeitet in Ihrem Garten, und sie arbeitet für Mulligan. Dann kommt Mrs. Monzoni, deren Widerwillen gegen das Opfer bei jeder Gelegenheit und gegenüber allen möglichen Zuhörern zum Ausdruck kam. Nach dieser Aufzählung bleiben noch, abgesehen von einer Person oder Personen, die wir nicht kennen, die Mitglieder dieses, verzeihen Sie, meine Liebe, exzentrischen Haushalts. Ein kleiner Junge; sein Hauslehrer, der scheinbar geschworen hat, sein Leben im Zölibat zu verbringen, während er zugleich leidenschaftlich verliebt ist und außerdem darunter leidet, daß er mit seiner Dissertation nicht weiterkommt. Ein weiterer Doktorand, der sich wissenschaftlich und forschend betätigt und das Gehabe eines Oscar Wilde mit dem Sexualleben von Frank Harris zu vereinigen scheint. Der braucht mal, akademisch gesehen, einen zusätzlichen Schub, und wer weiß überdies – wissen Sie es, meine Liebe? –, was er unter den Papieren des toten Mr. Lingerwell gefunden hat? In Ordnung, machen Sie sich eine Notiz und sagen Sie es mir später. Dann haben wir die beiden weiblichen Gäste – Lina Chisana, eine offenbar brillante junge Frau voller Vitalität und Charme, derzeit unter der schweren Bürde der Jungfräulichkeit stöhnend, und Professor Grace Knole...«

»Ihr fehlt es völlig an Motiv oder Gelegenheit.«

»Und deswegen verdient sie besondere Aufmerksamkeit.«

»Sie ist siebzig und ungeheuer berühmt und hat keinen denkbaren...«

»Da haben Sie zweifellos recht. Aber gleichzeitig könnte ich Sie mit Geschichten über siebzig Jahre alte Damen von allergrößter Reputation aufklären, die in einem letzten, verzweifelten Anlauf, sich ihre Macht zu beweisen oder noch eine letzte Erfahrung zu machen, ganz wunderbar über die Stränge geschlagen haben.«

»Sicher passiert so etwas ein bißchen früher im Leben«, sagte Reed.

»In den meisten Fällen, ja. Die Ausnahmen fallen zwar statistisch nicht sehr ins Gewicht, sind ihrer Zahl nach dennoch erstaunlich genug. Dazu müssen wir auch Sie beide zählen, aber betrachten wir Sie für den Augenblick noch als unschuldig. Schließlich haben Sie mich ja als Anwalt genommen.«

»Ja«, sagte Kate, »schließlich bekommen Sie dafür ein Honorar...«

John Cunningham winkte ab. »Machen Sie sich jetzt keine Gedanken darüber«, sagte er großzügig. »Wir haben über wichtigere Dinge zu reden. Außerdem«, fügte er hinzu, »habe ich heute morgen genug Zeit mit der Suche nach wichtigen Informationen verbracht, um herauszubekommen, daß Sie mit den Fanslers der Wall Street verwandt sind, von denen ein halbes Dutzend Ihre leiblichen Brüder sind.«

»Cunningham«, sagte Reed, »ich hoffe, es ist eindeutig klar, daß alle Verpflichtungen, die aus dieser Untersuchung oder einer Verteidigung entstehen...«

»Reed«, sagte Kate. »Das hier ist mein exzentrischer Haushalt, wie Mr. Cunningham das nennt, und es war mein verrücktes Zugeständnis, das zu dem Schuß führte, und nichts von alledem hat auch nur einen Moment lang deine Billigung gefunden. Wenn mich mein Gedächtnis nicht täuscht, hast du das gesamte ländliche Ambiente mit in deine Verdammung einbezogen. Darum will ich auch nicht, daß du irgendeine finanzielle Verpflichtung eingehst...«

»Meine Damen und Herren.« Mr. Cunningham erhob sich. »Meine Anspielungen sind vielleicht etwas grob, aber wir werden bestimmt viel schneller in dieser Untersuchung weiterkommen, wenn ihr mich für einen ekelhaften Klotz haltet. Reden wir über Honorare, wenn wir wissen, ob es sich wirklich um einen ›Fall‹ handelt und ob er jemals vor Gericht kommt. Falls sich herausstellen sollte, daß einer von euch beiden die abscheuliche Lady in einem Anfall verirrter Leidenschaft ermordet hat, werde ich mich bedanken und die Szene verlassen, und ihr könnt Louis Nizer zu Hilfe rufen. Aha, ein Wagen. Zweifellos die Herren im Dienste des Staates Massachusetts, Berkshire County, oder glaubt ihr, sie haben sich

Unterstützung von der Bostoner Polizei geholt? Also, dann laßt mich zuerst mit ihnen reden, es sei denn, sie stellen direkte Fragen an einen von euch, und dann antwortet so einfach wie möglich. Denkt daran, bei der Polizei ist die Fähigkeit, die komplexen Zusammenhänge eines Romans von Henry James oder gar Jane Austen richtig einzuschätzen, weit weniger ausgeprägt als bei mir, und ich nehme an, ihr habt inzwischen heraus, daß auch ich kaum in der Lage sein dürfte, damit den Bachelor an einem Landwirtschafts-College in der tiefsten Provinz zu machen.«

Reed stand auf, stellte sich hinter Kate und legte ihr die Hände auf die Schultern, während John Cunningham zur Tür ging, um die Vertreter der Amtsgewalt zu begrüßen.

Die beiden Männer, die hereinkamen, schienen recht höflich zu sein. Kate wurde – ein wenig schuldbewußt – klar, daß sie mit menschenfressenden Ungeheuern gerechnet hatte. John Cunningham ging ihnen entgegen, stellte erst sich selbst und dann Reed als stellvertretenden Bezirksstaatsanwalt des New York County vor; seine eigene Rolle bezeichnete er als die eines Rechtsbeistands für Miss Fansler. Die beiden Beamten des Berkshire County begrüßten ihren Berufskollegen besonders herzlich und schienen gleichzeitig – jedenfalls in Kates vielleicht überempfindlicher Wahrnehmung – zu fürchten, ihr kollegiales Verhalten ihm gegenüber könne zu unüblichen und unwillkommenen Vertraulichkeiten führen. Aber Reed hielt sich zu ihrer Erleichterung im Hintergrund, und sie richteten ihre Fragen zumeist an Cunningham, gelegentlich aber auch an alle Anwesenden. Kate hatte den Eindruck, daß man ihr, falls sie das Wort ergreifen sollte, mit versteckter, aber respektvoller Ermutigung zuhören würde.

»Ich nehme an, Ihre Kollegen gehen draußen nach den gewohnten Regeln vor«, sagte Cunningham und trat ans Fenster. »Haben sie die Leiche gefunden?«

»Ja, danke. Sie werden draußen länger beschäftigt sein. Danach werden sie – mit Ihrer Erlaubnis – hereinkommen. Dürfte ich darum bitten, die Waffe zu sehen und den jungen Mann, der geschossen hat, namens« – er sah in sein Notizbuch – »William Lenehan? Dann können meine Leute mit den ballistischen Untersuchungen und den Fingerabdrücken beginnen.«

Cunningham warf Kate einen fragenden Blick zu. »Das Gewehr liegt auf der hinteren Veranda«, sagte sie. »Ich bin sicher, es ist übersät mit Fingerabdrücken, wenn das der richtige Ausdruck ist. William spielt draußen mit Leo Basketball. Was Leo betrifft, so...«

»Ich bin sicher«, unterbrach sie Cunningham, »daß wir uns wegen Leo keine Sorgen machen müssen. Diese Herren werden mit Leo als Minderjährigem nur in Ihrer Ge-

genwart und mit Ihrer Erlaubnis sprechen. Vielleicht sollte er hereinkommen, damit er den Abtransport der Leiche nicht bemerkt.«

Einer der beiden Männer ging auf das Kopfnicken des anderen hinaus, um die Fingerabdrücke von William und dem Gewehr nehmen zu lassen und Leo hereinzuholen. Er kam nach wenigen Augenblicken zurück.

»Wer ist eigentlich der Eigentümer dieses Hauses?« fragte der erste Mann, der während der Abwesenheit seines Kollegen Kate erinnert hatte, daß er Stratton hieß. Er wirkte wie einer, der stets mit den einfachen Fragen begann.

»Miss Fansler«, wandte sich Cunningham plötzlich an sie. »Wem gehört dieses Haus?«

»Miss oder vielleicht Schwester, oder heißt es eher Mutter Lingerwell.«

»Wie bitte?« sagte Mr. Stratton.

»Sie spricht zweifellos von einer Nonne«, sagte sein Kollege.

»Ach ja, natürlich; und in welcher Beziehung stehen Sie zu ihr?«

»Vielleicht sollten wir uns setzen«, sagte Kate. »Kann ich Ihnen etwas zu essen oder zu trinken anbieten? Mr. Cunningham fand die Erdbeeren außergewöhnlich ...«

»Nein, danke«, sagte Mr. Stratton. »Aber auf alle Fälle sollten wir uns setzen. Fahren Sie fort, Miss Fansler.«

»Miss Lingerwell – vielleicht nenne ich sie doch einfach so – ist mit mir nicht verwandt. Ich kenne sie auch nicht mehr besonders gut.«

»Dann ist sie also lediglich die Hausbesitzerin, von der Sie das Anwesen gemietet haben?«

»Also, sehen Sie«, sagte Kate und fühlte sich wie eine unsichere Schwimmerin, die gerade in einen sehr tiefen, sehr kalten Teich gesprungen war, »ich habe das Haus nicht gemietet. Mr. Cunningham, ob ich wohl mit dem Anfang beginnen könnte?«

»Und wo ist der Anfang, meine Liebe?« fragte Cunningham. »Geht es bei Adam und Eva los oder bei der Entdeckung von Amerika, bei der Besiedlung von New England oder bei der Gründung der Stadt Araby ...«

»Mr. Cunningham.« Mr. Strattons Stimme ließ darauf

schließen, daß er das grundsätzliche Problem zu verstehen begann. »Gehe ich recht in der Annahme, daß die Mitglieder dieses Haushalts von Ihnen instruiert worden sind, auf Fragen nur in Ihrer Anwesenheit und nur mit Ihrer Erlaubnis zu antworten?«

»So ist Wortlaut und Sinn des Gesetzes, nicht wahr?«

»Gewiß. Andererseits . . .«

»Andererseits verstehe ich durchaus Ihren Standpunkt. Sie würden Ihre Untersuchungen lieber ungestört von mir durchführen. Gut, verfahren Sie so, Gentlemen. Ich werde nach Boston zurückkehren und mich wieder meinen eigenen Angelegenheiten zuwenden, von denen mich dieses unglückliche Ereignis abgelenkt hat. Vielleicht sind Sie so gut und lassen mich wissen, ob Sie vorhaben, gesetzlich gegen William Lenehan vorzugehen.«

»Er wird sicherlich zu den Anklagepunkten vernommen werden und dann aller Wahrscheinlichkeit nach in Ihre Obhut entlassen – falls Sie den Fall übernehmen, Mr. Cunningham.«

»Aber das wird wohl nicht mehr heute geschehen, nehme ich an.«

»Ich glaube nicht. Morgen.«

»Sehr gut. Ich komme dann zurück, oder ich treffe Sie, was wahrscheinlicher ist, am Gericht. Für heute auf Wiedersehen, Miss Fansler. Besten Dank für die wahrhaftig hervorragenden Erdbeeren. Reed, kann ich kurz mit dir allein sprechen?« Kate sah zu, wie er und Reed das Zimmer verließen, und zum erstenmal an diesem Morgen spürte sie, wie Panik in ihr hochzusteigen begann.

»Sie sagten gerade, Miss Fansler, Sie hätten dieses Haus nicht gemietet?«

»Vielleicht bin ich im technischen Sinne nicht die Mieterin, ich weiß nicht. Ich wohne hier, um in die Papiere des verstorbenen Sam Lingerwell ein wenig Ordnung zu bringen. Mr. Emmet Crawford hilft mir dabei.«

»Mr. Crawford ist nicht mit Ihnen verwandt?«

»Nein. Er ist Doktorand an der Universität, an der ich lehre.«

»Ich verstehe. Und Mr. Lenehans Aufgabenbereich hat mit dem Jungen zu tun. Ist das richtig?«

»Ja.«

»Ist Mr. Lenehan in irgendeiner Form mit Ihnen verwandt?«

»Nein. Er ist ebenfalls Doktorand. Ich fürchte wirklich, Mr. Stratton, ich habe ein unglückliches Talent für unkonventionelle Situationen. Ich kann nie entscheiden, ob mir merkwürdige Dinge passieren oder ob, wie Shaw das von sich gesagt hat, vielmehr ich es bin, die den Dingen passiert. Ich fürchte, Sie werden das alles schrecklich merkwürdig finden.«

»Dann ist außer dem Jungen, der Ihr Neffe ist, niemand in dem Haushalt mit Ihnen verwandt oder auch nur sehr gut bekannt?«

Kate war gerade sehr stolz auf das bemerkenswerte Ausmaß an Ruhe, das sie bewahrte, aber nun brach es aus ihr heraus. »Ich kann mir nicht vorstellen, warum die Verwandtschaftsfrage für Sie von so überwältigender Wichtigkeit ist. Stimmt, ich lebe nicht im Schoße meiner Familie. Seit meine Eltern tot sind, fehlt, um im Bild zu bleiben, meiner Familie dieser Schoß – aber ich muß zugeben, daß ich nicht den leisesten Wunsch hätte, mich, sollte sich wieder einer finden, in ihn fallen zu lassen. Ich sehe sehr wohl, daß dieser Haushalt die Darstellungsmöglichkeiten der Polizei auf das Ärgste strapaziert, aber wenn Sie ihn als sommerliche Studiengruppe betrachten, mit der zufälligen Anwesenheit eines Neffen, dann mag er Ihnen als ein weniger ungeordnetes Phänomen erscheinen.«

»Ist Mr. Reed irgendwie mit Ihnen verwandt?«

»Ich werde verrückt, drehe durch, gehe voll und ganz die Wände hoch. Wenn Sie es denn unbedingt wissen müssen, Mr. Stratton, Reed Amhearst ist ein Mann, mit dem ich zufällig . . .«

». . . das verbringe, was mal als ein ruhiges Wochenende geplant war«, sagte Reed, der im selben Moment ins Zimmer trat. »Sie haben doch nichts dagegen, daß ich still zuhöre, Mr. Stratton?«

»Vielleicht«, sagte Mr. Stratton mit einer Stimme, die nicht das kleinste Anzeichen von Irritation spüren ließ, »kann ich die Fragen zum Haushalt abschließen. Nach meinen Aufzeichnungen halten sich hier außerdem noch eine Miss Eveline Chisana und eine Miss Grace Knole auf . . .«

»Beide Damen tragen einen Professorentitel«, sagte Kate mit einiger Schärfe. Reed mochte sie vor einem weiß Gott wie schrecklichen Geständnis gerettet haben, doch sie hatte nicht vor, Stratton irgend etwas durchgehen zu lassen. Sie fühlte heftige Abneigung gegen Mr. Stratton, die dieser scheinbar, soweit man das hinter seiner höflichen Art überhaupt erahnen konnte, in gleicher Weise erwiderte.

»Professoren für was?«

»Englisch und vergleichende Literaturwissenschaft. Professor Knole ist Expertin für mittelalterliche Literatur, Professor Chisana für das achtzehnte Jahrhundert.«

»›Sei nicht der Erste, der für's Neue ist bereit / Doch nicht der Letzte, der das Alte legt beiseit'‹«, zitierte Mr. Stratton zu ihrer Überraschung.

»Stimmt genau«, sagte Kate.

»Und worin sind Sie Expertin, Miss Fansler?«

»Viktorianische Literatur. ›Erschallet, unbändige Glokken.‹ ›Ach, Liebster, laß uns einander wahrhaftig sein.‹«

»Ich ziehe das achtzehnte Jahrhundert vor. Da herrscht Ordnung.«

»Genauso sieht es Professor Chisana. Ich bin sicher, Sie kommen gut miteinander aus.«

»Sie und Professor Knole sind hier zu Gast?«

»Ja.«

»Waren beide schon vor dem Besuch mit jemandem aus Ihrem Haushalt bekannt außer Ihnen?«

»Professor Chisana ist eine Freundin von Mr. Lenehan. Professor Knole könnte beide gekannt haben aus der Zeit vor ihrer Emeritierung – ich bin da nicht sicher. Ganz bestimmt kannte sie Emmet Crawford, denn sie hat ihn mir empfohlen. Sie war Dekan der Fakultät, an der beide, Lenehan und Crawford, studieren.«

»Mr. Amhearst und der Junge sind auch Ihre Gäste?«

»Ja. Obwohl Leo eher als Mitglied des Haushalts bezeichnet werden sollte.«

»Worin bestehen genau die Aufgaben von Mr Lenehan?«

»Er kümmert sich um Leo, und beide lernen zusammen. Leo ist in der Schule ziemlich schlecht geworden. Unter Williams Anleitung schreibt er Aufsätze, löst arithmetische Aufgaben und lernt, mit seinen Erfahrungen im Lager und anderswo vernünftig umzugehen.«

Mr. Stratton warf Kate einen Blick zu, der zu sagen schien, daß auch sie ein paar Nachhilfestunden im Umgang mit Erfahrungen und deren Wiedergabe gut gebrauchen könnte.

»Ob Sie wohl etwas dagegen haben«, sagte er, »wenn ich jetzt die anderen Mitglieder in Ihrem Haushalt befrage? Ich glaube, wir haben nun alle aufgezählt, bis auf die Dienstboten drinnen und draußen.«

»Ob sie mit Ihnen reden, müssen die entscheiden oder das Gesetz, das liegt nicht in meiner Verfügungsgewalt.«

»Sehr gut. Und gibt es wohl einen Raum, in dem ich sie ungestört befragen könnte?«

»Vielleicht die Bibliothek, in der Emmet arbeitet?«

»Das wäre sehr nett, vielen Dank. Nur noch eine Frage, Miss Fansler, jedenfalls für den Augenblick. Wie gut haben Sie die tote Frau gekannt?«

»Nicht sehr gut. Andererseits bin ich nicht sicher, ob es da viel zu kennen gab. Wie Sie bei Ihren weiteren Nachforschungen ohne Zweifel erfahren werden, war sie nicht gerade beliebt.«

»Hatten Sie irgendeinen Grund, sie nicht zu mögen?«

»Abgesehen von der Tatsache, daß sie über alle bestrikkenden Eigenschaften einer Giftschlange verfügte, nein. Wen wollen Sie als ersten sprechen?«

»Da Mr. Crawford sich ja wahrscheinlich in der Bibliothek befindet, können wir auch gleich mit ihm anfangen.« Alles erhob sich. »Mr. Amhearst, ich hoffe«, sagte Mr. Stratton, »daß Sie nichts dagegen haben, mir später noch ein paar Fragen zu beantworten.«

»Natürlich nicht. Darf ich bei dieser Gelegenheit wagen, Ihnen einen Vorschlag zu machen? Nachdem Sie alle hier im Haus befragt haben, sollten Sie Ihre Aufmerksamkeit auf die ländliche Gemeinde richten. Ich habe den starken Verdacht, daß Sie dort den Grund für das Verbrechen finden werden. Mary Bradford war vielen verhaßt, und ich halte es für möglich, daß der Mörder diesen Haushalt mit seinem Mangel an äußeren Konventionen als passenden Ort für die Ausführung seines Planes empfand.«

»Wir haben auf alle Fälle vor, Mr. Amhearst, auch dieser Möglichkeit bei unseren Nachforschungen nachzugehen. Würden Sie wohl so freundlich sein, Miss Fansler, und uns den Weg zur Bibliothek zeigen?«

»Wozu ist denn der andere Kerl da?« fragte Kate Reed, als sie hinaus auf den Rasen traten. »›Ich hab' einen kleinen Schatten, der geht mit mir aus und ein, / Doch warum er mich begleitet, sieht man so leicht nicht ein; / Er sieht mir ganz ähnlich, vom Kopf bis zum Fuß...‹ Na, ich hoffe, der Rest paßt nicht mehr. Glaubst du wirklich, daß die Antwort im Dorf liegt? Du hast das so hochtrabend behauptet.«

»Der andere Kerl – um deine Fragen in der Reihenfolge zu beantworten, wie du sie gestellt hast – führt Protokoll und dient als Gesprächszeuge, wenn nötig.«

»Und als Beschützer von Mr. Stratton, falls einer von uns einen Wutanfall bekommt und versuchen sollte, dem aufgeblasenen Sohn einer...«

»Kate, er macht nur seine Arbeit, obwohl ich zugeben muß, daß sein Benehmen ein bißchen steif ist.«

»Steif! Gegen den wirkt ein gestärktes Hemd wie ein zerknittertes Nachtgewand. Mir fällt auf, und das nicht zum erstenmal, daß du eine für einen Staatsanwalt ganz eigene Art hast: Du gibst dich weder vertraulich noch aufgeblasen gegenüber den Leuten, mit denen du zu tun hast, und das ist nicht nur sehr lobenswert, sondern etwas ganz Besonderes.«

»Um auf deine zweite Frage zu kommen...«

»Ich nehme es zurück; vielleicht bist du doch aufgeblasen.«

»Ich weiß nicht, ob das Verbrechen wirklich nichts mit diesem Haus und seinen Bewohnern zu tun hat. Ich behalte mir da ein endgültiges Urteil noch vor, aber ich hielt es für angebracht, Mr. Strattons Aufmerksamkeit in diese Richtung zu lenken. Und, Kate, bitte reiß dich etwas zusammen. Du hast dich so sehr von ihm ärgern lassen, daß du beinahe Geständnisse gemacht hättest, die im Normalzustand nicht deine Art wären, und genau darauf will er hinaus. Was wolltest du ihm eigentlich sagen, als ich hereinkam?«

»Das geht dich nichts an. Wenn du es hättest wissen wollen, wärst du besser draußen geblieben und hättest gelauscht. Reed, du fürchtest doch nicht wirklich, daß ich uns in eine schreckliche Situation bringe, weil ich meine Zunge nicht im Zaume halte? Ich habe wirklich nichts zu verbergen, und du hast selbst gesagt, wir sollen nichts verschweigen, was ...«

»Weißt du, warum ich dich heiraten will? Weil es zwar nicht ganz legal ist, seine Frau zu prügeln, aber doch weniger illegal, als eine zu verprügeln, mit der man in keinerlei verwandtschaftlicher Beziehung steht. Sollen wir heiraten?«

»Du willst mich nur heiraten, damit ich vor Gericht nicht gegen dich aussagen kann. Du hast Angst, ich könnte Mr. Stratton erzählen, daß du Mary Bradford heiraten wolltest, um ihr deine Socken in den Staubsauger zu stopfen. Reed, Reed, wie wird das alles enden?«

»Damit du es weißt, ich mache mir schreckliche Sorgen darüber, wie es endet, und ich glaube, die ganze Lage ist nicht nur ein bißchen brenzlig, sondern vielmehr wie ein Hornissennest kurz vor dem Auseinanderbrechen. Aber obwohl ich dir besser einen Vortrag über angemessenes Benehmen halten und über das nachdenken sollte, was all diese Unschuldslämmer da drinnen zu sagen haben, und überdies Trauer empfinden sollte ob des Todes von Mary Bradford, die ein, Gott helfe ihr, gemeines und gewaltsames Ende fand, habe ich doch nur den einen Wunsch ...«

» ... den du besser, deinen eigenen Richtlinien folgend, unausgesprochen lassen solltest. Weißt du, daß du schon anfängst zu reden wie ich, Sätze voller Parenthesen, nochmaliger Steigerungen, durchsetzt von periodischen Gefügen? Können wir nicht einfach verschwinden?«

»Ausgeschlossen.«

»Warum ist Cunningham abgehauen? Glaubst du, er hat uns fallengelassen, weil es für ihn eine aussichtslose Geschichte ist, oder haben wir ihm zuviel von seiner Zeit geraubt?«

»Er hatte das Gefühl, wir würden, wenn wir darauf bestehen, nur in Anwesenheit eines Anwaltes zu reden, nicht den Ton der Unschuld treffen, den wir unbedingt vermitteln müssen. Cunningham ist ein teuflisch schlauer

Bursche, und er weiß, daß die Polizei das weiß. Wenn er abmarschiert und uns ihrer mitfühlenden Barmherzigkeit überläßt, dann sagt er ihnen damit, daß sie seiner Meinung nach hier nichts in der Hand haben.«

»Und was meint er noch?«

»Alle Klienten von Cunningham sind *per definitionem* unschuldig, hat er dir das nicht gesagt?«

»Ich hoffe, wir sind unschuldig. Aber wenn wir den Mörder nicht finden, und ich sehe wirklich nicht, wie uns das gelingen soll, hinge das nicht wie eine drohende Wolke über uns?«

»Seltsamerweise glaube ich nicht, daß die Unschuldigen die Wolken fürchten müssen, nicht in diesem Fall. Apropos, da wir gerade von Unschuldigen sprechen, wir dürfen uns offenbar auf den Besuch von Mr. Mulligan freuen.«

»Die Neuigkeit muß sich schon im ganzen Tal herumgesprochen haben. Nun kommt ein Mann, der es aus erster Quelle erfahren will.«

»Ach, Miss Fansler«, sagte Mr. Mulligan und kam näher. »Was für traurige Nachrichten.«

»Sie meinen den Tod von Mary Bradford?«

»Der Tod ist immer traurig. Aber eigentlich bezog ich mich auf die Unannehmlichkeiten, die damit auf Ihr Haus zugekommen sind. Kann ich Ihnen in irgendeiner Weise helfen?«

»Kommen Sie herein und essen Sie mit uns. Sollte die Polizei zu uns stoßen, dann können Sie mir helfen, nicht aus der Rolle zu fallen. Kommt sie nicht, schwatzen wir ein wenig. Irgendwelche Orgien gefeiert in den letzten Tagen?«

»Kate«, zischte Reed zwischen den Zähnen, »ich habe mich endgültig entschlossen, nicht bis zur Hochzeit zu warten. Wissen Sie was, Mr. Mulligan«, sagte er dann, und seine Stimme hatte wieder normale Lautstärke, »vielleicht gestattet uns Miss Fansler einen kleinen Sherry vor dem Essen, da die Umstände ja, sagen wir einmal, ein bißchen außergewöhnlich sind.« Kate streckte ihm die Zunge heraus.

Efeutag im Sitzungszimmer

Um vier Uhr hatte sich Mr. Stratton endlich durch den ganzen Haushalt gearbeitet, Köchin und Gärtner inbegriffen. Zwar hatte Mr. Pasquale sonntags frei, aber nachdem er von der Anwesenheit der Polizei erfahren hatte, war er gekommen und hatte angefangen, in einem bereits fertigen Blumenbeet noch einmal Unkraut zu jäten, und so eindeutig klargestellt, daß er nicht im entferntesten daran dachte, zu gehen, bevor nicht entweder die Dunkelheit hereinbrach oder die Polizei verschwunden war. Die Neuigkeit von Mary Bradfords grausigem Ende hatte sich bis über die Grenzen von Araby hinaus herumgesprochen, und die Neugierigen waren bereits im Anmarsch. Die Polizei wurde mit ihrem Ansturm zwar fertig, aber man hatte Kate murmeln hören, daß sie besser ein paar Parkverbotsschilder aufgestellt hätten, wie nach dem Autounfall, worauf Reed meinte, es gebe in jeder Stadt und auf jedem Dorf Leute, für die ein Mord ein Ereignis von extrem belebender Wirkung sei und der Tatort dieses Verbrechens von unbeschreiblicher Faszination. Er vermutete, daß diese Sorte Menschen im achtzehnten Jahrhundert zugeschaut hatten, wenn jemand aufgehängt oder während der Herrschaft der Tudors gerädert und gevierteilt wurde.

Mr. Stratton war bereit, da es schon vier Uhr nachmittags war, seiner Truppe und sich je ein Sandwich und ein Glas Milch zu gönnen. Er gab nur widerstrebend nach, offenbar überwältigt von dem quälenden Hunger seines Kollegen und der Tatsache, daß das nächste Restaurant sechzehn Meilen entfernt lag. Hin- und Rückweg also doppelt so weit. Nach dieser Mahlzeit verlangte er die drei »Damen Professoren« in der Bibliothek zu sprechen. Das Essen hatte seine Laune sichtlich nicht verbessert, die zusätzlich durch seine Versuche, James Joyce zu begreifen, aufs äußerste strapaziert worden war.

»Vielleicht«, sagte er, als sie alle zusammensaßen, »können Sie zu dritt, da Sie ja alle Professorinnen der Literatur sind, mir James Joyce erklären.«

»Das erinnert mich, Mr. Stratton, an einen Roman von Thomas Hardy«, sagte Grace Knole, »ein weniger bedeutender Roman, meine ich, allerdings ist mir der Titel entfallen. In diesem Werk geht es um einen Mann, der um eine junge Frau wirbt und zugeben muß, daß er in der Vergangenheit auch schon ihrer Mutter und ihrer Großmutter einen Heiratsantrag gemacht hat.«

Mr. Stratton sah aus, als bereue er bereits, sie um Rat gefragt zu haben. »Aber wie«, setzte er an, »konnte ein Mann ...«

»Ich schlage vor, daß Sie sich nicht in den mathematischen Aspekt der Sache vertiefen«, sagte Grace. »Sie können sich darüber Gedanken machen, wenn Sie heute nacht einzuschlafen versuchen. Aber bedenken Sie, daß in jenen Tagen Frauen mit sechzehn heirateten und Kinder bekamen, und Sie werden das zweifellos für eine gute Sache halten, angesichts der Tatsache, daß Sie sich nun gezwungen sehen, sich mit drei alten Jungfern verschiedenen Alters zu unterhalten.« Auf Mr. Strattons Gesicht stand geschrieben, daß es genau das war, was er gedacht hatte oder, um genauer zu sein, gerade denken wollte, denn Grace Knoles Verstand arbeitete noch immer schneller als der jedes anderen noch so brillanten Wissenschaftlers, und somit war er dem eines schlichten Polizisten um einige Schritte voraus.

»Zu James Joyce«, sagte Mr. Stratton.

Die drei sahen ihn fragend an.

»Da gibt es eine Geschichte, also, die heißt ›Efeutag im Sitzungszimmer‹. Während des Lunchs, den mir Miss Fansler freundlicherweise anbot, las ich die Geschichte in einem Buch, das mir Mr. Emmet Crawford seinerseits netterweise gegeben hatte. Da er ständig diesen Schriftsteller James Joyce erwähnte, hatte ich ihn gefragt, ob er mir etwas Kurzes von ihm zum Lesen geben könnte. Die Geschichte war achtzehn Seiten lang, und ich habe kein einziges Wort verstanden. Mein Kollege ebensowenig«, fügte er hinzu.

»Ja«, sagte Kate, »das ist eine Geschichte, die in der Tat schon immer Schwierigkeiten gemacht hat. Finden Sie, Mr. Stratton, daß in dieser Geschichte nichts passiert?«

»Genau das ist mein Eindruck.«

»Aber genau darum geht es ja. In Irland passiert nichts, überhaupt nichts. Alle Menschen sind tot; unfähig zur Liebe.«

»Wie Mary Bradford«, sagte Lina.

»Jetzt, da Sie es sagen«, meinte Kate, »scheint es mir auch so: wie Mary Bradford.«

»Ist das der Grund«, fragte Grace, »warum Forster Joyce vorgeworfen hat, er bewerfe das Universum mit Dreck?«

»Forster meinte damit den ›Ulysses‹, und ich glaube, er hat dieses Urteil später zurückgenommen. Er sagte das zu einem Zeitpunkt, als praktisch alle Welt Joyce für unmoralisch hielt.«

»Ich habe da eine Geschichte gehört«, sagte Grace, »in der es um ein Essen geht, bei dem jemand Joyce zuprostete und einen Toast auf die Unmoral ausbrachte. ›Darauf trinke ich nicht‹, soll Joyce gesagt und sein Weinglas abgesetzt haben.«

»Es war Weißwein«, sagte Kate.

»Spielt es eine Rolle«, fragte Stratton mit der Stimme eines Mannes, der lange und stumm gelitten hatte, »welche Farbe der Wein hatte?«

»Natürlich spielt das eine Rolle«, sagte Kate. »Das ist der springende Punkt im gesamten Werk von Joyce. In ›Efeutag im Sitzungszimmer‹ ist das Wichtigste, was passiert, ein ›Plop‹, mit dem eine Flasche geöffnet wird.«

Mr. Stratton sah aus, als würde es bald auch bei ihm »Plop« machen.

»Was für ein Tag ist das überhaupt, dieser Efeutag?« fragte er.

»Es gibt da ein Buch, ein Taschenbuch, glaube ich, das heißt ›A Reader's Guide to James Joyce‹, verfaßt von William York Tindall«, sagte Grace. »Bitte erlauben Sie mir, Ihnen ein Exemplar zu schenken. Ich bekomme Fakultätsrabatt, ein Vorteil, den sogar emeritierte Professoren genießen. Tindall meint, wenn ich mich recht erinnere, daß alles in der Geschichte Sinn bekommt, wenn man es in Bezug zu Parnell stellt. Wenn ich Sie richtig verstehe, meinen Sie, Mr. Stratton, daß alles in diesem Mordfall Sinn bekommt, wenn man es auf James Joyce bezieht.«

»Ist dieser Efeutag denn Parnells Geburtstag?«

»Das ist komisch«, sagte Kate. »Ich bin nicht sicher, ob es sich um seinen Geburts- oder seinen Todestag handelt oder ob es mit seiner Scheidung zu tun hat. Aber an diesem Tag – es ist der 6. Oktober – trägt jeder in Dublin, der sich in Erinnerung an Parnell ergehen will, einen Efeu im Knopfloch. Und alle sind natürlich total betrunken.«

»Natürlich«, sagte Mr. Stratton.

»Warum hat Emmet wohl Mr. Stratton ausgerechnet ›Efeutag im Sitzungszimmer‹ zum Lesen gegeben?« fragte Lina.

»Es war Joyces Lieblingsgeschichte«, sagte Kate. »Alle anderen bevorzugen natürlich ›Die Toten‹, eine der großen Geschichten in englischer Sprache.«

»Wovon handelt die?« fragte Mr. Stratton.

»Von einem Mann namens Gabriel Conroy, der nie gelernt hat zu lieben«, sagte Kate. »Und von der Wahrheit, daß jeder in Irland tot ist, abgesehen von den Toten selbst vielleicht.«

»Muß ein fröhlicher Bursche gewesen sein«, ließ sich Mr. Strattons Kollege überraschend hören.

»›Ulysses‹ ist fröhlicher«, sagte Kate.

»Ist das nicht ein unmoralisches Buch?« fragte Mr. Stratton.

»Weder im Sinne des Gesetzes noch tatsächlich«, sagte Kate. »Es ist im Gegenteil eines der moralischsten Bücher in englischer Sprache. Bloom bringt die Liebe in eine tote Stadt und zu einem Noch-nicht-Künstler, der noch nicht gelernt hat zu lieben. Den Heidenkindern das Licht.«

»Ich dachte, es käme viel Sex darin vor«, sagte Mr. Stratton tapfer.

»Im Leben kommt auch viel Sex vor«, antwortete Kate.

»Im Leben mancher«, sagte Grace Knole. Kate mied Linas Blick.

»Würden Sie sagen«, fragte Mr. Stratton, »daß Joyce wichtig ist?«

»Natürlich ist er wichtig«, sagte Grace. »Lesen Sie Richard Ellmanns Biographie. Brillant. Gibt es, glaube ich, noch nicht als Taschenbuch. Zu teuer für mich, selbst zum Fakultätsrabatt kann ich Ihnen kein Exemplar versprechen. Vielleicht«, schlug sie vor, »könnten Sie es auf Ihr Spesenkonto setzen.«

»Ich weiß nie, was die Leute unter ›wichtig‹ verstehen«, sagte Lina.

»Und nun zu all seinen Briefen, die hier herumliegen«, sagte Mr. Stratton, ehe ein literarischer Streit aufkommen konnte. »Mr. Crawford sagte mir, die Kongreßbibliothek und eine ganze Reihe Universitäten seien hinter ihnen her.«

»Ach«, sagte Grace Knole. »Seltsam. Eine Frau wird in der Nähe eines Hauses getötet, in dem eine Sammlung von Briefen eines Iren lagert.«

»Wahrscheinlich gibt es da überhaupt keine Verbindung. Nur, daß Mary Bradford wahrscheinlich zu denen gehörte«, ergänzte Kate, »die den ›Ulysses‹ für ein schmutziges Buch und Bloom für einen Dreckfinken hielten. Natürlich konnte Joyce nicht viel mit den WASPS anfangen.«

»WASPS?« fragte Mr. Stratton mit dem Gesicht eines Mannes, der auf alles gefaßt ist.

»Weiße angelsächsische Protestanten; Puritaner; Calvinisten.«

»Ich bin Calvinistin«, sagte Grace Knole.

»Ich bin sicher, er hätte Ausnahmen gemacht.« Kate lächelte. »Wir wissen sogar, daß er das getan hat. Aber seine Vision betraf hauptsächlich die Welt der Katholiken und Juden. Wissen Sie, es gab eine Zeit, da hielt er sich für einen Priester. ›Ich habe die Gesellschaft Jesu aufgegeben für die Gesellschaft der Juden‹, soll er gesagt haben.«

Mr. Stratton und sein Kollege machten ziemlich schokkierte Gesichter. »Sie scheinen ja eine ganze Menge über Joyce zu wissen, Miss Fansler«, sagte Mr. Stratton.

»Nur sehr wenig, glauben Sie mir.«

»Haben Sie nicht gesagt, Ihr Spezialgebiet sei die viktorianische Literatur?«

»So ist es, aber es steht uns nicht zu, uns geschützt und ungestört unserer jeweiligen Epoche zu widmen, so umfassend die auch sein mag. Ich halte zum Beispiel eine Vorlesung über die Geschichte des englischen Romans, und darunter fällt auch der irische.«

»Nun gut«, sagte Mr. Stratton und erhob sich, »ich glaube, ich sollte jetzt mit Mr. Mulligan sprechen. Wie ich gehört habe, ist er vorhin gekommen. Wissen Sie, ob er noch da ist?«

»Unterhält sich, glaube ich, mit Emmet«, sagte Kate und stand ebenfalls auf. »Soll ich ihn hereinschicken?«

»Wenn Sie so freundlich wären«, sagte Mr. Stratton. »Besten Dank für Ihre literarischen Hilfestellungen, Ihnen allen.«

»Es war uns ein Vergnügen«, sagte Grace Knole und ging als erste zur Tür. Als diese sich hinter ihnen geschlossen hatte, fragte sie: »Wie heißt eigentlich der andere Mann, der dauernd mit Stratton zusammen ist, aber kaum den Mund aufmacht?«

»Ich habe keine Ahnung«, sagte Kate, »aber ich nenne ihn für mich M'Intosh.«

»Wieso?« fragte Lina.

»Lesen Sie ›Ulysses‹«, frotzelte Kate.

»Ich werde mir alles notieren«, sagte Grace, »was mir an interessanten Informationen gerade zu Ohren gekommen ist. *Weißwein* zum Beispiel.« Sie zog ein Notizbuch aus der Tasche und schrieb es auf.

»Schreiben Sie sich alles auf?« fragte Lina. »Ist das der Grund, warum Sie sich an alles erinnern?«

»Absolut. Auch die schrecklichen Dinge schreibe ich mir auf.«

»An die kann ich mich problemlos erinnern«, lachte Lina.

»Oh nein, das stimmt nicht ohne weiteres. Denk an ›Alice‹, wo es heißt, daß man sehr wohl den Schrecken eines Augenblicks vergißt, es sei denn, man schreibt ihn sich auf. Nachdem man uns jetzt aus dem Sitzungsraum komplimentiert hat, sollten wir vielleicht einen Spaziergang machen? Vielleicht ist zufällig Melkzeit.« Grace schob ihr Notizbuch wieder in die Tasche.

»Die dürfte jetzt gerade vorbei sein«, sagte Kate, »jedenfalls nach dem, was mir Leo erzählt hat. Aber natürlich habe ich mir darüber *keine* Notiz gemacht.«

»Glauben Sie, Mr. Bradford hätte etwas gegen unseren Besuch, vor allem heute?«

»So etwas nimmt er eher geduldig hin. Leo und William waren anscheinend jeden Nachmittag zur Melkzeit dort, schließlich wußten sie über das Melken mehr als er selber. Aber vielleicht sollten wir Detektiv spielen und sehen, wie er reagiert. Gehen wir? Über die Felder oder die Straße hinunter?«

»Ich denke, die Straße«, sagte Grace. »Mit Autos werde ich besser fertig als mit unbekannten Gefahren. Von denen das ländliche Leben ja, nebenbei bemerkt, nur so überquillt. Ich habe in meinem Leben eine Reihe rasender Leidenschaften kennengelernt, vom brennenden Ehrgeiz bis zur reinen Wollust, aber keine endete damit, daß einer den anderen niederschoß, obwohl sich gewiß ein paar selbst umgebracht haben. Ich glaube nicht, daß Gewalt im ländlichen Leben eine größere Rolle spielt, man ist hier lediglich vertrauter mit Gewehren und gewaltsamem Tod. Ich nehme an, wenn man oft zugeschaut hat, wie ein Reh oder ein Murmeltier in Stücke geschossen wird, dann ist der Gedanke an ein in Stücke geschossenes menschliches Wesen weniger unfaßlich.«

»Bradford hat mir einmal erzählt«, sagte Kate, »daß es hier keine Diebstähle gibt, und zwar deswegen, weil jeder weiß, daß jeder ein Gewehr hat, damit umgehen kann und es auch benutzen wird.«

»Das klingt dann aber doch so«, fragte Grace, »als würde hier jemand eher nach seinem Gewehr greifen und Mary Bradford aus blanker Wut erschießen, statt eine Kugel in den Gewehrlauf eines anderen zu schieben, nicht wahr? Ich meine, klingt es Ihrer Meinung nach wirklich wie ein typisch ländliches Verbrechen? Für mich hat das Verbrechen eher etwas Metaphorisches.«

»Joyceanisches, meinen Sie?« fragte Lina.

»Jedenfalls Literarisches.«

»Das sehe ich nicht so«, sagte Kate. »Mir kommt es so vor, als hätte hier ein Typ aus dieser Gegend, der sie haßte, die Chance gesehen, sie loszuwerden, und die hat er dann auch ergriffen. Die Tatsache, daß damit ein Haufen Verrückter aus der Stadt in verdammt große Schwierigkeiten geraten würde, machte das Ganze nur noch reizvoller. Da kommt ein Wagen.«

Die drei traten an den Straßenrand, während das Auto – natürlich von dem unvermeidlichen Heranwachsenden männlichen Geschlechts und viel zu schnell gefahren – weit genug im Tempo herunterging, daß ihnen der Fahrer eine sarkastische Einladung zurufen konnte. Als die drei wieder auf der Straße waren, gluckste Grace.

»Wären wir jetzt in einem Kriminalroman, dann säße

kein brüllender Jugendlicher in dem Wagen, sondern ein Abenteuer. Lesen Sie Kriminalromane?«

»Sicher«, sagte Kate. »Und ich löse Kreuzworträtsel. Es gibt entweder uns oder Leute, die Bridge spielen, rudern und skilaufen. Warum?«

»Es ist interessant«, sagte Grace, »wie wenig diese Geschichten dem realen Leben entsprechen. Es geht ausschließlich darum, daß in ihnen so viel *passiert.* Ich meine nicht die Bücher von Ian Fleming. Sogar in den netten kleinen englischen Romanen vom Typ ›Leiche im Pfarrhaus‹, wie Auden das genannt hat, geschieht so viel. Wir haben hier jetzt einen Mord erlebt, aber alles, was wir tun, ist – natürlich –, daß wir darüber reden und gemeinsam die Straße entlangspazieren, drei seltsame Ladies in Tennisschuhen, um dem Mann der Dahingeschiedenen beim Kühemelken zuzusehen.«

»Ich weiß, was Sie meinen«, sagte Kate. »Der englische Kriminalroman beginnt damit, daß jemand eine dieser exzentrischen Anzeigen auf der ersten Seite der ›Times‹ liest; da heißt es dann: ›Peter, wenn du dir Gedanken über mich machst, triff dich mit Henry. Colin.‹ Also saust Peter los, um mit Henry zu sprechen, der sich als eine alte Amme von achtzig Jahren entpuppt, und als nächstes sitzt er in einem Haus hinter dem Eisernen Vorhang in der Falle, aus dem er dann entkommt, indem er mit einem Stück Eisenrohr lange genug die Backsteinmauer bearbeitet. Würde mich jemand in ein Haus einsperren, was natürlich höchst unwahrscheinlich ist, dann würde ich dort warten, bis man mich rettet oder, was wahrscheinlicher wäre, vor Hunger sterben.«

»Trotzdem war es ein sehr gutes Buch.«

»Natürlich war es ein gutes Buch. Vor kurzem habe ich noch ein anderes gelesen. Darin geht es um eine alte Jungfer um die fünfunddreißig, die im Urlaub nach Europa fährt. Ihr Wagen wird dazu benutzt, irgend etwas nach Frankreich zu schmuggeln, und sie landet in einem Keller, wo sie zusammen mit einem wunderbaren Franzosen eingesperrt ist und die Gelegenheit nutzt und lernt, was es heißt, mit Männern zu schlafen, während die bösen Verbrecher Leichen ins Meer werfen.«

»Das war auch ein sehr gutes Buch.«

»Hervorragend. Ich will nur sagen, daß solche Dinge keinem passieren, der schon fünfunddreißig oder mehr Jahre auf dem Buckel hat und bei dem bis dahin noch nichts gelaufen ist.«

»Da haben Sie recht«, sagte Grace. »Hätte man mich mit fünfunddreißig mit einem Franzosen – egal wie faszinierend – in einen Keller gesperrt, dann hätte ich mit ihm, falls er gebildet gewesen wäre, über irgendeinen abstrusen Aspekt mittelalterlicher Kultur diskutiert oder ich hätte von den Gefahren der französischen Wirtschaft oder von gallischer Tapferkeit im Krieg erzählen lassen, wenn er nicht so gebildet gewesen wäre. Entweder gehört man zu denen, denen etwas Besonderes, Abenteuerliches passiert, oder nicht. Gehört man aber zu ihnen, dann denkt und redet und liest man nicht viel, sondern man genießt seine Abenteuer.«

»Mit einem faszinierenden Franzosen in einen Keller gesperrt zu werden, ist auf alle Fälle für uns ziemlich unwahrscheinlich«, sagte Lina.

»Und wenn es passierte, dann wären wir so besorgt um all diese Leichen, die ins Meer geworfen werden, daß wir gar nicht daran denken würden, Erfahrungen zu machen.«

»Ich schon«, sagte Lina.

»Das Reizvolle am Kriminalroman«, sagte Grace, »ist, daß man so nette Dinge über das liest, was andere Leute machen, ohne es ihnen gleichtun zu müssen.«

»Wir gehören zu der Sorte Menschen, die Kriminalromane lesen und sich Notizen machen«, sagte Kate und lächelte.

Sie waren im Stall angekommen. Bradford war mit Melken beschäftigt, und ein benachbarter Bauer half ihm dabei.

»Heißt das, sie melken mit Maschinen?« sagte Lina, und schaute sich um.

»Sie machen alles mit Maschinen«, sagte Grace. »Soviel habe ich schon begriffen.«

»Gefällt das den Kühen, wenn ihre Köpfe so angebunden werden?« fragte Lina, nachdem Kate die Damen vorgestellt und alle ihr Beileid ausgesprochen hatten.

»Weil sie dabei gleichzeitig gefüttert werden, mögen sie

es«, sagte Bradford, »aber es gibt jetzt eine Theorie, nach der es ihnen in offenen Verschlägen besser geht, ohne Freßgitter, und mit einem extra Melkraum. Vorsicht.« Er griff nach oben und öffnete eine Falltür. Ein Heuballen purzelte vom Heuboden herunter. Er band ihn auf und fing an, das Heu zu verteilen.

»Mr. Bradford«, sagte Kate, »können wir Ihnen mit den Kindern irgendwie helfen? Wir würden sie gern zum Essen und Schlafen mit nach Hause nehmen, wenn das für Sie eine Erleichterung bedeutet.«

»Danke«, sagte Bradford. »Das ist sehr nett. Aber eine junge Frau aus dem Dorf, eine Freundin der Familie, ist schon gekommen und kümmert sich um alles.«

»Gut«, sagte Kate, »sagen Sie mir Bescheid, wenn wir etwas tun können.«

Die drei Damen sahen zu, wie Bradford die Kälber mit in Wasser aufgelöstem Milchpulver fütterte, eine Kuh nach der anderen wieder von der Melkmaschine befreite, jeder eine ordentliche Portion Korn zu fressen gab und mit erfahrenem Ohr auf das Arbeiten der Maschinerie im Milchraum lauschte. Er erklärte ihnen, daß dort ein großer, rostfreier Stahltank die Milch in drei Minuten von der Körpertemperatur der Kuh auf fast null Grad herunterkühle. Dreimal in der Woche komme der Tankwagen von der Molkerei und sauge die Milch ab.

»Erstaunlich«, sagte Grace. »Ist der ganze Dachboden voller Heu?«

»Der muß bald voll sein, für den Winter«, sagte Bradford. »Das Heu, mit dem ich die Kühe gerade gefüttert habe, stammt noch von der letzten Ernte. Mehr als viertausend Heuballen aus der neuen Ernte sind schon oben, und es kommen noch mehr. Wollen Sie sehen, wie der Heuaufzug funktioniert?« fragte er.

»Gern«, sagte Grace Knole, »wenn Sie so nett sein wollen.«

Im gleichen Atemzug sagte Kate: »Machen Sie sich keine Umstände.«

»Keine Sorge«, sagte Bradford, der sich offenbar gern die Zeit nahm, alles genau zu erklären. »Diese Ballen werden von der Heumaschine zusammengebunden und auf den Lastwagen geworfen. Hier holen wir sie dann herunter und schieben sie in den Aufzug, der sie nach oben auf den Heuboden transportiert. Sehen Sie mal.« Er schaltete die Maschine ein, und der Aufzug beförderte den Ballen in den zweiten Stock. Bradford kletterte nach oben, zog den Ballen aus dem Aufzug und schleuderte ihn in eine Ecke des Heubodens. »Kommen Sie herauf, und sehen Sie es sich an«, sagte er.

Die drei Damen warfen prüfende Blicke auf die steile Leiter, die zum Heuboden führte. Lina und Kate stiegen ohne längeres Zögern hinauf. Grace Knole blieb unten. »Ich lasse mich nicht mehr auf solche Dinge ein«, sagte sie, »was immer Keller oder Heuboden zu bieten haben mögen. Sehen Sie sich um, und erzählen Sie es mir dann.« Kate und Lina waren erstaunt über die Größe dieses zweiten Stocks. Nirgends war eine Stütze oder ein Pfeiler zu sehen; nur freier Raum und Tausende von Heuballen. »Ein schöner Bau«, sagte Kate zu Bradford.

»Habe ich selbst entworfen. Mary hielt mich für verrückt, aber ich habe zu ihr gesagt, es ist möglich, einen völlig offenen Heuboden zu bauen. Arme Mary«, fiel ihm ein. Alle drei kletterten in ernstem Schweigen wieder hinunter.

»Ein einziger Mann kann eine ganze Farm betreiben«, sagte Grace, als sie sich auf den Rückweg machten, »vorausgesetzt, er ist ein technisches Genie, Architekt, Agronom und Tierarzt in einem.«

»Was für eine ungeheure Menge Heu«, sagte Lina.

»Alles in allem«, sagte Kate, »würde ich für den Fall, daß mir ein Franzose über den Weg liefe, einen Keller vorziehen. Besser für die Nasenschleimhaut und löst weniger Höhenangst aus.«

Reed erwartete sie auf halbem Wege. »Wo seid ihr gewesen?« fragte er. »Ihr könnt doch nicht ohne Erlaubnis den Tatort verlassen.«

»Heißt das, wir stehen unter Hausarrest?« fragte Grace.

»Wir haben Heuböden erforscht«, sagte Kate.

»Irgend etwas gefunden?«

»Mir würde es gar nicht gefallen«, sagte Kate, »auf einem Heuboden etwas zu finden. Bradford wirkt nicht gerade untröstlich.«

»Ich wüßte zu gern«, sagte Lina, »wer wohl dieses Mädchen aus dem Dorf ist.«

»Hat Mr. Stratton sich bei Mr. Mulligan über Joyce kundig gemacht?« fragte Kate.

»Was um alles in der Welt«, sagte Reed, »ist der ›Efeutag im Sitzungszimmer‹?«

»Er hat ihn also über Joyce ausgefragt. Und was hat er erfahren?«

»Anscheinend wußte Mr. Mulligan nichts über einen Gegenstand, der ›Plop‹ macht. Aber ich natürlich auch nicht.«

»Du hast aber auch nicht mehrere Bücher über Form und Funktion des modernen Romans geschrieben.«

»Seltsam, dieser Mr. Mulligan«, sagte Grace.

Am Sonntagabend hatte das Polizeiaufgebot seine Arbeit beendet. Die sterblichen Überreste von Mary Bradford waren fortgeschafft worden. »Und wo ihre unsterblichen Überreste sich jetzt befinden, das wage ich mir kaum vorzustellen«, bemerkte Emmet. Mr. Stratton entfernte sich mit seinem Kollegen, der inzwischen den Namen M'Intosh bekommen hatte.

Für Montag war William zur Aussage vor den Untersuchungsrichter geladen. Reed bot an, ihn hinzufahren, und Lina, nach deren Begleitung William nun wie ein Kind verlangte, begleitete die beiden. Im Gericht würden sie sich mit John Cunningham treffen, der fünftausend Dollar in bar oder als beglaubigten Scheck mitbringen würde. Reed verkündete das zur Überraschung aller. »Cunningham ist sicher, daß das die absolut höchste Kautionssumme ist, die sie festsetzen können«, sagte Reed zu Kate. »Wenn sie so hoch ausfällt«, fuhr er fort, »dann läßt das nichts Gutes für William ahnen, es sei denn, sie finden den Mörder.«

»Aber William hat doch keinen Mord begangen«, sagte Kate.

»Das hat er, meine Liebe. Fahrlässig, aber immerhin.«

»Nicht mehr, als wenn ich jemand mit meinem Auto überfahren und getötet hätte.«

»In beiden Fällen wäre das Opfer sozusagen durch Fremdeinwirkung zu Tode gekommen.«

»Reed, woher hat Cunningham die fünftausend Dollar? Gehört das zu seinen Diensten als Anwalt?«

»Den Tag möchte ich noch erleben. Das Geld wird vom Häftling aufgebracht oder von seinen Freunden, die es zurückkriegen, falls er nicht verschwindet.«

»Ich bin sicher, daß William keine fünftausend Dollar hat.«

»William hat nicht einmal fünftausend Cents, jedenfalls keine, die er entbehren kann.«

»Reed, es liegt eindeutig in meiner Verantwortung ...«

». . . die zeitweise von mir übernommen wird.«

»Ich begreife nicht, warum du so ritterlich sein solltest.«

»Ich auch nicht. Da du drauf bestehst, dich in den Wäldern zu vergraben, einen Haushalt einzurichten, der selbst für den hartgesottensten Strafverteidiger von Boston Überraschungen birgt, und dann das Land mit Leichen übersäst, gibt es keinen vernünftigen Grund unter der Sonne, warum ich dich nicht selber für deine unglücklichen Angestellten die Kaution aufbringen oder es ihnen überlassen sollte, sich aus eigener Kraft aus ihrer mißlichen Lage zu befreien. Schließlich mußten sie ja wissen, auf was sie sich einließen, als sie für dich zu arbeiten begannen. Aber da ich nicht nur genauso törricht bin wie du, sondern als ein Hauptzeuge, wenn nicht gar als Verdächtiger in die ganze Geschichte verwickelt bin, mußt du schon gestatten, daß ich so viel Verantwortung wie möglich auf meine männlichen Schultern lade. Kurzum, sei guten Mutes, erwarte uns mit einem Drink, falls wir zurückkommen, und bete, daß der Richter unseren William gegen Kaution freiläßt. Diese und andere Kunde bringe ich bei meiner Rückkehr; alsdann, so eile ich denn vor die Schranken des Gerichts und Ihr, meine Holde, heim gen Araby, wie es immer in diesen schrecklichen Shakespeare-Schinken heißt.«

»Die sind *nicht* schrecklich.«

»Gut. Hoffen wir, daß wir aus diesem Schlamassel bald herauskommen und uns im Central Park einen anschauen können. Mal sehen, wie die Chancen stehen!«

So war denn die Gesellschaft geschrumpft, die sich zum Lunch traf. Leo war im Ferienlager in der Obhut von Mr. Artifoni. »Zweifellos«, sagte Kate und reichte den Salat herum, »wird er den Jungen die Besonderheiten bei der Behandlung von Schußwunden beibringen. Wenn wir Glück haben, erfahren wir heute abend dann, woran man schneller stirbt, an einer Kugel im Kopf oder an einer im Herzen.«

»Ich dachte, es handele sich dort um ein Sportlager«, sagte Grace. »Ist die Behandlung von Schußwunden auch ein Sport?«

»Jeder amerikanische Junge sollte sich in Erster Hilfe

auskennen, meine Liebe«, sagte Emmet. »Das werden Sie doch sicher verstehen. Wenn er, wie ich, in Ohnmacht fällt, sobald er Blut sieht, und wenn er künstliche Beatmung nicht von Wiederbelebung nach Cheyne-Stokes unterscheiden kann, dann ist er ja in Notfällen von keinerlei Nutzen. Jedenfalls habe ich das so von Leo gehört. Ich habe dagegengehalten, daß kleine Jungen in Notfällen per definitionem nutzlos sind, aber Leo meinte, man könne nie wissen. Mr. Artifoni hat es fertiggebracht, daß diese kleinen Kreaturen sich geradezu nach einem Unglück sehnen. Wäre Mary Bradford verblutet, hätte ich das halbe Lager als Täter verdächtigt, weil sie Aderpressen üben wollten. Ich bin todsicher, Leo betet jede Nacht, daß bei William oder mir die Schlagader platzt und er uns retten kann. Unser Tischgespräch ist vom Feinsten, nicht wahr, Kate? Hätte ich was zu sagen, ich würde dem Kind verbieten, auch nur ein Blutkörperchen zu erwähnen. Ist Ihre Frage damit beantwortet?«

Grace grinste ihn an. »Mr. Crawford, ich muß dafür sorgen, daß Sie im Doktoranden-Kolloquium über Jane Austen reden, nur, damit ich kommen und Ihnen zuhören kann.«

»Über James Joyce, bitte, oder einen ähnlich modernen Dichter. Ich habe solche Berge von Material über ihn durchgearbeitet, ein Stück wunderbarer als das andere, daß ich glaube, ich lasse die gute alte Jane fahren und schreibe über die Bedeutung des Verlegers für die moderne Literatur. Mit Kates Erlaubnis natürlich.«

»Jemand *muß* einfach ein Buch über Sam Lingerwell schreiben. Wie weit sind Sie denn?« fragte Kate.

»Es geht skandalös langsam. Lingerwell hat die Briefe zumindest chronologisch geordnet, das heißt, jeden September nahm er sich eine neue große Aktenkiste und warf die Briefe in der Reihenfolge hinein, in der er sie beantwortete. Es wäre also fraglos viel leichter für mich gewesen, das Zeug nach Daten und nicht nach Absendern und Empfängern zu ordnen, aber das würde den Wissenschaftlern, die damit arbeiten wollen, kaum helfen. Die Briefe von Lawrence sind faszinierend, aber die Briefe von Joyce zeigen den ganzen Lingerwell. Vor allem die Briefe über ›Dubliner‹. Nach dem ›Porträt‹ – während der Arbeit an ›Ulysses‹ – schrieb er Lingerwell viel seltener. Aber den Ärger, den er wegen ›Dubliner‹ bekam – es ist kaum zu glauben! Was die Drucker anscheinend besonders aufbrachte, war die Tatsache, daß er reale Orte in Dublin erwähnte. Kann man sich das vorstellen? Wenn heute ein Autor nicht alle Örtlichkeiten genau benennt, kann er genausogut Comics schreiben. Er muß nur schreiben, daß ›jede Ähnlichkeit mit lebenden Personen oder wirklichen Örtlichkeiten rein zufällig‹ wäre, und schon weiß jeder, es ist ein Schlüsselroman.«

»Stand da nicht etwas über Edward VII. drin, das man nicht haben wollte?« fragte Grace.

»Was Sie sich alles merken«, sagte Kate.

»Ja, wieso sollte er denn nichts sagen dürfen über diesen fetten Lustmolch?« fragte Emmet. »Ich weiß, ich weiß, jetzt kommt das mit der *Entente* mit Frankreich, die er zustande gebracht hat, was immer das gewesen sein mag. Aber das gelang ihm nur, weil er perfekt französisch konnte. Die Franzosen, denen jedes Gefühl für Moral abgeht, können einfach nicht anders, als einen Mann bewundern, der ihre kostbare Sprache beherrscht. Trotzdem hat er sich sein Leben lang nur seinen kindischen Vergnügungen gewidmet.«

»Ich habe ihn immer gemocht«, sagte Grace. »Zugegeben, er haßte abstrakte Gedanken oder eine intelligente Unterhaltung, und er bekam offenbar Anfälle, wenn jemand nicht perfekt gekleidet war. Aber er war ein sehr taktvoller Mensch. Einmal besuchte ihn ein indischer Prinz, der beim Spargelessen die Strünke über die Schulter auf den Teppich warf. Alle anderen Gäste starrten ihn so fasziniert wie verzweifelt an, aber der alte Tumtum warf einfach seine Strünke ebenfalls über die Schulter, als wäre das die normalste Sache der Welt, und bald taten es ihm alle Gäste nach. Diese Form von Takt gefällt mir sehr.«

»Auf alle Fälle war er ein besserer Mensch als seine Mutter«, sagte Kate, »von der es heißt, daß sie unverständlicherweise völlig die Fassung verlor, als ein Potentat ein Schaf auf einem der besten Teppiche des Buckingham-Palasts opferte.«

»Tumtum?« fragte Emmet.

»So sollen ihn seine Mätressen genannt haben«, sagte Grace. »Übrigens muß ich gestehen, daß ich, von meiner Vorliebe für Edward VII. einmal abgesehen, ›Dubliner‹ für außerordentlich überschätzt halte. Ich habe letzte Nacht darin gelesen, nach unserer außerordentlich faszinierenden Sitzung mit Mr. Stratton. Wenn nicht jeder zweite unserer Doktoranden hierzulande es auf sich genommen hätte, endlos über das Buch zu schreiben, hätte ihm wohl niemand mehr als vorübergehende Beachtung geschenkt.«

»So ist es mir immer mit Milton gegangen«, sagte Kate. »Hat man ›Paradise Lost‹ erst vierzehnmal gelesen, dann *muß* man es, verdammt nochmal, einfach interessant finden.«

»Da stimme ich Ihnen nicht zu, wie Sie sich denken können«, sagte Grace. »Aber ich habe gar nicht vor, Joyce verächtlich zu machen. Ich meine lediglich, daß ›Dubliner‹ nur deswegen von Interesse ist, weil es zu ›Ulysses‹ führt.«

»Anders gesagt«, sagte Emmet, »›Dubliner‹, als Dublin ohne Bloom, wird nie wirklich lebendig als Gegensatz zum wirklichen Tod.«

»So etwas Ähnliches haben wir gestern gegenüber diesen beiden Gentlemen geäußert. Da wir gerade davon reden, wie schrecklich Dublin war, ist das nicht ziemlich herzlos, daß wir hier sitzen und über Joyce schwatzen, während vor kurzem eine Frau praktisch auf der Schwelle unseres Hauses gestorben ist?«

»Manche«, sagte Emmet, »von denen wir wissen, daß sie tot sind, wandeln unter uns; manche sind noch gar nicht geboren und durchschreiten doch schon die verschiedenen Formen des Lebens; andere sind Hunderte von Jahren alt, obwohl sie von sich selbst sagen, sie seien sechsunddreißig. Ich weiß nicht, warum mir das in Verbindung mit Mary Bradford einfällt; vielleicht eher in Verbindung mit Ihnen.«

»Das Zitat stammt niemals von Joyce.«

»Nein«, sagte Emmet. »Mir sind Schriftstellerinnen wirklich lieber; ihre Weisheit ist irgendwie destilliert durch die Klarheit ihrer Wahrnehmung.«

»Donnerwetter!«

»Gefällt Ihnen das? Ich habe es mir als Einleitungssatz für einen Essay ausgedacht.«

»Und wo haben Sie das von den Toten gefunden, die unter uns wandeln?«

»Bei Virginia Woolf. Schade, daß Lingerwell nie mit ihr korrespondiert hat. Wenn nämlich ein paar Woolf-Briefe auftauchten, wäre ich nicht mehr zu halten.«

»Emmet, machen Sie sich nicht lustig über solche Dinge. Die Frage ist, was unternehmen wir wegen Mary Bradford?«

»Sie wollen doch nicht jetzt noch Erste Hilfe vorschlagen?«

»Ich meine nur – ohne übertreiben zu wollen –, daß Williams Leben für den Fall, daß wir nicht herausbekommen, wer die Kugel in den Lauf geschoben hat, nicht besonders leicht sein wird, und ich habe das Gefühl, daß es schon jetzt kein Zuckerschlecken ist.«

»Vortrefflich ausgedrückt«, sagte Emmet. »Auch mir ist, wenn Sie das auch nicht glauben mögen, William ans Herz gewachsen, und ich habe ihm vorgeschlagen, er solle Sie um die Erlaubnis bitten, Gerard Manly Hopkins aufgeben zu dürfen, egal was für ein großartiger Dichter er ist, und seine Dissertation über Teile von Lingerwells Material schreiben. Aber ich fürchte, seine Blockade ist psychologischer, wenn nicht sexueller Art; sein ganzes Leben ist wirklich eine einzige Orgie der Enthaltsamkeit. Einen Mord zu begehen, wie unabsichtlich auch immer, scheint mir nicht gerade die Methode zu sein, die ihm besser als alle anderen über die doppelte Hürde von Schreibhemmung und strenger Keuschheit hilft. Aber was können wir tun? Ich gehe davon aus, daß Sie nicht vorhaben, einen Einheimischen zu suchen und ihm die Sache anzuhängen?«

»Ich schlage vor«, sagte Kate, »wenn ich es mal mit brutaler Offenheit sagen darf, daß wir zumindest von einem Einheimischen als Mörder ausgehen und uns deswegen auch nach einem solchen umsehen. Ich hoffe – ja, ich bin sicher –, daß wir dennoch fähig sind, uns jedem Beweisstück zu stellen. Gleichzeitig wäre es mir lieb, wenn überhaupt einmal ein Beweisstück auftauchte. Die Polizei scheint mit einer für sie typischen Einseitigkeit ihre Kräfte, denen ich keine allzu große Hochschätzung entgegenzubringen geneigt bin, auf unsere Wenigkeiten zu konzentrieren.«

»Also«, sagte Emmet, »dann betrachten wir einmal das, was wir von dieser ländlichen Gemeinde wissen, als die Tonerde, aus der wir uns nun selber etwas Schlaues formen können.«

»Um in Ihrem Bild zu bleiben: Wir haben nicht gerade viel Erde zur Hand.«

»Araby ist eine kleine Stadt.«

»Können wir sicher sein, daß der Mörder aus Araby ist?«

»Das denke ich schon. Natürlich kann es auch irgendwer irgendwem erzählt haben, der es wiederum jemandem erzählt hat, der es jemandem in Detroit weitererzählt hat, und der machte sich dann auf den weiten Weg nach Osten, um den Mord zu begehen, aber ich werde einfach das Gefühl nicht los, daß die Genauigkeit, mit der der ganze Plan ausgeführt wurde, eine besondere Vertrautheit mit den örtlichen Bedingungen voraussetzte.«

»Dürfte ich wohl«, sagte Grace, »eine durch und durch taktlose Frage stellen?«

»Immer heraus damit«, sagte Kate. »Aber da wir gerade von Takt reden, möchte ich die Gelegenheit nutzen und sagen, daß es nicht den geringsten Grund für Sie gibt, länger hier zu bleiben. Ich bin entzückt, daß Sie meiner Einladung gefolgt sind, und sollte ich mir jemals wieder ein Haus mieten – was allerdings so wahrscheinlich ist wie mein Flug mit einem Raumschiff –, dann wäre ich entzückt, Sie zu meinen Gästen zählen zu dürfen. Aber inzwischen würde ich Ihnen keinen Vorwurf machen, wenn Sie so schnell wie möglich verschwinden wollen. Falls Lina William die Hand halten möchte ...«

»... und es würde mich wundern«, sagte Emmet, »wenn er sie so weit gehen ließe ...«

»... dann wäre gewiß jeder von uns gern bereit«, fuhr Kate fort und überging Emmets Einwurf, »Sie heimzufahren. Ich mag Sie gern, ich habe Sie gern hier, aber fühlen Sie sich nicht verpflichtet zu bleiben, aus dem Grund, aus dem König Edward seinen Spargel über die Schulter geworfen hat.«

»Nichts könnte mich dazu veranlassen zu gehen. Es sei denn, Sie hätten das Gefühl, meine Gesellschaft nicht länger ertragen zu können, oder Sie betrachteten meine Anwesenheit unter den gegebenen Umständen als den sprichwörtlich letzten Strohhalm.«

»Unsinn.«

»Dann wollen wir darüber nicht mehr reden. Ich habe Ihre Einladung nicht nur angenommen, weil ich gern herumfahre, seit ich emeritiert bin, und weil die liebe Lina sowieso herfuhr, sondern auch aus eigennützigen Motiven. Sollten Sie sich aus dieser absurden Situation, in der Sie stecken, jemals wieder befreien können, Kate, dann würde ich mich gern mit Ihnen über ein ganz besonderes Thema unterhalten.«

»Wie aufregend. Dem widmen wir uns gleich nach dem Lunch.«

»Ganz bestimmt nicht. Eines nach dem anderen. Da ich hierbleibe, bestehe ich darauf, meine taktlose Frage zu stellen.«

»Fragen Sie.«

»Sind wir sicher, daß es William war, der die Frau niedergeschossen hat? Oder war es vielleicht Leo, für den William nun die Verantwortung übernimmt oder, genauer ausgedrückt, sich die Bürde einer unvermeidlichen Schuld auf die Schultern lädt?«

»Die Idee ist mir natürlich auch schon gekommen«, sagte Kate und starrte in ihre Kaffeetasse. »Sie schoß mir, offen gesagt, sofort durch den Kopf. Ich halte William für einen ritterlichen Idioten und habe ihm mit mehr Nachdruck als Zartgefühl klargemacht, daß meiner Erfahrung nach Lügen noch nie geholfen haben, wie galant eine Lüge und wie kompromittierend die Umstände auch immer sein mögen. William stimmte mir ganz ohne Umstände zu und versicherte, daß er Leo das Gewehr aus der Hand genommen und geschossen hat. Leo, den ich selbstverständlich nicht zu scharf ins Verhör nehmen wollte, schien dieser Schilderung zuzustimmen. Ich habe den Verdacht, daß William Leo davon überzeugt hat, er, William, habe den tödlichen Schuß abgegeben, obwohl es in Wirklichkeit Leo war. Ein Fall von Gehirnwäsche, könnte man sagen. Leo bewundert William grenzenlos und würde seine Sicht der Dinge widerspruchslos akzeptieren, wenn er sie nachdrücklich genug darstellt – auch für den Fall, daß sie seiner eigenen Erinnerung zuwiderläuft. Aber ob William tatsächlich die Wahrheit sagt oder Leo schützt, werden wir vielleicht nie erfahren. In diesem Punkt kommen wir momentan kein Stück weiter.«

»Aus irgendeinem Grund halte ich das für wichtig«, sagte Grace.

»Natürlich ist das wichtig. Mal abgesehen von allem anderen habe ich, egal wie widerwillig, für diesen Sommer die Verantwortung für meinen Neffen übernommen, nur, um ihn in einen Mordfall zu verwickeln, vielleicht sogar als Hauptperson. Ich wage gar nicht daran zu denken, was ich meinem Bruder erzählen soll.«

»Sie haben also noch nichts von ihm gehört.«

»Glücklicherweise ist er in Europa, und man kann nur hoffen, daß in der europäischen Ausgabe der ›Times‹, die er mit ziemlicher Sicherheit liest, nichts über unseren eher kleinen ländlichen Mordfall steht. Doch der Tag der Abrechnung wird kommen. Ich werde mich mit einem steifen Brandy wappnen und sagen müssen: ›Ich habe es dir ja gleich gesagt.‹ Ich weiß zwar nicht, was ich ihm gesagt habe, aber ich habe immer wieder festgestellt, daß solch eine Bemerkung die Gegenpartei nach einer entlastenden Erwiderung suchen läßt und man diese Pause nutzen kann, um sich vom Schlachtfeld zurückzuziehen. Natürlich mache ich mir Sorgen um Leo, aber größtenteils, weil die Situation so besorgniserregend ist. Tatsache ist, daß er sich in diesem Sommer wunderbar entwickelt hat. Ob das an Williams Anwesenheit liegt oder an der Abwesenheit seiner Eltern oder schlicht an den Veränderungen, die die Zeit mit sich bringt, das könnte ich nicht sagen.«

»Danke, daß ich das loswerden durfte«, sagte Grace. »Kommen wir also zurück auf unsere Tonerde, wie Emmet das nennt. Araby. Wie klein ist es?«

»Etwa vierhundert Einwohner, einschließlich der Säuglinge. Ungefähr einhundertvierzig Haushalte zahlen Steuern. Von denen sind mehr als die Hälfte Sommergäste mit großen, hoch besteuerten Häusern, die weder die Schulen in Anspruch nehmen noch die Pflegedienste und auch nicht die Bibliothek – was übrigens, wie ich entdeckt habe, ein tolles Wort ist für die wenigen zerlesenen Bücher, die man an zwei Stunden jeden Donnerstag ausleihen kann.«

»Was hat Sam Lingerwell dazu gebracht, sich hier ein Haus zu kaufen?«

»Eine gute Frage, die mir erst kürzlich eingefallen ist. Ich habe seiner Tochter einen Brief geschrieben, und wenn ich Glück habe, bekomme ich auf eine ganze Reihe von Fragen eine Antwort. Aber der Grund ist wahrscheinlich ganz einfach: Er kam hierher zu Besuch, und ihm gefiel das Land. *Wir* wissen, daß das ländliche Gemeinschaftsleben nicht so sehr dem Geschmack eines überzeugten Städters entspricht, aber das läßt sich wohl kaum an einem zufällig hier verbrachten Wochenende schon feststellen. Die Gegend ist schön, die Luft angenehm, und irgendwie wirkt das Landleben so einfach, wenn man an einem hektischen Nachmittag in einem New Yorker Büro daran denkt. Er konnte zum Beispiel nicht ahnen, daß eine Mary Bradford seine Nachbarin sein würde.«

»Also weiter«, sagte Emmet und kam wieder zur Sache, »wen haben wir in Araby, der die Kugel in den Lauf von William Lenehans Gewehr gesteckt haben könnte? Da gibt es uns, die Bradfords, Mr. Mulligan, Mr. Artifoni und sein Lager – wen könnten wir uns noch als Verdächtigen zurechtmodellieren, der unseren Wünschen mehr entspricht?«

»Alle anderen Sommergäste muß ich leider von dem Verdacht ausnehmen. Sie haben nie ›mal hereingeschaut‹, wie man auf dem Lande gern sagt; sie wissen nichts über unseren Haushalt – jedenfalls bestimmt nicht genug, um eine Kugel in den Gewehrlauf zu schieben. Zweifellos haben sie von den Einheimischen diesen oder jenen Klatsch über uns gehört, aber der ist ja immer sehr daneben und läßt sich gewiß nicht für Mordpläne nutzen. Bleiben also die Einheimischen übrig, wozu natürlich auch die Pasquales und die Monzonis zählen. Beide Familien wissen alles über uns und sind dringend verdächtig. Aber haben sie Mary Bradford gehaßt, wirklich gehaßt? Notieren Sie sich die Frage, Emmet, wir müssen dem nachgehen. Natürlich gibt es hier noch andere Farmer und ein oder zwei italienische Familien, über die Mary Bradford immer als ›Gesindel‹ herzog, aber abgesehen davon, daß sie fröhlich und etwas leichtsinnig sind, weiß ich nur wenig von ihnen. Mich fängt dieses Gespräch an zu deprimieren. Mehr und mehr Verdacht auf unsere armen Häupter.«

»Nicht unbedingt«, sagte Emmet. »Ich persönlich rechne schwer mit Mr. Mulligan. Wer weiß, wie nahe Mary Bradford der Wahrheit war mit ihrem Geschwätz von Orgien. Und Mr. Mulligan hat ein ordentliches Amt, ist relativ früh Professor geworden, weil er schon so viel veröffentlicht hat. Aber diesen Posten kann man verlieren wegen moralischer Verworfenheit.«

»Dazu müßte er mindestens eine Studentin vergewaltigen, und zwar öffentlich im Vestibül der Universität.«

»Zur Not reichen auch Orgien. Oder das Verführen junger Assistenzprofessorinnen. Selbst wenn Mr. Mulligan Mary Bradford nur als bedrohlich empfand, würde das schon reichen. Dann ist da Mr. Artifoni, über dessen Leben ich liebend gern Näheres wüßte. Nein, keine Sorge wegen Leo, liebe Kate, gegenüber kleinen Jungen wird er sich bestimmt nichts zuschulden kommen lassen, aber wie sehr hat diese Frau ihn und sein Lager belästigt? Ich möchte da auch niemanden verunglimpfen, wenn es denn Verunglimpfungen sind, aber den Amerikanern täte es gut, wenn sie begriffen, daß die Homosexuellen, die Frauen zutiefst verabscheuen, nicht immer diejenigen sind, die herumscharwenzeln und die Tunten spielen. Mein Verdacht, wenn ich denn einen hätte, würde sich bestimmt auf jene Männer richten, die ihre ganze Arbeitszeit damit verbringen, die Aktivitäten kleiner Jungen zu organisieren, und ihre Freizeit, um mit ihnen zu spielen oder ihren Spielen zuzuschauen, und falls dieser Typ Mann heiratet, hat er immer fünf Söhne mit Bürstenhaarschnitt. Die Mädchen, möchte ich wetten, werden gleich nach der Geburt ersäuft. Mary Bradford mag all das nicht im einzelnen herausbekommen haben, aber wer weiß, was sie vermutet hat... Diese Frau hatte eine Nase für Skandale, das muß man ihr wohl zugestehen.«

»Emmet, wollen Sie damit sagen, daß ich meinen Neffen nicht nur in einen Mordfall gezogen, sondern auch noch in ein Zeltlager voller Schwuler gesteckt habe?«

»Seien Sie beruhigt. Falls Artifoni Mary Bradford ermordet hat, dann hat das wahrscheinlich mit seinem tollen Lager zu tun. Ich versuche bloß, den Gedanken zu verfolgen, daß auch der normalste Mensch eine Eignung zum Mörder haben kann. Wir sollten das zumindest im Hinterkopf behalten, falls es aus anderen Gründen unmöglich sein sollte, Artifoni den Mord anzuhängen.«

»Ihre Ausdrucksweise läßt viel zu wünschen übrig.«

»Warum betrachten wir es nicht andersherum?« sagte Grace. »Welches mögliche Motiv könnten die Hausbewohner gehabt haben, sie zu töten? Zum einen läge ja ihre Leiche hier vor der eigenen Tür. Zum anderen, egal was für eine Landplage sie auch war – und das kann man ja wohl ohne Übertreibung von ihr behaupten –, müßte keiner in diesem Haus sie umbringen, um sie loszuwerden. Schlimmstenfalls würde das Ende dieses Sommers das Ende möglicher Berührungspunkte mit ihr bringen. Und drittens: Würde denn jemand von uns einen Mord so inszenieren, daß ein Kind oder sein Lehrer zum Instrument seiner Tat würden? Das spräche für einen Mangel an Phantasie, der mir in dieser Runde ziemlich unwahrscheinlich vorkommt.«

»Nichts von dem trifft zu, wenn es Mrs. Monzoni oder Mr. Pasquale waren.«

»Stimmt. Dem muß eindeutig nachgegangen werden. Aber dieses Gespräch hat auch ergeben, daß wir uns Mr. Mulligan näher anschauen müssen. Orgien oder nicht: Das, was wir durch Lina wissen – falls sie bereit ist, es zu bestätigen –, spricht für einen Mangel an Phantasie seitens Mr. Mulligans.«

»Wieso wißt ihr beiden so viel über Lina und Mr. Mulligan?« fragte Kate.

»Der Herrgott hat uns Augen geschenkt, sollten wir sie nicht gebrauchen?« sagte Grace. »Als diese freundlichen Sommergäste mir von künstlicher Befruchtung erzählten und von den fabelhaften Anzeichen für den richtigen Zeitpunkt der Befruchtung – das gegenseitige Besteigen des Rindviehs – ja, schauen Sie nur erstaunt, meine Liebe, aber mir ist aufgefallen, daß Leute sehr gern über Sex unter agrikulturellem Aspekt reden –, also, es gab Momente während dieser erleuchtenden Erläuterungen, als ich wirklich dachte, Mr. Mulligan übt sich gleich selbst im Besteigen in seinem Wohnzimmer.«

»Professor Knole, ich bin schockiert«, sagte Kate.

»Ich auch«, sagte Emmet.

»Das Problem mit euch beiden ist«, sagte Grace, »daß ihr, wie alle jungen Leute, den Nutzen aus dem, was man wohl eine freie Ausdrucksweise nennt, nur für euch und eure Truppe reserviert sehen möchtet. Ich habe mir schon oft gedacht, wir reiferen Leute sollten euch hin und wieder demonstrieren, wie sich so etwas aus dem Mund anderer Generationen anhört. Möchte noch jemand Kaffee?«

Das Kontingent aus Zeugen und potentiellen Angeklagten kehrte kurz vor dem Dinner zurück, wunden Fußes und der Welt überdrüssig. Laut riefen sie nach Speis und Trank.

»Ich dachte, ihr hättet vielleicht John Cunningham mitgebracht«, sagte Kate zu Reed.

»Offen gesagt«, sagte Reed, »das können wir uns nicht leisten.«

»Hat er denn niemals ein paar freie Stunden zu verschenken?«

»Der nicht. Jedenfalls nicht, solange irgendwelche Verfahren anhängig sind, und das ist wohl ständig der Fall. Nimm es ihm nicht übel, Kate. Er hat sich für die Verhandlung vor dem Gericht in Pittsfield heute mehr Zeit genommen als für viele Klienten, die ihm das doppelte Honorar zahlen. Und er hat es auch wirklich gut gemacht. Ich habe dir übrigens ein Geschenk mitgebracht.«

»Was hat er wirklich gut gemacht? Du spannst mich auf die Folter.«

»Erst mal brauche ich einen Martini on the rocks. Unsere einzige Nahrung bestand aus einem durchweichten Sandwich und Coca-Cola, und das ist nicht gerade mein Lieblingsmenü. Ich bin entweder zu alt oder zu degeneriert, als daß eine Cola mich aufmöbeln könnte. Danke. Gib Lina und William auch einen. Sie brauchen ihn nötiger als ich. Hör auf mich, mein liebes Mädchen, spiel nie mit Gewehren herum. Wir mußten natürlich ausgerechnet einen Richter erwischen, dessen Enkel sich gerade in den eigenen Fuß geschossen hatte.«

»Reed, wie schrecklich!«

»Anders kann man das gar nicht bezeichnen. Gewehre sind das Allerletzte, davon war ich schon immer überzeugt. Aber der arme William fühlte sich schon miserabel genug mit seinem schlechten Gewissen; es war wirklich unnötig, daß ihm der Untersuchungsrichter einen langen Vortrag hielt und dabei mit seinem schon total überfüllten Terminkalender herumwedelte. Ich dachte, er würde

William dazu verdonnern, hundertmal ›Ich fasse nie mehr eine Waffe an‹ zu schreiben.«

»Ich bin eher diejenige, die so etwas zigmal schreiben sollte«, sagte Kate. »Ich habe Gewehre immer schon verabscheut und gehaßt. Aber ich wollte nicht gegen ein männliches Vorrecht verstoßen. Außerdem habe ich ›Hedda Gabler‹ vielleicht in einem allzu beeinflußbaren Alter gelesen. Geben wir es zu: Das moderne Freud-Kauderwelsch hat uns eine solche Angst davor eingejagt, als penisneidische Frauen zu erscheinen, daß wir es nicht einmal mehr wagen, einem Jungen ein Gewehr wegzunehmen. Und dazu möchte ich jetzt kein Gekicher von Ihnen hören, Emmet Crawford.«

»Ich habe keinen Mucks von mir gegeben, Verehrteste. Ich bin so stolz, daß ich mit den Erwachsenen zusammen Cocktails trinken darf.«

»Nun ja, das ist heute ein besonderer Tag.«

»Darf ich etwas zu meinem Tomatensaft haben, Tante Kate?« fragte Leo, erfreut über den Bruch mit den Gewohnheiten, der ihm, William und Emmet die Teilnahme an der Cocktailstunde erlaubte.

»Ich werde dir etwas in deinen Tomatensaft schütten, das du gar nicht magst«, sagte Kate bösartig.

»Mr. Artifoni sagt ...«

»Es interessiert mich nicht, ob Mr. Artifoni seinen Schützlingen Gin in die Gurgeln schüttet, du bekommst nichts in deinen Tomatensaft.«

»Tante Kate! Ich meinte, etwas zu essen. Mr. Artifoni sagte, kein guter Sportler trinkt oder raucht oder ...« Leo legte eine Pause ein und nahm sich eine Handvoll Nüsse.

» ... oder was, bei allen Heiligen?« fragte Emmet.

» ... oder ist noch nach zehn Uhr auf«, vollendete Leo. »Gute Sportler sehen nie die Mitternachtsshow.«

»Was ist sonst noch bei Gericht passiert?« fragte Grace.

»Ich verschone euch mit den technischen Einzelheiten und der Schilderung der langen, öden Stunden, der niederdrückenden Atmosphäre. William wurde unter Anklage gestellt und gegen Hinterlegung einer Kaution freigelassen.« Reed machte eine Pause, während Emmet auf ein Zeichen von Kate Leo aus dem Zimmer brachte. William und Lina waren bereits gegangen. »Hoffen wir nur«, fuhr Reed fort, »daß William nun nicht den Lord Jim markiert und in die Tropen flüchtet, weil ich so viel Geld eigentlich nicht gern verlieren würde. Ich muß sagen, Eveline war eine große Hilfe in Zeiten der Not. Sie hat sogar mich aufgemuntert, und das war ja kaum ihre Pflicht.«

»Was passiert, wenn man William des Mordes für schuldig befindet, welchen Grades auch immer?«

»Wer weiß? Wahrscheinlich eine Verurteilung auf Bewährung. Hoffen wir, daß es gar nicht so weit kommt.«

»Bleibt die schlichte Tatsache, daß wir den wirklichen Mörder finden müssen«, sagte Kate.

»Kate«, sagte Reed. »Ich kann es nicht mit ansehen, wenn du jetzt irgendwelche Szenarien entwickelst, die sogar Alfred Hitchcock in den Schatten stellen. Sehen wir der Tatsache ins Auge: Es ist fast unmöglich herauszubekommen, wer die Kugel in den Lauf geschoben hat. Wir können höchstens einen ziemlichen Wirbel veranstalten, und man wird uns wahrscheinlich von hier vergraulen. Nicht, daß mir das etwas ausmachte.«

»Reed, ob du es glaubst oder nicht: Ich habe nicht die geringste Ahnung davon, wie man überhaupt eine Kugel in ein Gewehr praktiziert. Vielleicht gibt es noch andere mit ähnlichen Alibis, dann könnten wir durch Ausschließen ...«

» ... es so weit bringen, daß jeder in Berkshire County mit seinem Gewehr auf *deinen* Kopf zielt. Kate, ich bitte dich, sei vernünftig.«

»Unternimmt die Polizei denn nichts mehr?«

»Alles, wozu diese begriffsstutzigen Beamten fähig sind. Aber du mußt verstehen, daß die Polizei, solange sie nicht mit Beweisen geradezu überschüttet wird, von der Annahme ausgeht, daß derjenige, der abgedrückt hat, auch der Mörder ist. Die wird sicher nicht wie einer deiner Lieblingsdetektive herumlaufen und irgendeinen esoterischen Hokuspokus zusammendenken, der niemals einer Prüfung vor Gericht standhält (und den Angeklagten in den Selbstmord treibt), etwa nach dem Schema: Der und der muß es getan haben, weil das Gewehr auf wundersame Weise nur schießt, wenn man an drei aufeinanderfolgenden Regennächten darüber das Vaterunser in

Sanskrit murmelt. Solltest du mir unbedingt noch einen Martini aufdrängen wollen, dann würde ich ihn wohl dankbar entgegennehmen. Da wir gerade von Dank reden: Du hast mich noch gar nicht gefragt, was für ein Geschenk ich dir mitgebracht habe.«

»Ich hoffe, es ist der Hinweis, der alle unsere Probleme lösen wird.«

»Das wird sich weisen. Was ich dir mitgebracht habe, sind die Gesammelten Werke oder besser, alles, was ich in der kurzen Zeit an Werken aus der Feder unseres Mr. Mulligan habe auftreiben können. Während einer dieser Pausen mit matschigen Sandwichs, von denen ich dir vorhin vorgejammert habe, stellte sich nämlich heraus, daß Pittsfield, gesegnet sei der Fortschritt!, ein College und einen Buchladen sein eigen nennt. Also marschierte ich während einer Verhandlungspause – Cunningham hing am Telefon, und William und Eveline schienen zur Not in der Lage, ohne mich zurechtzukommen – in den Buchladen und stellte fest, daß es viele von Mulligans Büchern als Taschenbücher gibt. Der Verkäufer erzählte mir, daß sie bei den Studenten sehr beliebt sind, vor allem, weil das ›Zeug gut zum Pauken‹ ist – das waren seine Worte, nicht meine. Wie dem auch sei, nachdem ihr, du und Grace Knole, dauernd so interessiert an Mr. Mulligan wart, dachte ich mir, du würdest vielleicht gern mal ein professionelles Auge auf die Dinge werfen, die ihm zu einer ordentlichen Professur verholfen haben und zu was sonst noch. Wenn man bedenkt, daß er nicht einmal wußte, was im Sitzungszimmer ›Plop‹ gemacht hat.«

»Wer denkt sich jetzt gerade Szenarien aus, mein kleiner Hitchcock?«

»Das ist der Dank dafür, daß ich dir ein Geschenk mitgebracht habe. Ob ich noch einen Drink möchte? Das kann ich nicht annehmen. Unmöglich. Du mußt ihn mir mit Gewalt einflößen.«

Grace betrachtete das Bücherpaket und sagte: »Ich nehme mir ›Formen und Funktionen im modernen Roman‹ vor.«

»Ich werde mich auf sein ›Der Roman: Spannung und Technik‹ beschränken«, sagte Kate. »Das liegt mir bestimmt mehr.«

»Zum Dinner, zum Dinner«, rief Leo. »Mrs. Monzoni sagt, das Essen ist fertig.«

»Und was hat Mr. Artifoni euch heute Interessantes erzählt, junger Mann?« fragte Emmet, als sie sich alle gesetzt hatten.

»Mr. Artifoni hat gesagt, daß beim Basketball die Dekkungsleute am wichtigsten sind, auch wenn die keine Würfe machen können und nicht so wichtig aussehen. Er sagte«, fuhr Leo fort und lud sich dabei eine große Portion Kartoffelbrei auf den Teller, »daß der Deckungsspieler nicht davon redet, wie viele Treffer er gemacht hat, sondern wie viele dem gelungen sind, den er gedeckt hat.«

»Und wie viele Treffer hat dein Mann geschafft?« fragte Kate.

»Keinen«, sagte Leo. »Wir spielen montags nie Basketball. Reichst du mir bitte die Pickles?«

William und Eveline waren mit den entsprechenden Entschuldigungen zum Essen in die Stadt gefahren, wo sie jetzt zweifellos jene Kalbskoteletts zu sich nahmen, mit denen Kate Reed am ersten Abend seines Aufenthalts auf dem Lande erfreut hatte. Sie kamen kurz nach zehn Uhr wieder und hatten offensichtlich alle Bande der Sympathie, die sie seit dem Mord geknüpft hatten, wieder zerrissen. William behauptete, müde zu sein, was wahrscheinlich auch stimmte, und ging zu Bett, während Lina sich in einen Sessel vor dem Kamin warf und auf furchterregende Weise Brandy in sich hineinzuschütten begann. Auch Reed hatte sich zurückgezogen. Emmet saß wie immer über den Briefen, für die er nahezu eine Leidenschaft entwickelt zu haben schien. Grace Knole war im ersten Stock und ging vermutlich bald schlafen, und Kate fand sich damit ab, daß nun wohl eine Diskussion über die Gefahren des Frauseins begann.

»Ich nehme an, Sie haben uns ordentlich satt«, sagte Lina. »Und ich habe es Ihnen kaum gedankt, daß Sie mich eingeladen haben oder vielmehr zugelassen haben, daß ich mich selbst einlud. Ich fahre wohl besser morgen früh nach Hause. Ich habe keine Ahnung«, setzte sie böse hinzu, »wer auf die Idee gekommen ist, daß es immer die

Männer sind, die beim Sex zum Angriff blasen. Scheue Veilchen sind nichts dagegen.«

»Das hat Shaw auch immer gesagt. Aber zugleich gibt es auch die Mr. Mulligans.«

»Schrecklich, aber wahr. Könnte es sein, daß die Männer bloß etwas gegen die Bindungen der Liebe haben, nicht aber gegen Sex an sich?«

»Ich erinnere mich, daß Dylan Thomas so eine ähnliche Theorie vertreten hat. Aber er ist ja nicht gerade ein leuchtendes Beispiel für männliche Monogamie, auch wenn er ein guter Dichter war.«

»William ist monogam. Er liebt nur einen einzigen Menschen: sich selber.«

»Was ist eigentlich Williams Problem? Sünde?«

»Ich glaube, ja. Und die Tatsache, daß er meint, aus finanziellen Gründen nicht heiraten zu können. Ich glaube, es macht ihm nichts aus, daß ich den Doktor schon gemacht habe und er noch nicht, aber es macht ihm sehr wohl etwas aus, daß er mit seiner Dissertation nicht weiterkommt, und wenn er sich daran setzt, gerät er in Panik, weil ihm das Thema nicht besonders interessant erscheint.«

»In viktorianischer Zeit, als christliche Zucht angesagt war, hätten Leute wie Carlyle ihm körperliche Arbeit und kalte Bäder verordnet.«

»Genau Williams Theorie. Er plagt sich mit Hopkins' Innenansichten ab und schwimmt lange und viel im kalten Meer, wenn er daheim ist. Ich habe keinerlei viktorianische Ansichten. Gottseidank. Wenn ein Mann so viel Energie hat, daß er halbwegs bis nach Europa schwimmen will, warum nutzt er diese Energie nicht besser und geht mit jemandem ins Bett? Was hat er hier so weit vom Meer entfernt getan, um entsprechend zu sublimieren, außer, daß er schießen gespielt hat?«

»Er spielt mit Leo, klettert auf Berge, schwimmt im Pool. Er hat sogar ein- oder zweimal mit mir Tennis gespielt. Lina, gibt es einen Grund, warum es unbedingt William sein muß? Könntet ihr denn nicht, um mal den alten Gemeinplatz zu zitieren, Freunde bleiben und euer Liebesleben anderswo führen?«

»Ich könnte das natürlich. Wie Sie zu meiner Schande

wissen, habe ich sogar daran gedacht, mich verführen oder einfach nehmen zu lassen. Aber am Ende ist es immer wieder William, verdammt nochmal. Ich meine, wir sind einfach in so vielen Dingen einig. Und in all den Jahren, die wir uns nun kennen, hat auch er nie eine andere gefunden. Und eines hat William: Er steht zu seinen Prinzipien. Ich meine, er ist nicht einer von denen mit unschuldigen Mädchen auf der einen Seite und wollüstigen Frauen auf der anderen Seite, wie es das so oft bei religiös ausgerichteten jungen Männern gibt. Ich meine, er *glaubt* wirklich an Keuschheit.«

»Wenn das so ist, warum hören Sie dann nicht auf zu grübeln und wenden sich anderen Dingen zu – schreiben vielleicht ein Buch oder machen eine Weltreise, wenn Ihnen das besser gefällt. Sie sind wunderbar frei, wissen Sie das? Macht es Ihnen Angst, das Ganze mal von dieser Seite zu betrachten?«

»Ich bin nicht so unabhängig wie Sie, Kate. Ich unternehme gern Dinge mit Menschen, die ich kenne.«

»Dann hören Sie auf, sich mit fremden Männern ins Bett zu träumen – der kraftvolle Italiener à la Mastroianni, dem Sie in Neapel oder an der Riviera nachts begegnen.«

»Das geht unter die Gürtellinie.«

»Schauen Sie, Lina. Das Leben läuft nicht über vor Möglichkeiten. Für Frauen, die nicht selbstverständlich mit Mann und Kindern in ein Häuschen in der Vorstadt ziehen und dann in Nachbarschaftsaktivitäten aufgehen, gibt es nur drei mögliche Arten zu leben. Man kann heiraten und weiter seinem Beruf nachgehen, sogar mit Kindern. Die Zahl derer, die so lebt, ist im Steigen. Oder man heiratet nicht, stellt sich eindeutig vor die Wahl und entscheidet sich für die Arbeit. Dieser Typ gehört meist zur älteren Generation, zum Beispiel Grace Knole. Die Zahl ist im Abnehmen. Oder man gehört zur dritten, weniger bekannten Gruppe, die die Liebe des Mannes sucht und genießt, gewöhnlich mehrere Männer im Leben hat und die Rolle der Hausfrau von sich weist. Es gab viele Französinnen von dieser Sorte, die regelrecht dahinwelkten, wenn sie gezwungen waren, auf ihren Schlössern zu leben.«

»Sie denken an George Sand oder Madame de Staël?«

»Wenn Sie auf recht extremen Fällen bestehen. Oder Madame du Châtelet – kennen Sie Nancy Milfords Buch über sie? Oder, in diesem Jahrhundert, Doris Lessing, Simone de Beauvoir, Colette. Wie Doris Lessing es einmal in einem Interview ausgedrückt hat: Heiraten sei etwas, wozu sie nicht geschaffen sei.«

»Gehören Sie zur dritten Gruppe?«

»Es scheint so. Gewiß entspricht die Führung eines Hauses in diesem Sommer nicht meinem Temperament. Aber ich wollte eigentlich sagen, daß Sie einer der beiden ersten Gruppen angehören, wahrscheinlich der, die heiratet und ihren Beruf weiter ausübt. Sie wären, offen gesagt, sonst mit Ende zwanzig keine Jungfrau mehr. Aber wer weiß? Nur machen Sie jetzt Ihren kleinen Mund nicht auf, um mir Fragen zu stellen, weil ich nicht vorhabe, sie zu beantworten. Warum vergessen Sie nicht einmal Ihre Träume von William auf der einen und wilden Nächten mit unbekannten Liebhabern voll unendlicher Erfahrung auf der anderen Seite und machen sich an die Arbeit? Dem Mann zu begegnen, mit dem man sein ganzes Leben verbringen kann, hängt so sehr vom Zufall ab wie alles andere: Meistens passiert es, wenn man mit seinen Gedanken gerade ganz woanders ist. Und was Ihre Idee angeht, sich morgen auf den Heimweg zu machen, tun Sie es nicht. – So, bevor Sie sich jetzt völlig mit Brandy abfüllen, würde es Ihnen etwas ausmachen, mir zu erzählen – so ausführlich, wie Sie können – was heute bei Gericht passiert ist?«

Als Kate ein paar Stunden später mit Lina im Schlepptau die Treppe hinaufstolperte und diese in Richtung Bett und Vergessen davonschweben sah, betrat sie ihr Schlafzimmer mit einem Gefühl unendlicher Erleichterung und Sehnsucht nach Alleinsein. Aber das Leben scheint Alleinsein nur denen zu schenken, die bereits zuviel davon zu ertragen haben. Es klopfte an der Tür, und Grace Knole trat ins Zimmer.

»Sie sehen erschöpft aus«, sagte Grace. »Ich habe meine Nase nur in Ihr Schlafzimmer gesteckt, um gute Nacht zu sagen und Ihnen zu erzählen, daß Mr. Mulligan über die literarische Meisterschaft eines Ingenieurstudenten im ersten Semester verfügt. Aber darüber können wir morgen reden.«

»Auf alle Fälle. Aber kommen Sie doch herein und sagen Sie mir, worauf Sie beim Lunch heute mittag so betörend angespielt haben.«

»Ich fürchte, das würde ein längeres Gespräch, Kate. Auch das kann bis morgen warten.«

»Ach, kommen Sie herein und setzen Sie sich, himmelnochmal. Ich habe Ihnen schon gesagt, alles, was wir tun, ist reden – das war auf dem Weg zu den Kühen. Oder haben Sie das zu mir gesagt? Reden, reden und noch mal reden, und manchmal wird es eine richtige Unterhaltung. Gelegentlich unterbreche ich es auch mit Tennis und Spaziergängen und ab und zu ein paar Schwimmzügen – aber so ist es: Willst du wissen, was ein Mensch mag, dann schau dir an, was er tut. Und ich rede eben.«

»Auch ab und zu unterbrochen von ein bißchen Liebe?«

»Grace, ich werde diesen Sommer mit niemandem mehr über Sex reden, und vielleicht den nächsten auch noch nicht. Was, um Gottes willen, ist in Sie gefahren? Lina kann ich ja verstehen – sie ist so sehr hin und her gerissen und einfach bis zur Hutkrempe voll mit Unentschlossenheiten. Aber warum Sie . . .«

»Kein Grund zur Aufregung. Ich habe nicht vor, meine persönlichen Probleme vor Ihnen auszubreiten und auch sonst keine. Ich wollte bloß mal hervorheben, daß man sich als Präsidentin des Jay College keinen Liebhaber leisten kann. Einen Ehemann schon eher. Meinen Sie nicht, Sie rauchen zuviel?«

»Natürlich rauche ich zuviel. Ich tröste mich selber mit dem Gedanken, daß man eben nicht weiß, an welcher Art Krebs man schließlich stirbt. Also heißt die Devise: Zünde dir eine Zigarette an, und du weißt es. Grace, sind Sie vollkommen, neunundneunzig Komma fünfundvierzig Prozent verrückt geworden?«

»Sehr wahrscheinlich. Ob Sie es glauben oder nicht, es herrscht spürbarer Mangel an wirklich kompetenten Frauen, besonders Frauen, die nicht mit Männern verheiratet sind, deren Karrieren oder Ego es schlicht ausschließen, daß sie eine Frau haben, die zugleich College-Präsidentin ist. Seien wir doch ehrlich, die Bunting ist die prominenteste Präsidentin weit und breit, sie gehörte sogar zur Atomenergie-Kommission, aber wenn ihr Mann nicht, unglücklicherweise natürlich, gestorben wäre, dann hielte sie weiter irgendwo ihre Chemievorlesungen. Und was die Unverheirateten angeht, die, die sich in der Welt der College- und Universitätsadministrationen durchsetzen können – wie gesagt, Kate, Sie sind wahrscheinlich zu müde.«

»Ich bin bestimmt zu müde für die Präsidentschaft am Jay College. Das ist der erste Hinweis darauf, daß Ihre Kräfte nachlassen. Oder haben Sie bloß einen merkwürdigen Sinn für Humor entwickelt? Das Jay College mag eines der ältesten Colleges für Frauen im Lande sein und einen besonders guten Ruf genießen, aber nicht einmal zweihundert Jahre ehrwürdiger Geschichte würde ihm helfen, meine Präsidentschaft zu überleben.«

»Phantasieren Sie ruhig weiter. Aber denken Sie auch darüber nach. Das Kuratorium ist, wie ich zufällig weiß, schon soweit, Ihnen ein Angebot zu machen. Man hat sich ziemlich genau über Sie erkundigt. Kuratoriumsmitglieder haben in Ihren Kursen gesessen, Ihre Bücher gelesen ...«

»Sie bringen mich tatsächlich zum Erröten. So scharlachrot bin ich nicht mehr geworden seit ...«

»... seit Ihnen zuletzt jemand ein herzliches Kompliment gemacht hat. Sie haben viele Schattenseiten, das sage ich Ihnen ganz ehrlich, und Ihre Unfähigkeit, Komplimente anzunehmen, ist eine davon. Außerdem sind Sie alles andere als ein Ausbund an Takt, ungeduldig mit Hohlköpfen und Wichtigtuern, und obwohl Sie größten Respekt für Manieren und Höflichkeit besitzen, haben Sie kein Gefühl für gute Sitten.«

»Da wundere ich mich, daß Sie überhaupt an mich gedacht haben.«

»Sie wissen, was Henry James einem jungen Bekannten schrieb, der gerade Edith Wharton kennengelernt hatte: ›Ach, mein lieber junger Mann‹, schrieb er, ›Sie haben sich mit Edith Wharton angefreundet? Ich gratuliere: Vielleicht werden Sie sie schwierig finden, aber niemals dumm und niemals gemein ...‹«

»Das ist nett, Grace. Aber wohl kaum Qualifikation genug für eine College-Präsidentin, die ich, nebenbei bemerkt, auf keinen Fall werden will. Haben Sie mich vorgeschlagen?«

»Sie würden sich wundern, wenn Sie wüßten, wer Sie alles vorgeschlagen hat. Ich habe Ihnen ja schon gesagt, wie knapp das Angebot geeigneter Frauen ist. Ich bin dieses Wochenende hier, um Sie auszuhorchen – und außerdem all meine Überredungskunst aufzubringen, weil ich es tatsächlich ernst meine.«

»Danke. Ich werde versuchen, das Kompliment anzunehmen. Aber wissen Sie, wenn man mich nach einem Vorschlag für das Präsidentinnenamt fragte, dann würde ich Sie nennen. Sie wären die Beste, Grace.«

»Da bin ich ganz Ihrer Meinung. Und im Unterschied zu Ihnen nehme ich Komplimente mit größter Befriedigung und ohne jeden Anflug von Erröten entgegen. Aber heutzutage wünschen sich die Leute eine junge Präsidentin. Offen gesagt, ich weiß nicht, warum. Ich finde, College-Präsidenten sollten, ähnlich den Päpsten, alt sein, wenn man sie ernennt: Sie können sich dann leisten, Wagnisse einzugehen, und sie leben nicht mehr allzu lange und haben keine Zeit, in Routine zu erstarren. Aber das ist nicht die amerikanische Art. Sie haben mich gefragt, ob ich das Amt auf Zeit übernehmen wolle, aber ich habe abgelehnt. Keine Macht, aber alle Kopfschmerzen. Sagen Sie jetzt nichts mehr dazu. Vielleicht hätte ich nicht davon anfangen sollen, solange all die anderen Probleme über Ihnen schweben – aber ich wollte Ihnen mal einen anderen Knochen zum Nagen geben.«

»Vielen Dank. Schlagen Sie mir vor zu heiraten, damit ich für den Job qualifiziert bin?«

»Ich schlage gar nichts vor. Versuche nur, die Probleme anzudeuten. Aber bevor Sie nein sagen, Kate, denken Sie daran: Es ist eine Machtposition, und Macht gehört zu den besonderen Erfahrungen, die man machen sollte.«

»Ich habe nie Macht gewollt.«

»Das weiß ich. Genau deswegen sollten Sie annehmen, eher als jemand, den es immer nach ihr gedrängt hat. Gute Nacht, Professor Fansler.«

Die Schwestern

Kate hatte an dem Tag, als der Mord geschah, an Sam Lingerwells Tochter geschrieben, ihr von der Katastrophe berichtet und alle möglichen Fragen gestellt. Kate wußte nicht recht, ob sie sich nun entschuldigte oder um Hilfe flehte, aber nachdem sie den Brief viermal neu geschrieben hatte – wenige Anleitungen zum Briefeschreiben enthalten Beispiele dafür, wie man einen Mord berichtet –, hatte sie schließlich die fünfte Version abgeschickt, ohne sie noch einmal durchzulesen. Schwester Veronica hatte sofort geantwortet:

»Liebe Kate,
Ihr Brief hat mich traurig gemacht, denn es standen ja schreckliche Neuigkeiten darin. Mit welcher Sanftmut Sie die enorme Last geringschätzen, die Sie sich da aufgebürdet haben! Ich habe mir erlaubt, den Fall der Mutter Oberin gegenüber zu erwähnen, und sie hat zugestimmt, daß alle Schwestern ein besonderes Gebet für Sie sprechen. Ich hoffe, wir werden Sie mit unseren Gebeten nicht kränken: Ich weiß, daß mein Vater für so etwas nichts übrig hatte. Den armen Mr. Lenehan, der mit der schrecklichen Last fertig werden muß, das Gewehr abgefeuert zu haben, haben wir sowohl in unsere Gebete als auch in unsere Herzen aufgenommen.

Ich selbst habe die allergrößten Schuldgefühle. Ich hätte Sie nicht darum bitten dürfen, solch eine große Verantwortung zu übernehmen. Wenn es jetzt irgend etwas geben sollte, bei dem ich Ihnen helfen kann, dann lassen Sie mich das bitte wissen. Sie werden gewiß verstehen, wie unmöglich es mir war, mich den Briefen meines Vaters zu widmen, zumal sie, nach den mir ständig aufgezwungenen Angeboten zu urteilen, für die Wissenschaft von einigem Nutzen sein dürften. Aber vielleicht ist inzwischen ja der größte Teil der Arbeit getan, oder Sie lächeln vielleicht, weil ich den Umfang der Arbeit so sehr unterschätze?«

Kate lächelte.

»Um auf Ihre Frage zu kommen, ich bin mir nicht sicher, warum mein Vater genau dort ein Haus gekauft hat. In der Tat habe ich ihn danach gefragt, als ich ihn das letzte Mal sah. Mir scheint, irgendein Partner in seinem Verlag, aus dessen Leitung mein Vater sich ja, wie Sie wissen, mehr oder weniger zurückgezogen hatte, pflegte dort in der Gegend einen Mr. Mulligan zu besuchen. Mr. Mulligan erzählte ihm von dem Haus, das zum Verkauf stünde, und der sprach mit meinem Vater darüber. Mein Vater fand es reizvoll und kaufte es schließlich. Ich bin mir nicht sicher, aber ich bezweifle, daß Mr. Mulligan meinen Vater persönlich kennengelernt hat.«

Es folgten ein paar Bemerkungen über Kates derzeitiges »Mietverhältnis«.

»Die anderen Schwestern stimmen in meine Gebete für Sie ein. Ich weiß nicht, wie ich Ihnen danken soll. Wenn Sie diese Heimsuchung mit Erfolg überstehen, so wird dies meine Dankbarkeit wie zuvor die meines Vaters nur noch wachsen lassen. Dominus vobiscum.«

»Also wußte Mulligan, daß Lingerwell hierher ziehen wollte«, sagte Reed, nachdem Kate ihm den Brief gezeigt hatte.

»So eindeutig sagt sie das nicht. Sam Lingerwell kam durch Mr. Mulligan zwar hierher, aber nur indirekt.«

»Dennoch interessant, daß es da eine Verbindung gab.«

»Interessant in mehrfacher Hinsicht. Hast du dich jemals gefragt, Reed, wie Mr. Mulligan es fertigbringt, dieses Haus zu unterhalten und dazu noch Mrs. Pasquale und so weiter. Er hat zwar neben seinem Professorengehalt noch Einnahmen aus seinen Büchern – und ist, zugegeben, ordentlicher Professor, aber trotzdem!«

»Zunächst einmal ist er Junggeselle, und zweitens haben die meisten Literaturprofessoren noch andere Einkünfte außer ihrem Gehalt. Das hast du mir jedenfalls öfters erzählt.«

»Das stimmt schon. Aber zufälligerweise hat Mr. Mulligan gegenüber Lina geäußert, und sie hat es mir weitererzählt, daß er als sehr armer Junge angefangen hat und noch heute seine Eltern unterstützt. So viel zu seiner

Junggesellen-Freiheit und seinem ererbten Vermögen. Er fährt einen Jaguar, hat einen Swimmingpool mit Filter und Umwälzpumpe, und Gäste zu bewirten ist auch nicht gerade billig, wie ich ja selber weiß, und Mr. Mulligan hat andauernd Gäste.«

»Kate, wenn du versuchst, Mr. Mulligan die Rolle des Hauptverdächtigen anzuhängen, dann verbiete ich dir das in aller Deutlichkeit. Das heißt, häng es ihm ruhig an, aber *unternimm* nichts in der Richtung. Er mag die Moral eines Ziegenbocks haben und die literarischen Fähigkeiten eines General Eisenhowers, aber es gibt keinen Grund ...«

»Reed, hast du ›Der Roman: Spannung und Technik‹ gelesen, bevor du mir das Buch mit der Geste eines Mannes überreichtest, der im Januar Mangofrüchte verschenkt?«

»Natürlich habe ich es nicht gelesen. Erwarte ich denn von dir, daß du den ›Harvard Law Review‹ liest? Rede keinen Unsinn.«

»Sehr gut. Dann darf ich dir sagen, daß Mr. Mulligan sich damit zufriedengegeben hat, ein müdes Klischee ans andere zu reihen, falls Klischees so ein Adjektiv überhaupt noch brauchen, und das Buch auf die unpassendste Weise heruntergeschrieben hat.«

»Du meinst, er kann nicht schreiben?«

»Im Gegenteil, er schreibt mit einem gewissen Geschick. Er kann nicht denken.«

»Der Verkäufer im Buchladen in Pittsfield sagte – was ich dir sicher erzählt habe, aber wahrscheinlich hast du nicht richtig hingehört –, seine Bücher seien bei den Studenten sehr beliebt.«

»Fürs Einpauken oder, noch wahrscheinlicher, Abschreiben für eigene Arbeiten. Seine Texte klingen so sehr nach erstem Semester, daß das nie auffallen würde, verstehst du? Grace Knole ging es mit dem Buch, das sie gelesen hat, genauso.«

»Sieh mal, Kate, ich weiß ja, daß du die Verlegerei als etwas ansiehst, das in seiner Reinheit nur noch von den Seelen der Barmherzigen Schwestern übertroffen wird, aber bestimmt sind die Verleger genauso glücklich wie andere Menschen, wenn sie mit ihrer Arbeit auch Geld verdienen. Bücher müssen sich verkaufen, das ist die ganze Antwort.«

»Sie verkaufen sich nur als billige Taschenbücher, und dann nur noch an Studenten. Diese Taschenbücher erscheinen aber nicht bei Calypso Press.«

»Worauf willst du hinaus?«

»Daß es wirklich außergewöhnlich ist, daß Calypso diese Bücher jemals als Originalausgabe veröffentlicht hat, und das auch noch im Hardcover. Calypso Press hat eine College-Reihe, die bei allen Fakultäten Ansehen genießt und den Neid aller Konkurrenten erweckt. Was hat Mulligan dort verloren?«

»Das weiß ich wirklich nicht. Meinst du nicht, daß du die Schwächen dieser Bücher vielleicht ein wenig übertreibst? Schließlich liest du ja nicht alles, was heutzutage erscheint.«

»Der Himmel bewahre!«

»Na, bitte.«

»Reed, ich glaube, ich fahre für ein oder zwei Tage nach New York und rede vielleicht einmal mit den Leuten von Calypso. Als Vorwand kann ich ja meine Beschäftigung mit den Lingerwell-Papieren anführen. Jedenfalls halte ich es hier ohne ein kleines Zwischenspiel nicht mehr länger aus, und das scheint mir jetzt eine gute Gelegenheit. Leihst du mir deinen Volkswagen?«

»Was ist denn mit deinem Wagen oder besser, dem deines Bruders? Der ist größer und sicherer.«

»Jetzt kehr nicht wieder den Beschützer hervor. Meinen Wagen muß ich Emmet und William hierlassen. Sie müssen Mrs. Monzoni holen und wieder heimbringen und so weiter. Aber wenn du so an deinem schrecklichen kleinen Käfer hängst, dann leihe ich mir einen Wagen oder lasse mich von Emmet zur Bahn fahren.«

»Wieso läßt du mich nicht mitfahren?«

»Danke, Reed, aber könntest du dich nicht um die Dinge hier kümmern und alles am Laufen halten?«

»Womit du meinst – was du immer meinst, wenn du anfängst, wie ein Werbetexter zu reden –, du willst allein sein, um nachzudenken oder sonstige Schändlichkeiten zu unternehmen.«

»Was für ein verständnisvoller Mann du bist.«

»Ich bin nicht im mindesten verständnisvoll. Mir fehlt es nur an Durchsetzungsvermögen und männlicher Überlegenheit. Außerdem wird, wenn ich nach New York zurückfahre, im Büro prompt eine Krise ausbrechen, und ich muß meinen Urlaub abkürzen.«

»Tut mir leid, daß es kein besserer Urlaub geworden ist.«

»Er hat seine schönen Augenblicke. Wann fährst du?«

»Heute abend, denke ich, nach dem Dinner. Willst du mit mir in den Gemüsegarten gehen? Ich möchte Mr. Pasquale bitten, seiner Frau ein paar Zucchini hinüberzubringen, für Mr. Mulligan zum Abendessen.«

»Du hältst ihn für einen Mörder und schickst ihm Gemüse?«

»Natürlich, man muß sich doch nachbarlich verhalten.«

»Warum bringst du sie ihm dann nicht selbst und spielst persönlich die gute Nachbarin?«

»Weil Mr. Pasquale, wenn ich ihn bitte, sie seiner Frau zu bringen, so viel mitnehmen wird, daß auch für die beiden noch etwas übrig bleibt.«

»Aha, wie ich sehe, hast du kapiert, wie es auf dem Lande zugeht.«

»Kein Leben, mein lieber Reed«, sagte Kate gewichtig, »und schon gar nicht auf dem Lande kommt ohne seine rätselhaften Riten und Rituale aus. Ich werde auch noch etwas Mais und ein paar Gurken hinüberschicken.«

Nach dem Rennen

Es war in Wirklichkeit so, daß Kate liebend gern mit dem schrecklichen Käfer, wie sie ihn nannte, fuhr. Sicher, man holperte mit ihm wie auf einem Motorrad durch die Gegend, und der Schutz, den seine Karosserie bei einem Zusammenstoß zu bieten hatte, war sicherlich minimal; aber wenn sie im Käfer saß, hatte sie das Gefühl, sie und der Wagen arbeiteten regelrecht zusammen, während das riesige Auto, das ihr Bruder ihr geliehen hatte, sie nur gnädig am Steuer zu dulden schien.

Sie fühlte sich leicht und frei, wenn auch nicht ohne Gewissensbisse, als sie in die Hauptstraße einbog, die zum Taconic Parkway führte. Sie hatte beschlossen, die Abkürzungen zu meiden, denn Zeit gewann sie damit nicht: Es war sicher besser, wenn sie so rechtzeitig in New York ankam, daß sie Ed Farrell, den gegenwärtigen Leiter der Calypso-Press, noch anrufen und möglicherweise am selben Abend treffen konnte. Es war ihr nicht gelungen, ihn vor ihrer Abreise aus Araby telefonisch zu erreichen. Sie hoffte, daß er gegen elf Uhr wieder zurück war – falls er, wie so oft, mit einem Autor zum Dinner ausgegangen sein sollte. Kate lächelte bei dem Gedanken an ihn, während sie den Smith Hill hinauffuhr. Die Einheimischen behaupteten, der Berg sei so steil, daß früher die Wagen entladen werden mußten, bevor die Pferde sie hinaufziehen konnten. Und für jedes alte Auto war es eine Art Test, ob es noch im dritten Gang hinaufkam. Auf der Kuppe stand eine Ampel, und Kate machte sich ein einfältiges (und heimliches) Vergnügen daraus, mit Vollgas hochzufahren und vielleicht über die Kreuzung zu kommen, ehe die Ampel auf Rot schaltete. Sie fuhr mit der Ampel um die Wette. Ich sollte keine Autorennen veranstalten, sagte sie streng zu sich selbst; wie Alice hatte sie sich angewöhnt, mit sich selbst in einer gewissen Strenge zu reden. Aber der Kampf mit der Ampel machte ihr großen Spaß, und sie schmuggelte sich gerade noch hinüber. Als nächstes fahre ich bestimmt Motorrad, dachte sie, aber selbst diese schreckenerregende Vorstellung konnte ihre Fröhlichkeit nicht dämpfen. Sie erinnerte sich, wie Mr. Mulligan, der am Nachmittag hereingeschaut hatte, um sich für das Gemüse zu bedanken (ein Vorwand; eigentlich war er scharf auf die letzten Neuigkeiten oder hoffte auf eine Gelegenheit, mit Lina einen Spaziergang zu machen), erzählt hatte, daß er jedesmal versuche, ohne Anhalten über die Ampel auf dem Smith Hill zu kommen, denn wenn man das schaffte und keinen Unfall baute oder tanken mußte, dann konnte man, ohne zu halten, bis zum Saw Mill River durchfahren, und bei einer besonders gelungenen Operation hatte er beide Ampeln auf der Saw Mill geschafft und war bis zur Henry Hudson Bridge gekommen, ohne langsamer als fünfunddreißig zu werden, von den Mautstellen für die Straßengebühren mal abgesehen.

Im Abendlicht war die Landschaft schöner denn je. Schmuck lagen die Farmen an den Hängen der Berge, ordentlich gepflügte Felder kontrastierten mit den Grünschattierungen der Wiesen. Kate fühlte, daß das gute Leben hier irgendwie möglich sein mußte, doch gleichzeitig war ihr klar, daß es nur ein Traum war. Kurz nach der Wettfahrt gegen die Ampel schaltete sie die Scheinwerfer ein, weil viele der ihr entgegenkommenden Wagen schon mit Licht fuhren. Die Nacht brach an. Der kleine Käfer rollte vergnügt vor sich hin. Auf dem Taconic Parkway war wenig Verkehr. Sie hatte das Gefühl, Mr. Mulligan erzählen zu können, daß sie seinen Rekord eingestellt hatte. Plötzlich kam ein Fahrzeug aus einer Seitenstraße geschossen. Kate trat voll auf die Bremsen, und ihr Wagen kam quietschend zum Stehen. Fluchend hörte Kate, wie der Motor abstarb. Sie drehte den Zündschlüssel. Nichts. Der Motor sprang nicht an. Die Batterie funktionierte nicht mehr. Verdammt und zugenäht.

Bald hielt ein Wagen, und der Fahrer bot seine Hilfe an. Kate bat ihn nur, den Käfer an den Straßenrand zu schieben, was der Mann mit ziemlichem Schwung tat, wobei die Stoßstange seines großen Wagens nicht genau die des Volkswagens traf. »Tut mir leid, daß ich Ihnen nicht wirklich helfen kann, meine Dame«, sagte er. »Ich fürchte, ich habe keine Ahnung von Autos, besonders von diesen kleinen ausländischen. Ich gehöre zu denen, die den Handwerker rufen, wenn beim Fernseher nur der Stecker herausgezogen ist. Sie kennen das, oder?«

»Offen gestanden«, sagte Kate, »ich habe mich schon oft gefragt, ob irgend jemand versteht, was in so einem Verbrennungsmotor vor sich geht. Vielleicht könnten Sie aber vom nächsten Telefon aus den Abschleppwagen anrufen?«

»Das tue ich gern«, sagte der Mann. »Vielleicht haben Sie einen Platten.«

»Ich glaube kaum, daß das die Batterie außer Gefecht setzt. Was meinen Sie?«

»Nein, das glaube ich auch nicht. Ihre Scheinwerfer sind sehr schwach. Sie scheinen eine Menge über Autos zu wissen.«

»Nur das, was ich gelernt habe, als ich die Zündung eine lange traurige Nacht lang eingeschaltet gelassen hatte. Aber während der Fahrt hätte sich die Batterie eigentlich die ganze Zeit aufladen müssen.« Der Mann winkte freundlich und fuhr davon. Kate setzte sich an den Straßenrand und wartete. Es dauerte nicht lange, bis ein Polizeiwagen neben ihr hielt.

»Etwas nicht in Ordnung, meine Dame?« fragten die Polizisten in einem Ton, der zwar nicht unhöflich klang, aber auch nicht vor Wohlwollen übersprudelte. Kate widerstand dem Impuls, zu antworten, sie habe nur dem Wunsch nachgegeben, sich am Straßenrand niederzulassen und zu meditieren.

»Meine Batterie scheint nicht mehr zu funktionieren«, sagte sie. »Der Motor springt nicht an.«

Sie nahmen diese Diagnose mit all der Skepsis entgegen, die ihnen gegenüber einer Frau geboten schien, die irgendein Teil aus dem Innenleben eines Autos beim Namen nennt.

Sie klappten die Motorhaube auf (nennt man das Haube? fragte sich Kate) und warfen bedeutsame Blicke auf den Motor. »Wasser in der Benzinleitung?« sagte einer. Der andere klappte den Rücksitz hoch. »Reichlich Wasser in der Batterie«, sagte er. »Was ist mit dem Luftfilter?«

»Der hat ja wohl kaum Auswirkungen auf die Batterie«, sagte Kate ein weiteres Mal an diesem Abend. Inzwischen war es ziemlich dunkel geworden. Die beiden Streifenpolizisten schienen ihren Beitrag zur Diskussion nicht recht zu würdigen.

»Zeigen Sie uns bitte einmal Ihren Führerschein und die Zulassung«, sagte der eine der Polizisten. In dem Augenblick kam ein Pannenwagen herangefahren, offenbar von dem Mann herbeigerufen, der sie an den Straßenrand geschoben hatte.

»He, Mac«, sagte der Streifenpolizist. »Mal sehen, ob du herauskriegst, was hier los ist.«

Der Automechaniker drehte den Zündschlüssel und versuchte, den Motor zu starten. Nichts passierte. »Batterie ist hin«, sagte er.

»Meine Batterie«, sagte Kate, die sich langsam fühlte, als hätte sie in einem Theaterstück nur einen Satz zu sagen und müßte den Probe für Probe wiederholen, »müßte sich eigentlich während der Fahrt aufgeladen haben.«

»Wahrscheinlich ist die Lichtmaschine hinüber«, sagte der Mechaniker. Er holte ein langes Kabel mit Klammern an beiden Enden und fing an, sie auf geheimnisvolle Weise irgendwo anzuklemmen. »In dem Moment, wo Sie Ihre Scheinwerfer eingeschaltet haben, haben Sie den ganzen Saft aus der Batterie gezogen. In den meisten Wagen gibt es am Armaturenbrett einen Zeiger, an dem Sie sehen können, wann die Batterie sich entlädt. Aber diese kleinen Kisten haben das natürlich nicht.«

»Ich hätte es ohnehin nicht bemerkt«, sagte Kate.

»Ihre Bürsten sind wahrscheinlich hin. Muß Sie abschleppen.«

»Meine Bürsten?« sagte Kate.

»Ich fahre auf dieser Straße jetzt schon ein Jahr lang Streife«, sagte der Polizist, »und noch nie hatte jemand Probleme mit den Bürsten oder den Schleifringen.«

»Sehr ungewöhnlich, daß in diesen Wagen die Lichtmaschine kaputtgeht. Vor allem nicht«, – der Mechaniker leuchtete mit der Taschenlampe auf den Tachometer – »wenn sie erst, wie hier, neuntausend Meilen gelaufen sind. Reichlich merkwürdig. Bei diesen Autos geht selten etwas kaputt. Muß Sie abschleppen.«

»Einen Moment«, sagte der Polizist. »Ihren Führerschein und die Zulassung.«

»Habe ich etwas falsch gemacht?« fragte Kate. Der Polizist und sein Kollege warteten gleichmütig und würdigten sie keiner Antwort. Kate griff in den Wagen nach ihrer Handtasche, in der Handtasche nach der Brieftasche und in der Brieftasche nach dem Führerschein. Er war nicht darin.

»Er muß doch da sein«, sagte sie. »In New York ausgestellt, gültig und ohne Bußgeldeintragungen.« Vorsichtig zog sie ihren Fakultätsausweis aus der Brieftasche, den Kundenausweis für die Universitätsbuchhandlung, den Ausweis des Fakultätsclubs, die Versicherungskarte, die Blue-Cross-Karte, einen kleinen Kalender und drei Fünf-Cent-Briefmarken. »Er ist immer da«, sagte sie.

»Es ist ein Verstoß, ohne Führerschein zu fahren. Zeigen Sie uns die Zulassung.«

Kate fiel ein, was Reed gesagt hatte: »Die Zulassung steckt in einer Plastikhülle im Kartenfach. Sie liegt immer ganz unten. Du wirst sie vorzeigen müssen«, hatte er augenzwinkernd und, wie sich jetzt zeigte, prophetisch hinzugefügt, »wenn sie dich wegen rücksichtslosen Fahrens anhalten.« Sie schlüpfte in den Wagen und sah ins Kartenfach. Die Plastikhülle war da, aber keine Zulassung steckte darin.

»Keine Zulassung«, informierte der eine Polizist den anderen. Kate fragte sich – und das nicht zum erstenmal –, warum eigentlich alle Streifenpolizisten Zwei-Meter-Männer waren oder zumindest so wirkten und dazu bar jeden menschlichen Gefühls. Wahrscheinlich machten das ihre Stiefel. Und ihre Schutzbrillen.

»Dann müssen Sie mitkommen«, sagten sie.

»Sie meinen, in Ihrem Streifenwagen?« Die Frage wurde nicht zur Kenntnis genommen. Der eine Polizist wandte sich an den Mechaniker. »Können Sie den abschleppen?«

»Klar. Ich könnte die Batterie laden«, sagte er mit einem Schulterzucken, »und sie könnte wieder starten, aber mit eingeschalteten Scheinwerfern käme sie nicht weit.« Er reichte Kate eine Karte.

»Steigen Sie ein«, sagte der Polizist. Kate setzte sich auf den Rücksitz des Streifenwagens, und der eine Polizist setzte sich neben sie, offenbar, um sicher zu gehen, daß sie den Fahrer nicht von hinten erwürgte. »Ist es sehr strafbar, ohne Führerschein zu fahren?« fragte sie ihren Nachbarn. Er gab keine Antwort. Offensichtlich gehörte es nicht zu seinen Gewohnheiten, sich mit Kriminellen zu unterhalten.

Im Polizeirevier wurde Kate bedeutet, sie habe zu warten. Sie fragte, ob sie telefonieren dürfe, aber auch das wurde nicht zur Kenntnis genommen. Dann rief man sie zu einem Beamten, der hinter seinem Schreibtisch saß.«

»Warum sind Sie ohne Führerschein unterwegs?« fragte er.

»Jemand muß ihn aus meiner Brieftasche genommen haben.«

»Derselbe, der auch die Zulassung für den Wagen an sich genommen hat?«

»Offenbar.«

»Warum sollte jemand so etwas tun?«

»Ich habe keine Ahnung. Es konnte ja keiner wissen, daß ich anhalten müßte, und hätte ich nicht angehalten, dann hätten Sie es nicht herausgefunden. Also kann nicht die Absicht dahintergesteckt haben, mich in Schwierigkeiten zu bringen.«

»Kennen Sie jemanden, der Sie gern in Schwierigkeiten sähe?«

Kate schüttelte den Kopf.

»Haben Sie etwas bei sich, womit Sie sich ausweisen können?«

»Alle möglichen Ausweise von der Universität, an der ich lehre.«

»Was für eine Universität?«

Kate sagte es ihm. Wenn das überhaupt noch ging, dann war seine Meinung von ihr damit noch mehr gesunken.

»Sind Sie der Besitzer des Wagens, den Sie gefahren haben?«

»Nein.«

»Wer dann?«

Es entstand eine lange, spürbare Pause, als Kate nicht gleich antwortete. Sollte sie Reeds Namen nennen? Auf den ersten Blick schien das durchaus logisch. Sie würden ihn in Araby anrufen, und diese ganze dumme Geschichte würde sich klären. Aber Reed war schließlich stellvertretender Bezirksstaatsanwalt, und Reporter pflegten sich die Polizeiberichte anzusehen. Wenn es zwei Leute, die vor kurzem noch in Verbindung mit einem Mord gebracht worden waren, nun, wie unschuldig auch immer, schon wieder mit der Polizei zu tun bekamen, würde das vielleicht mit einfachen Worten nicht mehr zu erklären sein. Jedenfalls würde es Reed bestimmt nicht *helfen,* wenn er in das alles hineingezogen würde.

»Wem gehört er?« fragte der Beamte noch einmal.

»Ich weiß nicht«, sagte Kate.

»Sie wissen es nicht. Soll das heißen, Sie haben sich ihn geliehen, aber Sie wissen nicht, von wem?«

»Ich habe ihn nicht gestohlen«, sagte Kate.

»Sind Sie mit der Person befreundet, von der Sie ihn geliehen haben?«

»Es ist nicht so, daß ich es nicht wüßte«, sagte Kate und verlegte sich auf eine andere Ausflucht. »Ich will es nur nicht sagen.«

»Sie sind vorläufig festgenommen«, sagte der Beamte.

»Habe ich nicht das von der Verfassung garantierte Recht, einen Telefonanruf zu machen, bevor Sie mich einsperren?« fragte Kate.

»Heutzutage weiß jeder über seine verfassungsmäßigen Rechte Bescheid«, sagte der Beamte. »Rechte, Rechte, Rechte für alle, nur nicht für die Polizei. Sie dürfen einen Anruf machen. Da drinnen.«

Einer der beiden Streifenpolizisten führte Kate in einen anderen Raum, wo auf einem Tisch ein Telefon stand. Sie meldete ein Gespräch nach Araby an. Entgegen ihren glühendsten Hoffnungen hob Leo ab.

»Leo. Hier ist Tante Kate.«

»Hallo, Tante Kate. Schon in New York?«

»Nein, mein Liebling. Leo, kannst du mich wohl mit –«, sie warf einen Blick auf den Polizisten, der sie beobachtete, »mit dem ältesten Mann im Haus sprechen lassen?« Für den Polizisten klang das genauso, wie er es von einer Frau erwartete, die wahrscheinlich noch nie einen Führerschein besessen, die Zulassung aufgegessen und irgend etwas Grauenvolles mit der Lichtmaschine angestellt hatte. Das stand jedenfalls auf seinem Gesicht geschrieben.

»Mr. Pasquale ist heimgegangen.«

»Nicht Mr. Pasquale. Ich meine einen, der im Haus wohnt.«

»Ich weiß nicht, wer älter ist, William oder Emmet. Warte, ich frage nach.«

»Leo!« Doch bevor Kate ihn bremsen konnte, hatte er schon den Hörer fallen lassen, schwungvoll, wie kleine Jungen das zu tun pflegen, und man konnte ihn in einiger Entfernung rufen hören.

»Beeilen Sie sich«, sagte der Polizist.

»Ich habe ein kleines Problem, ihn zu finden«, sagte Kate. Der Blick des Polizisten machte deutlich, daß es ihn nicht überraschen würde, wenn sie auch das Empire State Building in der hellsten Mittagssonne an der 34. Straße, Ecke Fifth Avenue nicht finden könnte.

»William ist der Ältere«, meldete sich ein atemloser Leo. »Komisch, daß du gerade jetzt, wo du weg bist, ihr Alter wissen willst. Emmets Geburtstag ist ...«

»Leo. Bitte. Laß mich mit dem Mann sprechen, der weder William noch Emmet ist.«

»Ist das ein Spiel? Mr. Artifoni sagt ...«

»Leo. Bitte.«

»Okay, okay.« Wieder krachte der Hörer auf der Tischplatte. Nach einer sehr langen halben Ewigkeit, während der Kate dem Blick des Polizisten konstant auswich, hörte sie endlich Reeds Stimme.

»Kate? Wo um Himmels willen steckst du?« Niemals, dachte Kate, niemals hatte ihr eine Stimme so schön geklungen.

»Ich bin auf dem Polizeirevier. Bundespolizei. Die Autozulassung ist verschwunden, zusammen mit meinem Führerschein, und irgend etwas Blödes ist mit der Lichtmaschine passiert.« Sie merkte, daß ihre Stimme genauso panisch klang, wie sie sich fühlte. Komischerweise fiel ihr eine uralte Karikatur aus dem ›New Yorker‹ ein: Eine Frau telefoniert von einem Polizeirevier aus. »Henry«, sagt sie, »ich habe auf der George Washington Brücke eine Dummheit gemacht.«

»Wo bist du?«

»Wo bin ich?« fragte Kate den Polizisten. Er sagte es ihr.

»In Ordnung, ich komme, in der schrecklichen Limousine deines Bruders. Laß mich mal mit jemandem dort reden.«

»Ich habe ihnen deinen Namen nicht genannt. Ich hatte Angst, daß ...«

»Ich weiß dein nobles Schweigen zu würdigen. Laß mich mal mit dem Diensthabenden sprechen, wenn's geht.«

»Ich weiß nicht, ob sie das zulassen. Sie wollten mich gerade in eine Zelle sperren.« Kate sah den Polizisten an. »Er möchte mit Ihnen reden«, sagte sie. Der Polizist machte ein unschlüssiges Gesicht, griff aber nach dem Hörer.

So kam es, daß Kate, ein wenig zu ihrer Enttäuschung, doch nicht in einer Zelle schmachten mußte. Sie wartete statt dessen im Warteraum auf Reed, mit dem frühestens in einer Stunde zu rechnen war.

Aber er war schon fünfundvierzig Minuten später da, mußte mit der Limousine im Durchschnitt knapp achtzig Meilen gefahren sein. Kate nahm sich vor, ihn in einem ruhigen Augenblick zu fragen, ob er die Ampel auf dem Smith Hill bei Grün geschafft hatte.

»Da sitze ich also im Kittchen«, sagte Kate. »Was für ein verkorkster Tag. Während ich hier auf dich wartete, habe ich über einer Frage gebrütet: Was habe ich dadurch erreicht, daß ich hier sitze oder genauer: Wem nützt es, daß ich hier bin und nicht woanders.«

»Soll heißen: Wer hat deinen Führerschein und meine Zulassung verschwinden lassen? Eine faszinierende Frage. Aber ich glaube, wir sollten erst einmal von hier verschwinden.«

Der Mann hinter dem Schreibtisch ließ sich anmerken, daß er Kates Missetat in ihrem ganzen Ernst und keineswegs in milderem Licht betrachtete, und redete mit Reed, als sei er jetzt sicher, daß sie keine flüchtige, wenn auch harmlose Irre war. »Sehr gut«, sagte er, »wir lassen Miss Fansler frei, vorausgesetzt, daß sie *nicht* selber fährt. Ich darf doch annehmen, daß Sie über beides – einen Führerschein und eine Zulassung für den Wagen, den Sie fahren – verfügen?«

»Sicher«, sagte Reed und reichte ihm die Papiere.

»In Ordnung.« Er warf nur einen flüchtigen Blick darauf. »Sie wollen sicher zu der Werkstatt, in der der andere Wagen abgestellt ist. Perkins, zeigen Sie dem Herrn, wo das ist.«

»Ich habe eine Karte«, sagte Kate. »Muß ich Bußgeld bezahlen?«

»Das wird unumgänglich sein. Und Sie müssen uns Ihren Führerschein schicken, damit die Übertretungen ordentlich registriert werden. Falls Sie ihn finden. Für den Fall, daß Sie ihn nicht finden, müssen Sie einen neuen beantragen und die Strafen dann dort eintragen lassen. Auf Wiedersehen.«

»Ach, Reed, war ich jemals glücklicher, einen Menschen zu sehen? Du magst dich ja nicht gerade in deinem Element fühlen, wenn du durch Kuhmist watest oder auf Traktoren herumkletterst, aber auf einem Polizeirevier stehst du vor mir als der Mann meiner Träume.«

In der Werkstatt winkte der Mechaniker Kate mit der Lichtmaschine zu. »Jemand hat die Kabel herausgerissen«, sagte er. »Die Kontakte gelöst. Ein Kinderspiel. Ich habe mir gleich gedacht, daß die Bürsten nach neuntausend Meilen noch nicht hin sein konnten. Sehen Sie« – er hielt Reed die Lichtmaschine vor die Nase – »keine Spur von Rost am Gehäuse.«

»Was wäre passiert«, fragte Kate, »wenn ich nicht wegen dieses anderen Wagens eine Vollbremsung gemacht hätte?«

»Nachdem Sie die Scheinwerfer eingeschaltet hatten, wäre Ihnen früher oder später der Motor einfach abgestorben.«

»Aber diese Kabel müssen doch vor meiner Abfahrt herausgezogen worden sein. Wie konnte ich dann noch so weit fahren?«

»Ihre Batterie hatte genug Saft, daß Sie den Motor starten konnten. Und nur für den Motor hätte es auch gereicht. Aber die Scheinwerfer ziehen die Batterie leer.«

»Schlau, sehr schlau. Es tut mir leid um deine Lichtmaschine, Reed.«

»Ist schon wieder alles in Ordnung«, sagte der Mechaniker. »Ich muß sie nur noch einsetzen und festschrauben. Dürfte Ihnen keinen Ärger mehr machen. Ein Glück, daß ich noch in der Werkstatt war.«

»Was schulde ich Ihnen?« fragte Reed.

»Sechs Dollar, drei für die Arbeit, drei für das Abschleppen.«

Reed gab ihm das Geld. »Die Frage ist«, sagte er, »wie schaffen wir diesen Käfer heim? Er paßt ja beinahe in den Kofferraum des Wagens von deinem Bruder, aber nicht ganz.«

»Ich könnte ihn doch fahren, Reed. Ich wäre wirklich vorsichtig, und wenn doch die Lichtmaschine wieder funktioniert ...«

»Vielleicht hätte ich dich doch im Gefängnis lassen sollen. Wir müssen noch einmal wiederkommen. Wäre es möglich«, fragte er den Mechaniker, »daß ich ihn auf Ihrem Parkplatz stehen lasse?«

»Natürlich. Aber ich verkaufe Ihnen auch gern ein Abschleppseil, wenn Sie ihn nach Hause ziehen wollen.«

»Ist das erlaubt?« fragte Reed.

»Nicht auf dem Taconic. Nehmen Sie Route 22.«

»Ich glaube, das kommt uns langfristig billiger«, sagte Reed.

So sah es fast wie eine Prozession aus, als sie in Araby vorfuhren. Sämtliche Mitglieder des Haushaltes, inklusive Leo, der sich geweigert hatte, zu Bett zu gehen, und den man in Verdacht hatte, daß er seine Tante im Gefängnis zu sehen hoffte, kamen heraus auf den Rasen, um sie zu begrüßen.

»Und Sie haben behauptet, wir erlebten niemals etwas Abenteuerliches«, sagte Grace.

»Ein schönes Abenteuer. Jemand hat es geschafft, mich ganz schön dumm aussehen zu lassen, meine Reise nach New York zu verhindern und den armen, geplagten Reed einmal mehr den Retter in der Not spielen zu lassen.«

»Er scheint dauernd einen von uns aus irgendwelchen Gefängnissen zu holen«, sagte William, »aber mir ist noch nicht klar, was Sie eigentlich falsch gemacht haben.«

Also gingen sie alle hinein, um es zu besprechen und dazu ein paar Kleinigkeiten zu essen und zu trinken. Vor allem Kate verlangte es sehr danach.

»Das ist alles sehr komisch«, sagte Kate später zu Reed, als die anderen endlich ins Bett gegangen waren, »und zweifellos wird daraus in ein paar Jahren eine nette Geschichte, so wie die von Cornelia Otis Skinner, der lauter schreckliche Dinge passieren, von denen sie so urkomisch erzählt, aber ich will bloß wissen ...«

»... wer so interessiert daran war, daß du nicht nach New York kommst und aufwendige Pläne ausheckt.«

»Angenommen, die Polizeistreife wäre nicht vorbeigekommen: Sie hätte vielleicht nie festgestellt, daß ich ohne Führerschein unterwegs war.«

»Wenn du irgendwo auf einer Allee anhältst, mußten sie dich finden. Aber wenn du zufällig bis zu einer Werkstatt gekommen wärst und sogar vielleicht jemanden gefunden hättest, der sich in Autoelektrik auskennt – zu der Uhrzeit machen nämlich an den meisten Tankstellen nur noch junge Männer Dienst, die gerade Tanks füllen und Windschutzscheiben putzen können –, dann hätte das alles sehr viel Zeit gekostet. Genügend Zeit? Warum das Ganze?«

»Ein allzu ernsthafter Grund kann es nicht gewesen sein. Ich meine, der Mensch, der das getan hat, hat es nicht auf Leben und Tod ankommen lassen. Er hat weder an der Lenkung noch an den Bremsen herumgemacht.«

»Kate, mein Liebling.«

»Ach, wahrscheinlich wäre es besser gewesen, wenn er das getan hätte. Ich wäre im Straßengraben gelandet und mit dem Zug weitergefahren. Ich nehme an, in Araby hat jeder gewußt, daß ich nach New York fahren wollte, oder?«

»Wußte auch jeder, daß du mit jemandem in Sam Lingerwells Verlag reden wolltest?«

»Hier im Haus wußten es alle, nehme ich an. Und irgendwie weiß hier auf dem Lande jeder über alles Bescheid. Aber vielleicht bin ich es einfach nicht gewohnt, in einem so großen Haushalt zu wohnen.«

»Alle hier im Haus wußten es – und Mr. Mulligan.«

»Himmel, ja. Und Calypso ist sein Verlag. Reed, glaubst du ...«

»Ich glaube, wir sollten erstmal darüber schlafen. Morgen fahre ich nach New York, in der Limousine deines

Bruders, und ohne es jemandem zu erzählen. Dort werde ich mit Ed Farrell reden. Natürlich kann das alles auch reine Bosheit gewesen sein.«

»Laß mich mitfahren.«

»Ganz bestimmt nicht. Du mußt hier warten und mich retten, wenn ich wegen Landstreicherei festgenommen werde. Jedenfalls hoffe ich, am selben Tag wieder zurückzusein. Und du mußt Mrs. Monzoni in dem Käfer chauffieren, ohne eine Zulassung zu haben.«

»Meinst du nicht, daß Ed Farrell eher mit mir redet als mit dir?«

»So, wie die Dinge liegen, wird ihn mein Titel eher davon überzeugen, daß der Fall wichtig ist.«

»Soll heißen, du kannst ihn besser einschüchtern.«

»Soll heißen, was immer er zu sagen hat, ist vielleicht ein Vertrauensbruch gegenüber Dritten. Das ist manchmal einfacher mit einem Anwalt, der ein rein berufliches Interesse an der Sache hat.«

Am frühen Morgen hörte Kate, wie Reed den Wagen aus der Garage holte. Sie beschloß, aufzustehen und sich anzuziehen, und als sie die Schublade mit der Unterwäsche aufzog, war sie nicht allzu überrascht, darin auf einem Stapel Büstenhalter ordentlich gefaltet ihren Führerschein und die Zulassung für den Volkswagen zu finden.

Am Mittwoch nach dem Frühstück beschloß Kate, daß, egal wie die Riten und Rituale des Lebens auf dem Lande sein mochten, es ein Gebot der Mitmenschlichkeit war, der jungen Dame einen Besuch abzustatten, die jetzt sozusagen die Last des Bradfordschen Haushaltes trug. Zweifellos, meinte Kate, gab es dort etwas für sie zu tun. Sollte es für sie als gute Nachbarin nichts zu tun geben, so konnte sie zumindest Mitgefühl und Hilfsbereitschaft für die Zukunft zusichern.

Emmet hatte, statt sich wie üblich in der unvermeidlichen Bibliothek einzumauern, einen Marsch quer durch die Felder unternommen – ein für ihn so untypisches Unternehmen, daß es an geistige Verwirrung grenzte. Obwohl sich ohne Zweifel seit dem Mord keiner ganz wie er selbst benahm. William war, nachdem er Leo im Lager abgeliefert hatte, mit Kates Erlaubnis nach Williamstown weitergefahren, wo er in der Bibliothek des Williams College einige Bücher einsehen wollte; es war dies die nächste solide Sammlung literarischer und wissenschaftlicher Werke in der Gegend. Hin und wieder dachte Kate recht verzweifelt an Reeds Geld, das voll und ganz verfallen würde, sollte William sich davonmachen; doch schien es weder möglich noch wünschenswert, deswegen seinen Bewegungsspielraum einzuschränken. Er kannte seine Lage, und falls ihn sein eigenes Ehrgefühl nicht von einer Flucht abhielte, würde das sicher nicht durch äußere Beschränkungen gelingen.

Lina und Grace Knole waren wahrscheinlich bei der Arbeit oder zumindest mit Nachdenken beschäftigt. Lina, die Karriere machen wollte, arbeitete an einem Buch über die Eigennamen im Roman des achtzehnten Jahrhunderts – ein reichlich abstruses Thema, wenn auch nicht so sehr der Kategorie »Wie viele Engel haben Platz auf einer Nadelspitze« zuzuordnen, wie der normale spöttische Laie vielleicht glauben mochte. Lina war eine glänzende Lehrerin, lebendig, interessiert und interessant, ganz ihrem Beruf verschrieben und verpflichtet;

aber all diese Eigenschaften waren heutzutage nicht ausreichend, wenn man nicht publizierte. Daß niemand außer Kollegen aus der Wissenschaft jemals etwas über Eigennamen im achtzehnten Jahrhundert lesen würde, sprach nicht gegen das Buch, und das war gut so. Trotzdem stellte sich die Frage, ob Lina wirklich von dem Thema so gepackt war, wie man sich das wünschen würde, oder ob sie sich lediglich dafür entschieden hatte, weil nun mal ein Buch geschrieben werden mußte. Es würde nicht mehr lange dauern, und die gesamte Fachrichtung würde in einer Lawine veröffentlichter, unlesbarer Werke ertrinken, die weder mit Herzblut geplant und entwickelt waren, noch mit Dankbarkeit aufgenommen wurden.

Was einen natürlich an Graces Vorschlag von letzter Nacht denken ließ. Könnte die Präsidentin eines Colleges den Trend tatsächlich umkehren oder ihn zumindest konterkarieren und das Lehren wieder zu einem angesehenen Beruf machen, statt immer auf die Forschung zu starren? Kate wanderte den Straßenrand entlang, kickte mit der Fußspitze Kieselsteine vor sich her und zwang sich, nicht weiter über die angebotene Präsidentschaft nachzudenken. Sie war einfach noch nicht bereit, das Ganze wirklich abzuwägen. Der braune Hund kam herangetrottet. Kate begrüßte ihn, kraulte ihn liebevoll hinter den weichen Ohren. »Reed ist heute unterwegs, alter Knabe«, sagte sie. Apropos Reed...

Kate hatte zumindest so viel über ländliche Sitten gelernt, daß sie wußte: Man klopfte nie an der Vordertür, es sei denn, man hatte eine formelle Einladung, und meist noch nicht einmal dann. Sie ging also um das Haus herum und klopfte an die Scheibe in der Küchentür. Ein junges hübsches Mädchen machte auf. Weder ihr Alter noch ihr Aussehen schienen auf den ersten Blick wirklich wichtig, weil eines im Übermaß an ihr auffiel: ihre Frische. Während Kate die Küche betrat, ging ihr durch den Kopf, wie selten diese Eigenschaft war und wie oft sie nur feindselige Gefühle überdecken sollte.

»Wie nett Sie die Küche hergerichtet haben«, sagte Kate. Mary Bradford hatte zwar unentwegt davon geredet, wie schwer sie arbeitete und daß keiner in ihrer Familie etwas wegräume, aber ihre Küche und das ganze

Haus hatten stets ausgesehen wie die Büchse der Pandora, aus der fortwährend unschöne Dinge quollen. Jetzt waren die Arbeitsflächen in der Küche freigeräumt; auf dem Tisch standen Blumen – Mary hatte nie Zeit gehabt, welche zu pflücken. Das Mädchen war gerade dabei, einen Kuchen zu backen, und benutzte dazu, wie Kate bemerkte, lauter echte Zutaten – Butter, Zucker, Mehl, Eier – und keine vorgefertigte Backmischung, wie Mary das getan hatte.

»Ich bin Kate Fansler, Ihre Nachbarin oben an der Straße«, sagte Kate. »Ich hätte schon früher vorbeikommen und meine Hilfe anbieten sollen, aber irgendwie...«

»Es muß sehr schlimm für Sie gewesen sein«, sagte das Mädchen, »bei all dem Durcheinander und diesem furchtbaren Schuß. Ist die Polizei wieder fort?«

»Sie ist tatsächlich gegangen, jedenfalls fürs erste. Die Autopsie hat keine Überraschungen zutage gefördert; daß der junge Mann, der das Gewehr abgeschossen hat, unter Anklage gestellt wird, ist unangenehm, aber überraschend kam es nicht. Wollen Sie die Kinder nicht einmal zu uns herüberschicken und ein paar Stunden Ruhe haben? Sie müssen sehr, sehr viel zu tun gehabt haben.«

»Das Schlimmste waren die Besucher. Heute sind sie wenigstens einmal nicht gleich am Morgen anmarschiert. Aber heute nachmittag werden sie kommen. Ich mag Leute um mich, wirklich, aber...«

»... aber nicht, wenn sie vier Teile Bösartigkeit mit einem Teil Neugier mischen. Und jetzt bin ich da und ruiniere Ihnen den einzigen freien Vormittag. Kann nicht einer von uns heute abend bei den Kindern bleiben, und Sie gehen ins Kino? Vielleicht würde auch Mr. Bradford gern ausgehen? Also, abgemacht. Jetzt will ich Sie nicht länger aufhalten. Falls Sie ein paar Stunden für sich haben wollen...«

»Bitte, gehen Sie nicht, Professor Fansler.«

»Meine Güte, so nennt mich keiner, außer ein paar Studenten und den Buchhändlern.«

»Dann also Dr. Fansler.«

»Absolut niemand redet mich so an, nur über meine Leiche. Ich habe dann immer die Befürchtung, es könnte einer mit einem gebrochenen Bein zu mir kommen. Kate reicht völlig oder Miss Fansler, wenn soviel Formlosigkeit Ihnen unbehaglich ist.«

»Miss Fansler, viele der Leute, die hier vorbeigekommen sind, hatten so manches über Sie zu erzählen, aber ich nehme an, das wissen Sie. Daher wußte ich, daß Sie Professor sind: Es wird getratscht. Aber Mrs. Monzoni sagt, Sie wären einer von den wenigen Menschen, für die sie gearbeitet hat, die anderen Leuten zutrauen, daß sie ihren Job auch verstehen, und ich kann mir vorstellen, daß Sie als Lehrerin viel Erfahrung mit Menschen haben.«

»Ein bißchen«, sagte Kate, weil der Satz eine Antwort zu erfordern schien. »Aber ich bin nicht sehr gut im Verbreiten von Sympathie. Ich bemühe mich, so vernünftig und geradeheraus zu sein, wie ich kann, aber um ehrlich zu sein, der mütterliche Typ bin ich nicht. Von den Studenten, die mich nicht mögen, und derer gibt es reichlich, sagt die eine Hälfte, ich sei eisenhart, und die andere, ich sei kalt wie ein Fisch. Wahrscheinlich haben beide recht.«

»Mir kommen Sie freundlich, intelligent und sensibel vor und fähig, Dinge auch für sich zu behalten, und ich weiß einfach nicht mehr, was ich tun soll«, sagte das Mädchen und brach in Tränen aus.

»Mist«, sagte Kate. »Das tut mir leid. Kann ich Ihnen mein Taschentuch anbieten, nur einmal kurz benutzt, um meinem Neffen etwas aus dem Auge zu holen? Der große Vorteil ländlicher Kleidung ist, daß sie große Taschen hat, was bei Stadtkleidung natürlich nie der Fall ist – es sei denn, einen Modeschöpfer hat die Inspiration heimgesucht, und dann stehen die Chancen eins zu zehn, daß er die Tasche an einer Stelle anbringt, wo man nichts hineinstecken kann, ohne auszusehen, als hätte man einen Tumor; hören Sie, Miss, ich weiß nicht einmal, wie Sie heißen, aber was immer Ihr Problem ist, ich bin sicher, daß es nicht so furchtbar ist, wie Sie denken. Es gibt ein paar Dinge, die wirklich furchtbar sind, unheilbare Krankheiten zum Beispiel – aber die meisten Dinge müssen nur einmal beim Namen genannt werden, und schon sind sie nicht so überwältigend. ›Geteiltes Leid ist halbes Leid‹, heißt es, und wenn diese Weisheit auch ein wenig einfältig klingen mag, so ist sie trotzdem wahr. *Wie* heißen Sie denn?«

»Molly.«

»Sehen Sie, Molly, wenn Ihre Wahrnehmung Ihnen sagt, daß ich ein ehrliches Gesicht habe, dann besitzen Sie offenbar ein Talent, das über das Normale hinausgeht, und das sollten Sie zu Ihrem Vorteil nutzen. Ich tratsche nicht und mache mir auch nichts daraus, Ärger zu verbreiten – meine Sünden liegen woanders –, und wenn Ihnen Reden hilft, dann höre ich gern zu. Übrigens, meinen Sie nicht, daß man aus dieser hübschen Mixtur etwas machen sollte? Ich habe in meinem Leben noch nie Kuchen gebacken, aber soll die Milch in diesen komischen kleinen Rinnsalen in den Teig fließen?«

Molly lächelte und schaltete den Mixer ein. »Es wird sich für Sie schrecklich blöd anhören«, sagte sie.

»Mag sein. Sie würden sich wundern, wie wenig von dem, was Menschen reden und tun, nicht blöd klingt. Meine eigenen Torheiten sind schon nicht mehr zu zählen. Bei einem Mädchen, das so jung und bezaubernd ist wie Sie, geht es entweder um einen Mann oder um Geld. Was ist es? Ihnen ist es vielleicht noch nicht klar, aber wenn Sie es mir erzählen wollen, dann beeilen Sie sich lieber, ehe ich anfange, mich wie eine Charge in einem schlechten Stück anzuhören.«

»Ich bekomme ein Baby.«

»Aha. Von Mr. Bradford?«

»Ja. Woher wissen Sie das?«

»Leute machen oft den Fehler, Molly, daß sie glauben, man könne nicht aus Büchern lernen. In Wirklichkeit lernt man da sehr viel. Sie lieben ihn offenbar sehr. Im wievielten Monat sind Sie?«

»Oh, nein, ich will keine Abtreibung, wenn Sie darauf hinauswollen.«

»Das will ich nicht. Ich frage mich bloß, wie es in schlechten Stücken immer heißt, wie lange das schon geht.«

»Ich bin Brad zuerst bei Auktionen begegnet – mein Vater ist einer der wichtigen Auktionatoren in dieser Gegend, und ich war immer mit ihm unterwegs. Auktionen für Farmer, meine ich. Anfangs haben wir nur miteinander geredet, aber dann – also, wir wußten halt, daß wir uns mögen.«

»Sie müssen ihn auch anderswo außer auf Auktionen getroffen haben, obwohl ich zugeben muß, daß ich mit Auktionen nur eine einzige Erfahrung vorweisen kann, das war in Parke-Bernet, wo...«

»Wir sind manchmal zusammen essen gegangen oder durch die Gegend gefahren. Aber wir haben nicht... also es ist nichts passiert, natürlich. Er war doch verheiratet.«

»Und blieb das, bis er Witwer wurde, und das war vor vier Tagen. In der kurzen Zeit können Sie nicht entdeckt haben, daß Sie schwanger sind. Jetzt wissen Sie, was mit ›eisenhart‹ gemeint ist.«

»Sie haben recht. Wenn ein Mann verheiratet ist, ist es egal, was er für seine Frau empfindet oder was sie tut.«

»So weit würde ich nicht gehen. Ich sage es offen, Molly, ich habe seine Frau kennengelernt, und ich glaube, selbst der Erzengel Gabriel würde ihrem Mann verzeihen, daß er sich die Liebe dort suchte, wo er sie fand, erst recht, wenn es sich dabei um ein so süßes Ding wie Sie handelte. Wenn das etwas schroff klang, dann deshalb, weil ich in diesem Sommer etwas empfindlich geworden bin gegenüber Selbstgerechtigkeit. Tut mir leid.«

»Sie haben es genauso ausgedrückt, wie wir es empfunden haben. Der Grund, warum wir – also, es ist schließlich passiert, weil Brad – weil er gesagt hat, daß sie ihm untreu war.«

»Mary Bradford! Ich kann mir nicht vorstellen, daß die dafür lange genug ihren Mund halten konnte. Ist das die Möglichkeit?«

»Er sagte – ich fürchte, das klingt furchtbar. Brad sagte, sie hätte es nur getan, weil sie sicher war, daß sie damit gleich zwei Männer todunglücklich machen konnte. Ihn und den anderen Mann.«

»Ich verstehe. Hat eigentlich Brad in all den Jahren, die er Kühe hat besamen lassen, nicht begriffen, woher die Kinder kommen?«

»Das war mein Fehler. Brad hat mir Pillen besorgt. Aber...«

»Aber Sie vergaßen, sie zu nehmen, ein oder zwei Tage lang.«

Molly ließ den Kopf hängen.

»Wissen Sie, meine Liebe, nichts steigert die Fruchtbarkeit mehr als der Wunsch, von einem Mann schwanger zu werden, mit dem man nicht verheiratet ist. Merkwürdig, daß das noch nicht genauer erforscht ist. Es ist das gleiche Prinzip, nach dem eine verheiratete Frau, die die ganze Zeit nicht schwanger wird, es genau dann schafft, wenn sie einen Job annimmt, wieder an eine Schule geht oder eine Reise nach Europa plant. Also gut, heiraten Sie Brad, und bekommen Sie Ihr Baby. Ich bin zutiefst davon überzeugt, daß Sie auch den beiden anderen Kindern eine bessere Mutter sein werden als die Verstorbene.«

»Verstehen Sie nicht«, sagte Molly, goß den Teig in Kuchenformen und schob sie in den Backofen, »daß alle Welt sagen wird, er habe seine Frau umgebracht? Sie werden es ihm wohl nicht beweisen können, aber warum sollte nicht Brad die Kugel in den Lauf geschoben haben? Er kennt sich mit Waffen bestens aus, und er wußte über die Schießübungen mit leerem Gewehr Bescheid.«

»Woher wußte er das?«

»Der kleine Junge hat es ihm erzählt.«

»Leo?«

»Ja. Er und der junge Mann, der auf ihn aufpaßt; die beiden haben Brad oft besucht und sind auf der Heumaschine oder dem Heuwagen mitgefahren. Brad hat mir erzählt, daß der Junge schrecklich gern auf dem Heuwagen mitfuhr und den Ballen, die hinaufgeworfen wurden, im letzten Moment auswich. Ich bin sicher, der Junge – Leo – wollte nicht sagen, daß es Mary war, auf die sie gezielt haben, aber er hat es getan. Jedenfalls hat Brad mir davon erzählt.«

»Ich muß eine sehr unaufmerksame Tante abgeben. Ich habe nicht einmal gewußt, daß Leo auf dem Heuwagen herumfuhr. Heuballen ausweichen klingt ziemlich gefährlich. Aber schließlich sollte William ...«

»Wir könnten hier nicht mehr leben, wenn alle Welt glaubt, Brad hätte seine Frau ermordet. Und das hat er nicht getan, Miss Fansler. Das müssen Sie mir glauben. Brad hätte so etwas nie getan.«

»Molly, darf ich Ihnen einen ganz langweiligen Rat geben? Kümmern Sie sich nie um das, was andere Leute denken – vor allem solche Leute, die Sie nicht mögen und deren Ansichten Sie nicht schätzen. Und das Merkwürdige ist, sobald Sie aufhören, sich darum zu kümmern, was Leute reden, hören sie auch meist damit auf. Ich leugne nicht, daß es vielleicht für die Kinder hart sein wird, wenn Sie hier bleiben und dieser Mord über Ihren Köpfen schwebt – aber egal, wo Brad sich als Farmer niederläßt, die Geschichte spricht sich auch dort herum, warum sich ihr also nicht hier stellen? Und Sie müssen bedenken, es gibt immer noch die Chance, daß die Polizei herausbekommt, wer tatsächlich die Kugel in den Lauf geschoben hat. Leben Sie Ihr Leben. Heiraten Sie Brad, lieben Sie seine Kinder, und zwar alle, und kümmern Sie sich nicht weiter um Leute, die es nicht wert sind, daß man ihnen zehn Sekunden seiner Zeit schenkt.«

»Jetzt fühle ich mich schon besser. Sie erzählen doch niemandem, was ich Ihnen gesagt habe?«

»Das verspreche ich nicht. Ziemlich sicher werde ich es Mr. Amhearst erzählen, der sozusagen an dem Fall arbeitet. Aber verlassen Sie sich darauf, ich werde es keinem erzählen, der es nicht für sich behalten kann. Es ist übrigens genauso unwahrscheinlich, daß Mr. Amhearst mit den Nachbarn tratscht, wie es unwahrscheinlich ist, daß ich Schah von Persien werde. Also, machen Sie sich keine Gedanken.«

»Möchten Sie eine Tasse Kaffee?«

»Danke. Und dann muß ich gehen und mich mit meinen Gästen zum Lunch treffen.«

»Bitte warten Sie, bis der Kuchen fertig ist, und nehmen Sie ihn mit.«

»So lange kann ich nicht warten«, sagte Kate mit einem Blick auf ihre Armbanduhr, »aber wenn Sie Leo schrecklich glücklich machen und uns von unserer Diät abbringen wollen, dann essen wir den Kuchen, wenn wir kommen, um auf die Kinder aufzupassen. Sagen wir, um sieben?«

»Ich schicke Ihnen den Kuchen heute nachmittag. Machen Sie sich keine Gedanken wegen des Babysittings, Miss Fansler. Mir gefällt es hier. Ich habe wirklich überhaupt keine Lust, irgendwohin zu gehen.«

»Das klingt so echt, daß ich nicht weiter in Sie dringen

will. Wenn Leo nach Hause kommt, schicke ich ihn wegen des Kuchens her. Versprechen Sie mir, daß Sie mir Bescheid sagen, wenn ich Ihnen irgendwie helfen kann.«

»Miss Fansler, brechen eigentlich alle Ihre Studenten bei Ihrem Anblick in Tränen aus, wenn sie Sie sehen, und erzählen Ihnen ihre Probleme?«

»Nur die, die mein goldenes Herz unter der rauhen Schale entdeckt haben. Machen Sie sich keine Gedanken, Molly, das ist nicht gut für das Baby. Ich komme in ein paar Tagen wieder vorbei, und dann beschränken wir unser Gespräch auf das Wetter, wenn Ihnen das dann am liebsten sein sollte. Danke für den Kaffee.«

Schön und gut, dachte Kate, während sie die Straße entlang nach Hause schlurfte, aber was für ein Motiv! Und wer wußte schließlich mehr über Gewehre als Brad? Seine einzige Verteidigung hätte sein können, daß er nicht wußte, daß diese beiden Idioten auf seine Frau schossen, aber jetzt hatte Molly mir erzählt, daß er davon wußte. Kann jemand so unschuldig sein wie sie und doch nicht unschuldig? Das würde eine solche Hinterhältigkeit erfordern; ich weigere mich, ihr so etwas zuzutrauen. Was für ein scheußliches Durcheinander. Wenn Brad es getan hat, können wir es nie beweisen. Es wird sein ganzes Leben lang über ihm schweben und über Williams Kopf ebenso. Aber was für einen Ausweg gibt es? Kaum anzunehmen, daß wir jetzt noch auf entscheidende Hinweise stoßen. Würde dies in einem jener wunderbaren Bücher von Ngaio Marsh passieren, dann würden wir das Ganze noch einmal nachstellen, vom Sonntagmorgen an, und im Laufe des Dramas würde sich der Täter verraten. Aber ich fürchte, das übersteigt unsere Möglichkeiten. Inspektor Alleyns Methoden sind für Scotland Yard zweifellos richtig, aber hier in Araby würde es so wirken, als hätten wir alle den Verstand verloren. Verdammter Reed. Warum ist er nicht hier und diskutiert das mit mir?

Im selben Augenblick spazierte Reed über das Pflaster von New York und dachte erstaunlicherweise an die Wiesen und die linden Lüfte von Araby. Die Straße schien die Hitze regelrecht aufzusaugen und verstärkt wieder abzustrahlen. Aber die Räume, in denen der Calypso Verlag residierte, waren klimatisiert. Die Dame am Empfang, die Reed begrüßte, ließ durch ihre eigene Kühle die Temperatur noch tiefer sinken. Sie schien Reed zu unterstellen, daß er ihr gleich ein langes, handgeschriebenes, nicht angefordertes Manuskript aufdrängen werde. Als sie hörte, daß er Mr. Farrell sprechen wolle, verwandelte sich ihr allgemeines Mißtrauen gegen Autoren sichtlich in ein spezielles gegen Handelsvertreter.

»Haben Sie einen Termin?«

»Nein. Würden Sie so freundlich sein, Mr. Farrell meine Karte zu geben und ihm zu sagen, daß ich ihn in einer Angelegenheit von einiger Bedeutung sprechen möchte?«

»Nehmen Sie Platz«, sagte sie. »Ich werde sehen.« Sie kam schon kurz darauf zurück und erklärte, daß Mr. Farrell gerade ein Ferngespräch führe, aber bald da sein werde.

Ed Farrell entpuppte sich als ein großer, gutaussehender Mann mit grau werdendem Haar und besorgter Miene. Reed hatte den Eindruck, daß er viele Stunden in Diskussionen mit Schriftstellern verbrachte und froh war, jemanden zu treffen, der sich nicht mit einem Buch herumschlug. »Und Sie haben wirklich *nichts geschrieben*?« fragte er, als könne er kaum fassen, daß mit Reed ein Nicht-Schriftsteller vor ihm stand.

»Seit dem Tod meiner Mutter habe ich nicht einmal einen Brief geschrieben, und das ist fünf Jahre her«, sagte Reed. »Danke, daß Sie mich empfangen. Ich werde versuchen, mich so kurz zu fassen, wie ich kann.«

»Wonach forscht denn die Bezirksstaatsanwaltschaft jetzt? Nach obszöner Literatur? So etwas drucken wir nicht.«

»Mr. Farrell, zufällig bin ich hier unter Vorspiegelung falscher Tatsachen, das sage ich Ihnen lieber gleich.«

»Sie sind kein stellvertretender Bezirksstaatsanwalt?«

»Doch, das bin ich. Aber mein Besuch bei Ihnen ist nicht offizieller Natur. In Wahrheit mache ich nämlich gerade Urlaub, und davor hatte ich einen Auftrag in England zu erledigen. Ich bin also seit Monaten nicht einmal in die Nähe meines Büros gekommen. Andererseits handelt es sich auch nicht um eine rein private Angelegenheit. Es geht um einen Mord.«

»Faszinierend. Ich lese keine Kriminalromane, obwohl wir welche veröffentlichen, und zwar, wie man mir sagt, nur die besten. Ich bin in der Tat der gleichen Meinung wie jener kluge Kritiker, den es nicht interessierte, wer Roger Ackroyd umgebracht hat. Aber ich vermute, daß sich niemand dem Nervenkitzel eines Mords im wirklichen Leben entziehen kann, vor allem, wenn er das Opfer nicht kennt.«

»Ich besuche gerade Kate Fansler auf dem Lande. In der Nähe des Hauses wurde eine Frau erschossen, und zwar von einem ihrer Hausgäste. Wir haben Grund zu der Annahme, daß der Schuß nicht ganz so zufällig fiel, wie es schien. Soll heißen: Jemand, der um die Zielübungen mit dem vermeintlich ungeladenen Gewehr wußte, hat es heimlich geladen.«

»Wie ungewöhnlich. Natürlich kenne ich Kate. Sam Lingerwell hat seine sämtlichen Papiere seiner Tochter hinterlassen, und Kate hilft ihr, sie zu ordnen. Sie wollen mir doch nicht erzählen, daß Sie glauben, Kate hätte diese Frau erschossen? Kate ist unfähig, jemanden zu töten, höchstens einen Moskito. Sie setzt sich sogar entschieden für Spinnen ein, die sie beharrlich als unsere Freunde bezeichnet. Kate geht es doch gut?«

»Ausgezeichnet, jedenfalls, soviel ich weiß. Aber interessanterweise hatte sie sich gestern abend aufgemacht, um Sie zu treffen.«

»Tatsächlich? Sie hat sich aber nicht bei mir gemeldet.«

»Kein Wunder, denn sie kam nicht dazu, Sie anzurufen. Man hatte an ihrem Wagen manipuliert und ihr den Führerschein gestohlen. Sie landete schließlich auf einem Polizeirevier.«

»Sie sitzt hoffentlich nicht im Gefängnis?«

»Nein. Wir konnten den diensthabenden Beamten gnädig stimmen. Ich hätte nun folgende Frage an Sie: Hat Sie gestern abend jemand angerufen und Sie dringend gebeten, etwas unter gar keinen Umständen jemandem weiterzusagen?«

Mr. Farrell sah Reed an, als hätte sich ihm gerade das

Orakel von Delphi enthüllt. »Haben Sie meine Telefonleitung angezapft?« fragte er.

»Natürlich nicht. Kann ich Sie überreden, meine Frage zu beantworten?«

»In abstrakter Weise, in Anbetracht Ihrer Stellung und weil Sie ein Freund von Kate sind: Ja. Jemand hat mich gestern abend angerufen, wenn auch ziemlich spät. Ich war telefonisch nicht erreichbar, bevor ich gegen elf Uhr heimkam. Vielleicht ein bißchen früher.«

»Und dann hat er Sie erreicht?«

»Ja. Immer unter der Voraussetzung, daß ›er‹ hier als Pronomen für beide Geschlechter gilt.«

»Erwähnte er, er habe Sie am Nachmittag nicht erreichen können?«

»Ja.«

»Mr. Farrell, ich muß einfach wissen, was dieser Mann – denn ich halte ihn in der Tat für einen Mann – zu Ihnen gesagt hat. Ich gebe Ihnen mein Wort als Anwalt, als Staatsanwalt, als Mann und außerdem als Freund von Miss Fansler, daß diese Information nicht benutzt oder gar veröffentlicht wird, wenn sie nicht entscheidende Bedeutung für die Lösung eines Mordfalls hat. Und in jenem Fall würden Sie es, da bin ich mir sicher, auch nicht mehr für richtig halten zu schweigen.«

»Sie bringen mich in eine sehr schwierige Situation, Mr. Amhearst.«

»Ich bin mir dessen bewußt, und glauben Sie mir, es tut mir leid. Kate scheint eine Menge von Ihnen zu halten, und selbstverständlich hält sie, wie Sie wissen, große Stücke auf Sam Lingerwell, dessen Firma Sie jetzt leiten.«

»Nur als Geschäftsführer.«

»Für Kate sind Sie derjenige, auf den es ankommt.«

Mr. Farrell erhob sich. »Würden Sie mich einen Moment entschuldigen, Mr. Amhearst? Ich bin gleich zurück.« Er ging hinaus, schloß die Tür hinter sich und ließ Reed zurück, der sich die Regale voller Bücher ansah, die bei Calypso Press erschienen waren. Ihm ging durch den Kopf, und das nicht zum ersten Mal, was für eine außergewöhnliche menschliche Anstrengung ein Buch bedeutete. Nach fünfzehn Minuten kam Mr. Farrell zurück.

»In Ordnung, Mr. Amhearst, ich werde reden, wie es

immer in den alten Filmen hieß, als ich ein kleiner Junge war. Ich habe draußen Bescheid gesagt, daß sie keine Anrufe durchstellen und meine Verabredung verschieben. Nein, keine Sorge, nur einer von diesen hungrigen jungen Männern mit einer Idee für ein Buch, von dem sich einige Tausend verkaufen, ohne die Menschheit auch nur einen Zentimeter weiterzubringen. Ich war auch draußen, um mich über Sie zu erkundigen. Schließlich kann sich jeder eine Visitenkarte drucken lassen oder stehlen und Kate Fansler kennen oder es behaupten. Außerdem können die unterschiedlichsten Menschen Bezirksstaatsanwälte werden. Richter Standard White schreibt für uns gerade seine Memoiren, er war am Bundesappellationsgericht.«

»Ich habe einmal für ihn gearbeitet.«

»Das hat er mir auch erzählt, obwohl ich nur gehofft hatte, daß er genug über Sie wüßte, um Sie empfehlen zu können. Ich habe es immer für sehr bedauerlich gehalten, daß er nicht ans Oberste Bundesgericht berufen wurde, aber zweifellos können wir die Launen des amerikanischen Justizwesens bei einer anderen Gelegenheit besprechen. Er sagte, er würde Ihnen sein geheimstes Geheimnis anvertrauen, wenn er denn eines hätte. Ich habe ihn auch gebeten, Sie zu beschreiben. Ich lese zwar keine Agentengeschichten zu meinem Vergnügen, aber man muß ja nur die Zeitung lesen, um zu wissen, daß tagtäglich die merkwürdigsten Dinge passieren, Auftritte unter falschem Namen eingeschlossen.«

»Wie hat er mich denn beschrieben?«

»Er sagte, Ihr Anzug sei von den Brooks Brothers, Ihre Umgangsformen von Groton, Ihre Ideen ähnelten denen von Stevenson (Adlai, versteht sich), und Sie sähen aus wie ein extrem schlank gewordener Trevor Howard mit Brille.«

Reed lachte. »Das dürfte ein sehr gutes Buch werden, wenn er es fertigschreiben kann.«

»Das glauben und hoffen wir. Und nun zu Ihrem Problem.«

»Vielleicht kann ich Ihre unwillkommene Aufgabe etwas erleichtern, wenn ich Ihnen sage: Ich bin mir so gut wie sicher, daß der Mann, der Sie angerufen hat, Padraic

Mulligan heißt. Offen gestanden können wir uns aber nicht erklären, was er zu verbergen hat. Nach dem, was Kate mir erzählt hat, ist er wohl nicht gerade der beste Literaturkritiker seit Matthew Arnold, aber das dürfte wohl jeder herausbekommen, der seine Bücher liest.«

»Das ist die Untertreibung des Jahrhunderts. Er sondert ein Buch nach dem anderen über moderne Literatur ab – wobei ›modern‹ für ihn ein dehnbarer Begriff ist, den er auf alles anwendet, was ihm seit Shakespeare der Erwähnung würdig erscheint – und läßt sich in vielen kurzen Platitüden über das moderne Chaos aus, außerdem gibt er Inhaltsangaben.«

»Kate sagt, er schreibe mit einer gewissen Leichtigkeit.«

»Ach«, sagte Mr. Farrell.

»Glauben Sie, daß er seine Bücher gar nicht selbst schreibt? Man sollte meinen, daß er leicht jemanden finden könnte, der zumindest kompetent genug ist, sie für ihn zu schreiben.«

»Doch, doch, er schreibt sie selbst. Jedenfalls tut es kein anderer für ihn.«

»Mr. Farrell, Sie verwirren mich. Hat er jemanden im Verlag erpreßt? Nicht Sie, hoffe ich.«

»Es ist heutzutage gar nicht so leicht, jemanden zu erpressen, der heterosexuell ist und dem man keine schwereren Verbrechen nachweisen kann. Falls es das ist, was Sie mit ›Erpressung‹ meinen. Er hat mich in der Tat erpreßt, auch wenn das Wort ein wenig hart ist. Das Verlegen von Büchern ist ein *Geschäft.* Sehen Sie, Mr. Amhearst, Richter White hat Sie als einen Mann mit wenigen Lastern beschrieben. Ich nehme an, Sie lesen die ›Times‹ Wort für Wort, leisten sich gelegentlich einen angenehmen Abend im Plaza und gehen hier und da einmal ins Kino und ins Theater. Haben Sie schon von Frank Held gehört?«

»Man muß nicht sehr lasterhaft sein, um von ihm gehört zu haben. So, wie von den Beatles; man kann gar nichts dagegen machen. Ich habe ein paar Filme mit ihm als Helden gesehen – lauter nackte Mädchen und verzwickte Fälle. Mir hat besonders der gefallen, wo das Mädchen ...«

»Ich sehe, wir sind auf der gleichen Wellenlänge. Vielleicht wissen Sie, was die Bücher mit ihm einbringen, die Nachdrucke, die Filmrechte? Verleger kassieren eine hübsche Summe mit Bestsellern à la Frank Held, aber das ist nur der Ausgleich für all die guten Bücher, die sie veröffentlichen und die kaum die Druckkosten wieder hereinbringen. Wirklich Geld, Mr. Amhearst, verdienen Sie erst mit den Nebenrechten – Verfilmungen und so weiter.«

»Interessant. Aber was hat das mit Mr. Mulligan zu tun?«

»Er schreibt die Frank-Held-Bücher.«

Reed sprang überrascht auf.

»Ein wirklich *sehr* schlanker Trevor Howard«, sagte Ed Farrell.

»Die Frank-Held-Bücher stammen von einem Engländer, wie heißt er doch gleich? Ich weiß, daß er Publicity haßt und daß es angeblich keine Fotos von ihm gibt, aber es sind genügend Fakten über ihn bekannt. Ich dachte, jeder wüßte, daß er verwandt ist mit...«

»Padraic Mulligan schreibt die Frank-Held-Bücher. Glauben Sie mir, Mr. Amhearst. Und es ging ihm vor allem darum, daß Kate das nicht erfährt oder jemand namens Knole. Ich weiß nicht, wann ihm klar wurde, daß wir auch seine ›akademischen‹ Titel publizieren und ihm so zu einem schnellen Aufstieg im verrückten Universitätsbetrieb verhelfen könnten, in dem jeder, der nicht veröffentlicht, untergeht. Ich kann Ihnen nur sagen, daß in der akademischen Welt alles so sehr mit Publizieren beschäftigt ist, daß keiner den anderen liest, es sei denn, er arbeitet haargenau auf dem gleichen Gebiet, und dann auch nur, um sicherzugehen, daß einem keiner zuvorgekommen ist.«

»Aber warum wollte Mulligan akademische Karriere machen? Höchst eigentümlich. Mit dem, was er schreibt, könnte er doch...«

»Die Menschen gehen manchmal seltsame Wege, Mr. Amhearst. Niemand weiß das besser als ein Verleger. Ob er den tiefen Wunsch hat, zur akademischen Welt zu gehören, ob er wirklich gern lehrt, ob sein einziges Vergnügen darin besteht, sich zum eigenen Nutzen über die

Standards wissenschaftlichen Urteilsvermögens zu mokieren, oder ob er insgeheim seine Bücher für gut hält – wer weiß das? Ich kann Ihnen dazu nur sagen: Hätten wir sein akademisches Zeug nicht veröffentlicht, wäre er mit Frank Held zu einem anderen Verlag gegangen. Und wir konnten es nicht ertragen, Mr. Amhearst, Frank Held in einem anderen Verlag zu sehen. Ich weiß, was Sie denken: Sam Lingerwell hätte es ertragen. Sam Lingerwell hätte Frank Held gar nicht erst ins Programm genommen, das ist die verdammte Wahrheit. Aber er lebte in einer anderen Zeit. Denken Sie an die Fusionen heute, an die gigantischen Vorschüsse an Autoren – ich fange lieber gar nicht an damit. Ich tröste mich mit dem Gedanken, daß *ein* Frank Held und *ein* schreckliches wissenschaftliches Werk von Padraic Mulligan das Geld für eine ganze Menge erstklassiger Sachen einbringt, sogar Lyrik – kurz, lauter Bücher, von denen wir in zehn Jahren nicht so viel verkaufen wie Frank Held in zehn Minuten.«

»Mr. Farrell, ich möchte Ihre Zeit nicht mit Euphemismen und Subtilitäten vergeuden. Trauen Sie Padraic Mulligan zu, daß er *tötet*, um sein Geheimnis zu bewahren oder nicht weiter für ein Schweigen bezahlen zu müssen?«

»Die Frage habe ich mir natürlich auch gerade gestellt. Mit Sicherheit kann man so etwas nie sagen, aber ich bezweifle es trotzdem. Es stünde zuviel auf dem Spiel. Er hegt und pflegt seine geheimnisvolle Rolle, und er gibt noch nicht einmal einen Bruchteil von dem Geld aus, das er verdient oder, besser, das ihm übrigbleibt, nachdem das Finanzamt zugeschlagen hat; er ist natürlich Junggeselle, und unsere Steuergesetzgebung macht wirklich den alten Spruch wahr, daß zwei billiger leben als einer.«

»Ich weiß«, sagte Reed. »Ich bin selber Junggeselle.«

»Aber Mulligan gefällt es, all das Geld einfach zu *besitzen*. Er ist kein übler Bursche, wissen Sie. Er macht gern Leuten Geschenke; er freut sich, daß er in jeden Laden in diesem Land gehen und sich alles kaufen könnte, was es gibt. Das Wissen darum ist wichtiger als das Kaufen selbst. Nach meiner Erfahrung gibt es zwei grundsätzliche Einstellungen zu Geld: die eine, eine Million Dollar besitzen zu wollen, und die zweite, eine Million Dollar ausgeben zu wollen. Mulligan gehört zur ersten Gruppe. Er würde das alles nicht riskieren, glaube ich, auch dann nicht, wenn sein Geheimnis in Gefahr wäre.«

»Aber angenommen, wie es hier ja zufällig ist, daß er den Mord gar nicht selbst begehen mußte. Das ist das Schöne daran. Man schiebt eine kleine Kugel in ein Gewehr und läßt dem Schicksal seinen Lauf. Man drückt gar nicht selber ab, und man kann nicht einmal sicher sein, ob abgedrückt wird.«

»Das kann ich mir bei Mulligan nicht vorstellen, obwohl Sie mir das nicht glauben müssen; vielleicht versuche ich nur, ein wertvolles Eigentum zu schützen. Aber wer auch immer die Kugel in den Lauf geschoben hat, hat eine Menge gewagt; nicht nur, daß das Gewehr vielleicht nicht abgefeuert würde, sondern auch, daß mit ihm auf die falsche Person geschossen würde. Ein Fremder hätte getroffen werden können, ein Kind – ich glaube, Mulligan wäre davor zurückgeschreckt. Er hat mehr Phantasie, als Ihr Verbrecher zu haben scheint.«

»Danke, Mr. Farrell. Sie waren sehr freundlich und haben mir mehr geholfen, als Sie sich vorstellen können. Ich verspreche, Mr. Mulligans Geheimnis, falls irgend möglich, zu bewahren. Jedenfalls war er es, der versucht hat, Kates Besuch bei Ihnen zu verhindern. Das nehmen wir jedenfalls an.«

»Es sieht so aus. Als er mich am Telefon erreicht hatte, beschwerte er sich, weil ich den ganzen Nachmittag und Abend über nicht zu erreichen war, und er beschwor mich noch einmal, sein Geheimnis nicht zu verraten, so, als ob er wüßte, daß ich demnächst danach gefragt würde.«

»Er hat sein Möglichstes getan, um Kates Fahrt zu unterbrechen, ohne sie zu verletzen, und er hatte Erfolg damit. Ich konnte mir nicht vorstellen, daß Mr. Mulligan wüßte, wie man die Kontakte an einer Lichtmaschine unterbricht und was die Folgen sind, aber das sind natürlich genau die Dinge, die ein Frank Held wissen muß.«

Mr. Farrell schüttelte ihm die Hand. »Meine besten Grüße an Kate«, sagte er. »Sagen Sie ihr, sie soll mich mal besuchen, wenn sie die Kühe satt hat.«

Nach dem Lunch steckte Kate den Kopf in die Bibliothek, um zu sehen, wie es Emmet erging. Er schien in Gedanken versunken, und als sie ihn ansprach, sprang er auf, als sei plötzlich der Teufel in ihn gefahren. »Ich weiß nicht, was heute mit euch allen los ist«, sagte Kate.

»Ich habe nachgedacht.«

»Na sowas; über wessen Probleme? Ihre, meine oder Joyces?«

»Über alle, glaube ich. Kate, würde es Ihnen etwas ausmachen, die Türe zu schließen?«

»Nur, wenn Sie versprechen, daß Sie sich mir jetzt nicht offenbaren«, sagte Kate.

»Das bewahre ich mir für einen betrunkeneren Augenblick. Ich bin stets um einiges amüsanter, wenn ich betrunken bin.«

»Wie jemand betont hat, bilden Sie sich nur ein, daß Sie dann amüsanter seien.«

»Ich bin mit den dreißiger Jahren fertig. Mit Lingerwells Briefen, meine ich. Ich habe versucht, die Briefe nach Autoren und Jahren zu ordnen – das habe ich ja schon alles erklärt, aber diesmal habe ich mir die Briefe von Joyce besonders aufmerksam angesehen, die noch weiter in sich geordnet werden müssen. Natürlich liegen die Unterlagen hier einfach so herum – ich meine, dies ist ja kein bewachter Raum oder so ...«

»Emmet, so unzusammenhängend habe ich Sie noch nie reden hören. Und ich habe immer gedacht, Sie fänden in jeder Lage die richtigen Worte, den richtigen Ton ...«

»Sie klingen wie eine Bierwerbung.«

»Aha, jetzt ist es schon besser. Sie sind also die Briefe von 1930 durchgegangen –«

»Ich habe jeden Brief gelesen und versucht, den künftigen Studenten den Inhalt in groben Zügen wiederzugeben – natürlich nur zu meiner eigenen Rechtfertigung, denn die Briefe faszinieren mich, und ich könnte es nicht ertragen, sie nicht zu lesen. Gegen Ende des Jahres sind sie leichter zu entziffern, weil Joyce diktiert hat – sein Augenlicht ließ nach. Der, den ich gestern gelesen habe, war ein normaler, freundlicher Brief an Lingerwell – sie schrieben sich damals nicht mehr so häufig –, aber plötzlich steht da mitten im Brief dieser Satz. Ich werde ihn

Ihnen vorlesen!« Emmet hob den Brief auf und fing langsam an zu lesen. Er räusperte sich mehrmals. Kate wußte auf einmal, wie er der Frau erscheinen mußte, die er liebte. Sie hatte bisher nie seine Maske fallen sehen. »›Seien Sie gespannt auf meinen nächsten Brief, mein lieber Lingerwell. Er wird in einem großen Umschlag kommen – anscheinend finden wir heute nur kleine –, und darin wird ein Versuch stecken, Ihnen für Ihre Hilfe zu danken.«

»Ist das alles?«

»Das ist alles. In dem Brief heißt es dann weiter, es gehe ihm gut, er freue sich an seinem Enkelsohn und so weiter.«

»Was stand im nächsten Brief?«

»Das ist es. Der ist verschwunden.«

»Vielleicht war es etwas Wertvolles. Sam Lingerwell hat es herausgenommen und anderswo abgelegt.«

»Das frage ich mich. Eine Menge dieser Briefe sind wertvoll, im Sinne von Geld. Aber er hat sie alle zusammen gelassen, wahrscheinlich, weil er vorhatte, sie eines Tages selber durchzugehen. Kate, ich habe alles über Joyce gelesen, was mir in die Finger gekommen ist, und wissen Sie, der Frau, die ihn in der Schweiz unterstützt hat, hat er zum Dank das Originalmanuskript des ›Ulysses‹ angeboten. Sie hat abgelehnt. Glauben Sie . . .«

»Das hätte kaum in das gepaßt, was Joyce einen ›großen Umschlag‹ nennt. Außerdem glaube ich mich zu erinnern, daß irgendein berühmter Sammler es für ein nettes Sümmchen gekauft hat. Das kann es nicht sein. Emmet, wollen Sie damit sagen, daß der Umschlag gestohlen wurde?«

»Ich weiß nicht.«

»Wenn ihn jemand gestohlen hat, warum dann nicht auch diesen Brief, der sich darauf bezieht?«

»Das ist es ja gerade. Jemand hat alles durchgesehen und ist zufällig auf den wertvollen Umschlag gestoßen, aber er hatte keine Zeit, sich um andere Hinweise zu kümmern.«

»Ich glaube, Ihre Phantasie spielt Ihnen einen Streich. Vielleicht war das, was immer es war, zu wertvoll, als daß man es als Geschenk akzeptieren konnte, und Lingerwell hat es zurückgeschickt.«

»Das war mein erster Gedanke. Aber in einem Brief, der Jahre später kam, gibt es einen Hinweis, der dagegen zu sprechen scheint. Lingerwell hat der Familie Joyce etwas

Geld geschickt, ob eigenes oder gesammeltes, ist nicht sicher, weil wir Lingerwells Briefe nicht haben. Aber dieser letzte Brief von Joyce, natürlich diktiert, nimmt indirekt Bezug auf Joyces damaliges Geschenk. Es heißt darin: ›Wenn Sie tun, worum ich Sie gebeten habe, und da vertraue ich Ihnen mehr als jedem sonst, wird es dreißig Jahre dauern, bevor Sie sich für entlohnt halten.‹ Klingt, als hätte es ein anderer für ihn formuliert. Joyce war am Ende seines Lebens sehr krank, nicht wahr? Und außerdem war Krieg.«

»Wie idiotisch, daß wir überhaupt nach Araby gekommen sind. Ich hätte Veronica überreden sollen, den ganzen Krempel einfach der Kongreßbibliothek zu vermachen, dann hätte die sich darum kümmern können. Was könnte es denn für ein Geschenk gewesen sein?«

»Haben Sie Harry Levin gelesen? Ich glaube, ich mache noch einen Spaziergang. Kate, es ist besser, Sie wissen Bescheid: Ich habe das ganze Haus durchsucht.«

»Emmet!«

»Es mußte sein; jedes Zimmer absuchen, in Deckung gehen, in Gästezimmer schleichen – verbotenes, nächtliches Schleichen von Schlafzimmer zu Schlafzimmer ist nichts dagegen. Ich glaube, an mir ist ein Raffles verlorengegangen; wenn ich nur ein bißchen mehr wie Cary Grant aussähe und ein bißchen weniger wie Little Lord Fauntleroy. Übrigens habe ich dabei Ihren Führerschein gefunden.«

»Danke, mein lieber Junge, aber ich hatte ihn schon entdeckt. Sie waren wirklich gründlich. Emmet, was schlagen Sie jetzt vor?«

»Ein Spaziergang durch die Felder und Wiesen ist gar nicht *so* schrecklich«, sagte Emmet, »solange man den Kuhfladen ausweicht und sich strikt weigert, an Schlangen zu denken. Brad ist wieder draußen zum Heuen – diese Kühe fressen wirklich enorme Mengen Heu.«

Als Leo heimkam, schickte Kate ihn den Kuchen holen. »Versuch, ihn nicht fallen zu lassen«, sagte sie, »und geh vorsichtig. Paß auf die Autos auf.« Warum, dachte sie, können wir es uns eigentlich nicht verkneifen, den Kindern dauernd Anweisungen entgegenzuschleudern, obwohl wir tief in unserem Innersten wissen, daß sie noch nicht einmal die geringste Aufmerksamkeit darauf verschwenden können? Vielleicht ist das die moderne Art, böse Geister zu verjagen. »Leo«, sagte Kate, die sich plötzlich an etwas erinnerte, »ich habe gehört, daß es dir Spaß macht, auf dem Heuwagen mitzufahren, wenn die Maschine die Heuballen hineinschleudert.«

»Also, Tante Kate. Das ist wirklich nicht gefährlich. Ich habe es William gezeigt. Sogar eine Blindschleiche hätte ausweichen können.«

»Wo war William, als du auf dem Heuwagen mitfuhrst?«

»Er war dabei, jedenfalls die meiste Zeit. Manchmal hat ihn diese Mrs. Bradford gebeten, ihr bei irgendwas zu helfen, weißt du. Sie war wirklich eine – jetzt, wo sie tot ist, sage ich es besser nicht.«

»Noch eins, Leo. Glaubst du, du kannst der jungen Dame, die den Kuchen gebacken hat, diese Flasche Wein mitbringen, ohne sie fallen zu lassen oder auszutrinken?«

Die letzte Bemerkung machte Leo sichtlich Spaß. »Wahrscheinlich kippe ich sie in einem Zug runter«, sagte er. Und er zog schwankend die Straße hinunter, setzte immer wieder die Flasche an den Mund und tat so, als leere er sie Schluck für Schluck. Wenn ich mir vorstelle, sagte Kate zu sich selber, daß Lord Peter Wimsey einen nicht einmal eine Flasche Wein hat *abwischen* lassen. Keine Frage, wir leben in furchtbaren Zeiten.

»Soweit ich sehen kann«, sagte Grace und ging auf Kate zu, »ist der Junge vollkommen in Ordnung. Natürlich bin ich eine kinderlose alte Jungfer und kenne mich da nicht aus.«

»Sind alte Jungfern nicht gewöhnlich kinderlos?« fragte Kate.

»Sie zum Beispiel nicht. Sie haben Leo.«

»Gottseidank nur für diesen Sommer. Wie geht es Lina?«

»Wartet auf Williams Rückkehr aus Williams – was für ein schrecklich klingender Satz.«

»Ich habe ihr geraten, sich weniger Gedanken um William zu machen.«

»Ist Ihnen schon aufgefallen, daß solche Ratschläge immer das Gegenteil zu bewirken scheinen?«

»Jetzt, wo Sie es sagen, ja. Grace, diese ganze Geschichte bringt mich mehr und mehr durcheinander. Jetzt glaubt Emmet, daß ein wertvoller Brief von Joyce, womöglich mehr als nur ein Brief, gestohlen worden ist.«

»Ach ja?«

»Sie klingen nicht sehr überrascht.«

»Das bin ich auch nicht. Sie können nicht drei Menschen, deren akademische Karriere von der Chance einer aufsehenerregenden Veröffentlichung abhängt, eine solche Versuchung unter die Nase halten, ohne mit Schwierigkeiten zu rechnen. ›Und führe uns nicht in Versuchung‹, heißt es im Vaterunser.«

»Sie machen mir Angst. Welche drei meinen Sie?«

»William. Mr. Mulligan. Emmet selber.«

»Mr. Mulligan? Der ist doch schon ordentlicher Professor.«

»Ich weiß. Aber er würde trotzdem gerne solch einen Coup landen, davon bin ich überzeugt. Und was Emmet angeht, wer weiß denn, wann der Brief gestohlen wurde oder wann Emmet sozusagen beschlossen hat, sein Fehlen zu entdecken?«

»Grace, Sie schockieren mich.«

»Zum zweitenmal binnen zwei Tagen – nicht schlecht für eine alte, ausrangierte Lady.«

»Sie ärgern sich grün und blau, daß Sie emeritiert sind, nicht wahr?«

»Grün und blau. Ich versuche ja anzuerkennen, daß solche Gesetze wichtig sind; wir müssen schließlich alte Nörgler automatisch loswerden können, bevor sie der Schlag trifft. Aber manchmal frage ich mich, ob die Kur nicht schlimmere Auswirkungen hat als die Krankheit – wie so oft im akademischen Leben. Vielleicht bin ich selber schon eine alte Nörglerin geworden und weiß es nur nicht, aber ich glaube, ich habe wirklich noch alle Tassen im Schrank, und im Laufe der Zeit ist da eine ganz schöne Sammlung von Tassen zusammengekommen. Vielleicht sogar zu viele. Was ist mit Ihnen, Kate?«

»Mit mir? Erwarten Sie heute abend von mir keine Antwort auf irgendwas. Vielleicht warte ich nur, daß dieser Mord mit der Zeit einfach verblaßt – vielleicht liege ich gerade geistig brach, wie eines von Mr. Bradfords Feldern. Ich werde alt, Grace. Lachen Sie nicht. Es gibt alt und alt.«

»Ich hatte nicht vor zu lachen.«

»Reed hat mich gebeten, ihn zu heiraten. Das beweist nur, daß wir wunderlich werden mit den Jahren. Das einzig Sichere zwischen Reed und mir war, daß wir nie voneinander abhängig sein würden. Grace, wenn ein Mann nicht geheiratet hat, bevor er die Vierziger erreicht, dann sollte er meiner Meinung nach nicht mehr heiraten. Schließlich kann man eine Ehe nicht eingehen, wie man Geige spielen lernt – um sich die freie Zeit zu vertreiben.«

»Jung hat eine Theorie über das menschliche Leben, die mir sehr einleuchtet. Ich weiß, die Freudianer stehen ihm kritisch gegenüber, aber für einen literarischen Verstand – oder vielleicht sollte ich sagen: einen reifen Verstand – enthält seine Theorie Möglichkeiten, die nicht nur quasi aus dem Bauch kommen. Wie gesagt, ich bin eine kinderlose alte Jungfer. Doch wie dem auch sei, jedenfalls dachte Jung, daß der Mensch, wenn er um die vierzig ist – ein paar Jahre mehr oder weniger –, sein Leben neu ordnen muß, weil er gewissermaßen ein anderer geworden ist. Viele Menschen im mittleren Alter erleiden Zusammenbrüche, weil sie sich dessen nicht bewußt waren. Jung hält nichts davon, die sexuellen Muster des kindlichen Lebens zu untersuchen. Ihm geht es darum zu entdecken, was für ein Mensch man versucht zu werden.«

»Grace ...«

»Fangen wir kein Streitgespräch an. Denken Sie darüber nach, und wir streiten bei anderer Gelegenheit. Ich frage mich, ob Ihr Sommer nicht deswegen so eigenartig war, weil Sie wußten, daß Sie diese Art ›Stauung‹ für irgend etwas brauchen – wie der Schutz des Mutterleibes bis zur Geburt.«

»Schöner Mutterleib.«

»Ein Schoß, aus dem Neues entspringt. Sie können nicht stehenbleiben, Kate. Sie müssen weitergehen, sich verändern – oder sterben. Denken Sie an Emmets Zitat über Tote, die unter uns wandeln; andere sind nie geboren worden. Ich will nicht das Thema wechseln, aber ich persönlich habe immer mit Simone de Beauvoir Probleme gehabt, vor allem, weil sie sich auch nach Überschreiten der Vierzig immer noch wie George Sand benommen hat.«

»Lina hat also mit Ihnen über das geredet, was ich ihr gesagt habe.«

»Wir alle reden viel zuviel. Da kommt Leo und läßt gleich den Kuchen fallen. Kommt Reed bald zurück? Er scheint in unserer Runde der einzige zu sein, der stets etwas zu *tun* hat.«

Reed kam kurz nach fünf zurück, wohl, um Graces Kompliment zu widerlegen. Emmet begrüßte ihn am Tor, und die beiden schlenderten hinaus auf die Felder, in ein offenbar angeregtes Gespräch vertieft. Nach einiger Zeit kamen sie zurück, und Reed schnappte sich Kate für einen langen Spaziergang durch andere Felder. Er klärte sie über Mulligan auf, schien aber nicht bereit anzunehmen, daß dieser mysteriöse Herr Schlimmeres getan hatte, als Kates Führerschein, Reeds Zulassung und das Kabel zur Lichtmaschine zu stehlen. Kate berichtete ihm von ihrem Tag: ihrem Morgen bei Molly und Emmets Entdeckung. »Emmet hat mir schon davon erzählt«, sagte Reed. »Erzähle du mir, was du mit dieser Molly besprochen hast – alles, woran du dich erinnerst.«

»Ich bin nicht Archie Goodwin mit dem totalen Gedächtnis.«

»Den sollten wir in New York engagieren, wer immer er sein mag.«

»Der hat schon einen sehr guten Job.«

»Gut, dann erzähl es mir halt so, wie eine von diesen langweiligen Ladies auf einer Parkbank. ›Und dann sagte sie, und dann sagte ich‹, du weißt schon.«

»Du willst mich langweilig haben?«

»Ehrlich gesagt, ich bezweifle, daß du das schaffst. Aber versuch es.«

Kate versuchte es. Sie war überrascht, wie präsent ihr das Gespräch wieder wurde, nachdem sie erst versucht hatte, sich zu erinnern. Reed hörte aufmerksam zu. Dann marschierte er davon, und Kate war im Grunde nicht überrascht, als sie ihn wieder im Gespräch mit Emmet sah. Sie war ins Haus gegangen, als Reed sie erneut schnappte und mit ihr auf den Rasen hinausging.

»Kate«, sagte er, »tust du wohl etwas für mich, und zwar ohne Fragen zu stellen?«

»Nicht, bevor du mir gesagt hast, was es ist. Ich habe einen anstrengenden Tag hinter mir.«

Reed zündete ihr eine Zigarette an. »Ich bin dabei, ihn dir noch anstrengender zu gestalten«, sagte er. »Ich möchte, daß du mit mir ins Autokino fährst.«

»Du mußt den Verstand verloren haben.«

»Leo, der immerhin einen ziemlich strengen Stundenplan hat, verdient ein Extra-Vergnügen. Emmet will mitkommen, weil er gern neue Erfahrungen macht, an denen er seinen Witz ausprobieren kann. William kommt mit, weil er Leo begleiten soll, und Lina kommt mit, weil William mitkommt. Ob Grace auch dabei sein will, soll sie selbst entscheiden; wir müssen sie nicht drängen, wenn es ihr nichts ausmacht, allein zu Hause zu bleiben.«

»Schlägst du vor, daß wir alle in einem Auto fahren? Das wird dann aber ganz schön eng.«

»Ich sitze am Steuer, neben mir Leo, dann kommt William; auf dem Rücksitz sitzen Emmet, Lina und du. Vielleicht beschließt Lina, daheim zu bleiben, aber das bezweifle ich. Ich brauch wohl nicht extra zu erwähnen, daß wir wieder den langmütigen Wagen deines Bruders nehmen werden.«

»Ich möchte wissen, was an meinem Bruder langmütig ist. In Europa steckt er, der Glückspilz.«

»Du hast mich nicht richtig verstanden. Ich meinte nur seinen Wagen. Und was dich in einem Autokino erwartet, läßt sich in Worten gar nicht ausdrücken.«

»Reed, ich hoffe, du weißt, was du tust. Mir kommt es vor wie der traurige Verfall eines einst großen Geistes. Was wird gespielt?«

»Ich habe keine Ahnung.«

»Meinst du nicht, daß meine Begeisterung ein wenig echter wirkte, wenn ich wüßte, was für ein Film läuft?«

»Bestimmt nicht. Die Chancen stehen zehn zu eins, daß es einer ist, den zu sehen du dir nie hättest träumen lassen, zum Beispiel einen mit Elvis Presley. Du sollst sagen, daß dich das Bedürfnis, amerikanische Kultur zu erleben, überwältigt hat, egal, welcher Film läuft.«

»Reed, Elvis Presley schaue ich mir *nicht* an.«

»Doch, das wirst du. Sei lieb, Kate, und tu, was ich sage. Wenn du dich ordentlich benimmst, kaufe ich im Kino auch eine Tüte Popcorn.«

Zu Kates Verblüffung wurde ihr Vorschlag, nach dem Essen ins Autokino zu fahren, mit Begeisterung und bester Stimmung aufgenommen. Dafür war natürlich vor allem Leo verantwortlich. Ihr selbst waren ihre Worte so überzeugend erschienen wie eine Einladung zum gemeinsamen Footballspiel. Nachdem die Möglichkeit eines solchen Abenteuers einmal in den Raum gestellt war, gab es kein Zurück mehr. Emmet verblüffte Kate mit seinem Eifer, einen Film von einem Auto aus verfolgen zu können, dermaßen, daß sie den Verdacht hatte, er habe zuviel getrunken. William zeigte Zeichen des Zögerns, aber Leos »Ach, komm, William« reichte, ihn zu überreden. Lina sagte, sie komme auch mit, teils, um in Williams Nähe zu sein, hauptsächlich aber, glaubte Kate, weil sie zu den Menschen gehörte, die lieber etwas unternehmen, als zu Hause zu hocken.

Grace lehnte es rundweg ab, über die Sache auch nur

nachzudenken, selbst für den Fall, daß Reed seinen Volkswagen anwerfen sollte, damit sie mehr Platz hätte. »Eine absurde Idee«, sagte sie, »sich einen Film durch eine Windschutzscheibe anzuschauen. Ich kann mir nicht vorstellen, wie solch eine Idee sich jemals durchsetzen konnte.«

»Die Jungs im Lager sagen, man geht dahin, um mit jemandem zu knutschen«, verkündete Leo.

»Leo!« erscholl es so nachdrücklich und in einem Atemzug aus Kates und Williams Mund, daß beide nur noch lachen konnten. Emmet fragte ihn: »Was würde Mr. Artifoni sagen, wenn er dich hören könnte?«

»Wir sorgen schon dafür, daß er nicht immer alles hört.«

»Wenn ihr die Wahrheit hören wollt«, sagte Emmet, »ich habe irgendwo gelesen, daß hauptsächlich Familien ins Autokino fahren; die Kinder haben schon ihre Schlafanzüge an und schlafen im Laufe des Abends ein. Die Eltern legen sie ins Bett, wenn sie wieder daheim sind. So braucht man keinen Babysitter, und die Autokinos stellen Flaschenwärmer zur Verfügung und alles, was man sonst noch zur Pflege und Fütterung des Nachwuchses braucht.«

»Was Sie alles aufschnappen«, sagte Kate.

»Sind Sie sicher, daß es Ihnen nichts ausmacht, allein zu bleiben?« fragte Kate Grace, als sie sich für die Abfahrt fertig machte.

»Vollkommen sicher«, sagte sie. »Eine Zeitlang wird noch Mrs. Monzoni da sein, aber auf alle Fälle gehöre ich nicht zu denen, die sich Sorgen machen. Mr. Bradford wohnt nicht weit von hier, falls ich bei irgend etwas Hilfe brauchen sollte, aber ich wüßte nicht, was das sein könnte.«

»Also«, sagte Emmet, »ich bin selbstsüchtig froh, daß Sie hier bleiben. Pussens hat sich in letzter Zeit nicht wohl gefühlt« – er nahm die Katze auf und streichelte sie –, »und ich habe ein besseres Gefühl, wenn ich weiß, daß sie nicht mutterseelenallein ist. Ich hoffe, Sie ekeln sich nicht vor Katzen, Professor Knole.«

»Überhaupt nicht«, sagte Grace. »Ich begrüße vielmehr die Gelegenheit, einmal nähere Bekanntschaft mit einer schließen zu können. Ich habe nämlich vor, mir eine Katze *und* einen Kanarienvogel anzuschaffen.«

Emmet hatte durchaus recht gehabt, was das Autokino betraf. In allen Wagen konnte Kate Familien mit unzähligen Kindern in Schlafanzügen erkennen. Sie hatte die düstersten Vorahnungen, was diese Generation von Kindern betraf, deren Erziehung spätabends in Autos stattfand, in Form von Filmen, die nach Lage der Dinge in ihrem Unterbewußtsein landeten. Der Film hieß ›Der Mond und so weiter‹ – Kate hatte den Titel schon wieder vergessen – und war von Walt Disney produziert, was Kates schlimmste Befürchtungen bestätigte, denn sie hatte nie wirklich geglaubt, daß Reed sie einem Elvis Presley aussetzen würde. Zumindest würde der Film nicht allzu unpassend für Leo sein, was ihr eine Last von der Seele nahm. »Ich kann es kaum abwarten, bis Hayley Mills ihren ersten Kuß kriegt«, sagte ein mit Popcorntüten beladenes Mädchen im Vorbeigehen. Kate versank tiefer in den Polstern der brüderlichen Luxuslimousine und seufzte tief.

Der Film entpuppte sich als ein nicht besonders erbauliches Beispiel für jene Art von Geschichten, über die sie sich mit Grace unterhalten hatte: Heldentaten am laufenden Band und ein paar Merkwürdigkeiten, und alles drehte sich (in einer Windmühlen-Szene im wörtlichen Sinne) um höchst außerordentliche Abenteuer. Das Liebespaar – zweifellos die Unschuldigen – war sehr jung. »Es ist nötig«, ermahnte Kate sich selber, »sich vor Augen zu führen, daß siebenundfünfzig Prozent der Bevölkerung der Vereinigten Staaten unter fünfundzwanzig sind.« Daß Kate und ihre Altersgenossen die Schmerzen der ersten Liebe lähmend langweilig fanden, schien Walt Disney nicht im geringsten zu interessieren. Er wußte sehr genau, was er tat.

Der Film näherte sich – nach mindestens vierzehn Höhepunkten – aus reinen Zeitgründen seinem Ende: Die Heldin stand einer Frau gegenüber, die sich einen Leoparden als Haustier hielt. Emmet, wohl getrieben von einer Assoziationskette, murmelte etwas von Herausfinden, wie es seiner Pussens ging. Er stieg aus dem Wagen, was niemand außer Kate im geringsten beachtete. Als er zurückkehrte, offenbar im Besitz großer Neuigkeiten, schien es Kate, als sei kaum Zeit vergangen. »Mein Gott«, sagte er, »ein Problem kommt selten allein. Erst seine Frau und jetzt sein Stall. Gottseidank war kein Vieh darin, außer ein paar Kälbern, die er retten konnte. Grace sagt, angefangen hat es mit einer kleinen Rauchwolke, aber jetzt sind die Flammen fünf Meilen weit zu sehen – ein Stall, bis zu den Dachsparren vollgestopft mit Heu.«

Emmet hatte das Kate in kräftigem Flüsterton erzählt, und die anderen wandten ihre Aufmerksamkeit nur langsam von dem Film ab. »Soll das heißen, sein ganzer Heuboden brennt?« fragte Leo. »Emmet, William, Reed, Tante Kate« – er appellierte an alle und überließ es dem Leoparden, ob er nun die junge Heldin auffressen wollte oder nicht. »Laßt uns zurückfahren und zuschauen, wie es brennt.«

»Kommt gar nicht in Frage«, sagte Reed. »Wir wären dort nur im Wege und eine Gefahr für die Feuerwehr.«

»Selbstverständlich sollten wir hier bleiben«, sagte Emmet. »Grace sagte, sie hätten die Straße abgesperrt. Sie versuchen zu verhindern, daß das Feuer auf das Haus übergreift – mehr können sie nicht tun. Bei all dem Heu ist es hoffnungslos. Tausende Ballen Heu ...«

»Wir müssen los, Sie Idiot«, kreischte William und schlug auf Reed ein, als wolle er ihn aufwecken. »Fahren Sie. Wir müssen zurück. Die müssen das Feuer löschen – das Heu darf nicht brennen, es darf nicht brennen, *es darf nicht brennen*.« Inzwischen schrie er so laut, daß die Insassen anderer Autos aufmerksam wurden. Sie starrten böse herüber, forderten Ruhe. »Fahren Sie! Fahren Sie!« kreischte William. »Sie müssen das Heu retten. Barmherziger Gott.« Er sprang aus dem Wagen und rannte schreiend über den Kies davon.

»Kommen Sie, Emmet«, sagte Reed. »Kate, fahr du Leo nach Hause. Sofort. Lina, Sie fahren mit ihr.«

Aber Lina war aus dem Wagen gestürzt und William gefolgt. Als Kate auf den Fahrersitz geschlüpft war und anfing, den Wagen hinauszumanövrieren, sah sie, wie

Emmet und Reed William einholten. Einer von den Bediensteten des Kinos rannte ihm bereits entgegen, und während sie schnell vorbeifuhr, damit Leo nicht zuviel mitbekam, hörte sie das Heulen von Sirenen, die ihr entgegenkamen.

»Man kann über Mr. Artifonis Lager sagen, was man will«, sagte Kate, »aber ohne diese Übungen in Erster Hilfe und ohne Basketball wüßte ich kaum, was ich derzeit mit Leo anfangen sollte.«

»Genau das ist das Gute an den Lagern«, sagte Emmet. »Ich habe auch gar nichts gegen Mr. Artifoni, sondern nur etwas gegen seine so banalen wie oft zitierten Grundsätze. Ach, da kommt ja auch Reed.«

»Wird Cunningham ihn verteidigen?« fragte Kate.

»Ich gieße ihm erst einmal einen Drink ein«, sagte Emmet. »Haben Sie Lina dort gelassen?«

»Sie hoffte, daß sie eine Besuchserlaubnis bekommt. Die Polizei hat auch nach einem Priester geschickt, nach jemandem, vor dem William eine Menge Respekt hat – eigentlich ein Freund, nehme ich an. Danke. Den kann ich gebrauchen. Cunningham wird ihn verteidigen – aber es ist noch nicht klar, ob die Anklage geändert wird und die Verteidigung vielleicht ganz anders angelegt werden muß.«

»Sie werden ihn doch nicht – sie können ihn doch nicht hinrichten, oder?«

»Nein. Cunningham wird auf keinen Fall zulassen, daß es vorsätzlicher Mord war. Das wird eine heikle Sache, schließlich hat er nun einmal die Kugel besorgt, aber Cunningham wird behaupten, daß er sie mehr oder weniger in der letzten Sekunde gefunden hat – ich vermute, das kommt der Wahrheit relativ nahe, näher werden wir ihr kaum kommen. Cunningham sagte, dreißig Jahre wären das absolute Maximum.«

»Dreißig Jahre!«

»Zwanzig sind wahrscheinlicher; acht Jahre bei guter Führung und den Rest auf Bewährung. Und Cunningham hofft, für ihn eine psychiatrische Behandlung zu erwirken – vielleicht könnte man auf Unzurechnungsfähigkeit plädieren, obwohl mir das nach der Gesetzeslage fast hoffnungslos erscheint. Es ist scheußlich, ich weiß, aber es hat auch seine gute Seite. William wird geholfen, und

Emmet, Mr. Mulligan, Mr. Bradford und seine Kinder, von Mr. Artifoni, den Monzonis und den Pasquales ganz zu schweigen, werden frei von jedem Verdacht sein. Und Kate natürlich auch.«

»Mich hat doch niemand ernsthaft verdächtigt?«

»Nicht direkt. Aber wenn jemand irgendwo in verantwortlicher Position steht, dann ist es besser, wenn nicht der Funke eines Mordverdachts besteht.«

Kate starrte Grace an, die jedoch Reed mit dem Ausdruck unerschütterlicher Unschuld lauschte.

»Was Leo angeht, so werde ich nie mehr den Verdacht gemeinen Verrats loswerden«, sagte Emmet. »Er konnte einfach nicht glauben, daß der Stall nicht brannte. Dauernd rannte er hoffnungsvoll ans Fenster – wirklich, kleine Jungen sind Monster.«

»Was hätten Sie getan«, fragte Grace, »wenn William nicht reagiert hätte?«

»Wenn unser Plan nicht funktioniert hätte, meinen Sie?« fragte Reed. »Das Risiko hat Emmet auf sich genommen.«

»Angenommen, ich wäre mit ins Kino gefahren«, sagte Grace, »und Emmet hätte nicht behaupten können, daß er mit mir telefoniert hätte?«

»Dann hätte er so getan, als habe er Mrs. Monzoni erreicht, die vom Feuer im Haus festgehalten wurde.«

»Also dann, Reed«, sagte Kate. »Faß es zusammen. Du weißt ja, wie du anfangen mußt: ›Auf den ersten Blick schien es ein einfacher Unfall zu sein, aber eben nur auf den ersten Blick.‹«

Reed stand auf und gönnte sich noch einen Drink.

»Du hättest mich einweihen können«, sagte Kate.

»Es war schlimm genug, auf Emmets schauspielerische Kunst zu bauen, und deswegen wollte ich nicht noch jemanden hineinziehen. Nicht, daß ich Emmets Begabung für Salonkomödie unterschätze – aber Melodrama schien mir nicht ganz auf seiner Linie.«

»Übrigens ging alles allein auf mein Risiko«, sagte Emmet, »und wenn ich am Ende auch nur als Esel dagestanden hätte. Schließlich war es eigentlich meine Schuld.«

»Es war unser aller Schuld«, sagte Kate. »Und führe

uns nicht in Versuchung, wie Grace richtig sagte. Ich hätte mehr nachdenken sollen.«

»Obwohl wir alle viel zu gedankenlos miteinander umgehen«, sagte Reed, »so war doch die Frau, die er getötet hat, der einzige wirkliche Sünder. Zumindest verschafft mir der Gedanke einige Befriedigung, daß kein Unschuldiger für die Sünden von Mrs. Bradford büßen muß.«

»Haben Sie von Anfang an geglaubt, daß es William war?« fragte Grace. »Für die Polizei offensichtlich der Täter, sagten Sie, glaube ich.«

»Nicht von Anfang an, aber schon recht bald. Je länger ich darüber nachdachte, desto klarer wurde mir, daß nur ein Verrückter es riskiert hätte, ein geladenes Gewehr herumliegen zu lassen. Und trotz all der Geschichten über Schießübungen am frühen Morgen ist es fraglich, ob sich jemand wirklich darauf verlassen würde, wenn er einen Mord plant. Und selbst wenn der Täter fand, es sei das Risiko wert, so war doch die Bedrohung für den Jungen und uns alle furchterregend groß. Das Entsetzen, mit dem der Richter bei der Anklageerhebung gegen William auf die Schießübungen reagierte, hat mir das bewußt gemacht. Und außerdem war es immer Leo, der ›schoß‹. Wieso dann dieses eine Mal nicht, falls es sich tatsächlich um eine Kugel handelte, die ein Dritter eingeschmuggelt hatte und von der William nichts wußte? Wie schrecklich Williams Tat auch sein mag, er hat nicht Leo schießen lassen. Er hat das nicht über sich gebracht, hat nicht zugelassen, daß Leo, wenn auch unschuldig, zum Mörder wird. Aber genau dieses Faktum – daß nämlich Leo nicht geschossen hatte –, hat William in meinen Augen überführt.«

»Darüber habe auch ich mir Gedanken gemacht«, sagte Grace.

»Ich weiß. Das Problem war natürlich, nachdem William für mich als derjenige feststand, der das Gewehr geladen und auch abgefeuert hatte, das Fehlen jeglichen Motivs. Die Frau mag ein Scheusal gewesen sein – und darin sind wir uns wohl alle einig –, aber William hatte sie ja vor diesem Sommer nie gesehen. Wie konnte er sie so sehr hassen, daß es für einen Mord reichte? Widerstrebend fing ich an, mich nach anderen Verdächtigen umzusehen – und eine Zeitlang hatte ich, wie auch Professor Knole, glaube ich, Mr. Mulligan im Auge. Aufgrund meiner Nachforschungen schien mir Mr. Mulligans Unschuld aber fast absolut sicher.«

»Ob wir darüber jemals mehr erfahren?« fragte Grace.

»Verzeihen Sie meine Geheimnistuerei. Ich muß in diesem Fall um Ihre Nachsicht bitten. Jedenfalls, als ich aus New York zurückkam und zwei Unterredungen hatte, eine mit Emmet und eine mit Kate, da war in dem Puzzle plötzlich alles an seinem Platz. Ich sollte übrigens noch erwähnen, daß ich es nur Kates Gesellschaft und meiner Nähe zu ihr in ein und demselben Haus verdanke, wenn ich gelernt habe, in den für Kate typischen Gedankensprüngen eine für mich so ungewöhnliche Folge der Ereignisse nachzuvollziehen. Zu meiner Ehre sei gesagt: Ich fing an, wie ein Englisch-Professor zu denken.«

»Sehr galant ausgedrückt, mein Lieber. Aber wenn solche Komplimente mich auch freuen, deine Schlußfolgerungen verwirren mich noch immer.«

»Emmet hatte entdeckt, daß etwas fehlte, irgend etwas, von dem Joyce in einem Brief an Lingerwell schrieb. Es bestand die Möglichkeit, daß Emmet es selbst genommen hatte – aber es spricht für Kate, daß sie genug Menschenkenntnis besitzt, um das für unwahrscheinlich zu halten.« Emmet sah Kate an, die errötete. Ich habe es noch immer nicht gelernt, Komplimente zu akzeptieren, dachte sie. Verdammt.

»Emmet hat die meisten Theorien aufgestellt, aber als literarischer Kopf ist er natürlich daran gewöhnt, seine Gedanken unlogische Wege gehen zu lassen.«

»Wenn man lange genug Joyce gelesen hat, kommt so etwas von ganz allein. Es ist eher eine Aneinanderreihung von Assoziationen als eine logische Kette.«

»Klingt wie ›Tristram Shandy‹«, sagte Grace.

»Ist irgendwie auch so.«

»Erzählen Sie ihnen, wie Ihre Gedankengänge waren«, sagte Reed. »Ich glaube, ich würde dem nicht gerecht.«

»Erst einmal habe ich über ›Dubliner‹ nachgedacht. Deswegen gab ich auch unserem komischen Polizisten ›Efeutag im Sitzungszimmer‹ zu lesen. Er hat gleich erkannt, daß die Lösung in diesen Briefen zu suchen war, und als ich ihm sagte, daß ich über Joyce arbeite, wollte er über Joyce Bescheid wissen. Er war überhaupt nicht so langsam, jedenfalls für einen Polizisten, der nicht mit dem Gehirn von Einstein herumläuft. Dann war da noch ein Satz von Harry Levin, ich weiß nicht, worauf er sich bezog – ich zitiere ihn lieber wörtlich: ›Mr. Blooms Tag schien Joyce zuerst der Stoff für eine weitere Kurzgeschichte zu sein.‹ Stellte man diesen Satz in Zusammenhang mit dem verschwundenen Dokument, dann schien es plötzlich denkbar, daß ›Ulysses‹ im ersten Entwurf eine Kurzgeschichte für ›Dubliner‹ war und daß Joyce, der ja immer so viele Jahre warten mußte, bis seine Geschichten veröffentlicht wurden, inzwischen beschlossen hatte, der ›Ulysses‹ solle sein Meisterwerk werden und deswegen die Kurzgeschichte vor der Publikation von ›Dubliner‹ wieder zurückzog. Er bewahrte sie dennoch auf, wie er ja auch ›Stephan Hero‹ aufbewahrte, eine frühe Fassung von ›Ein Porträt des Künstlers als junger Mann‹, und dieses Manuskript war es schließlich – jedenfalls glaubte ich das –, das er Lingerwell zum Geschenk machte, das wertvollste, das er in Händen hatte. Aber vor der Öffentlichkeit wollte er es verborgen wissen. Warum? Da kann man nur raten. Vielleicht, weil er wollte, daß der ›Ulysses‹ für sich steht – weiß Gott, die Hoffnung wurde ihm weit über seine kühnsten Erwartungen hinaus erfüllt.«

Emmet blickte in die Runde. »Das war – und Reed oder jeder andere von euch hätte das auch so genannt – nur eine wilde Vermutung. Ich hatte nicht den Hauch eines Beweises für irgend etwas. Aber ich fing an zu überlegen: Angenommen, es gab eine solche Geschichte, angenommen, William hatte sie gestohlen in der Hoffnung, später behaupten zu können, er habe sie gefunden, wo würde er sie versteckt haben? Nicht in diesem Haus, da war ich ziemlich sicher. Selbstverständlich habe ich dennoch alles durchsucht. Aber wenn die Geschichte hier im Haus gefunden würde, könnte William kaum davon profitieren. Lingerwells Tochter würde über sie verfügen wie über all die anderen Papiere. Wenn er sie jedoch auf dramatische Weise finden könnte, ähnlich der Art, in der es so viele literarische Entdeckungen in den letzten Jahren gegeben hat, dann würde ihm vielleicht gestattet, sie zu veröffentlichen; zumindest aber würde sein Name damit in Verbindung gebracht werden. Aber wo konnte sie versteckt sein?«

Wieder sah er einen nach dem anderen an. »Sie sehen, ich war der Lösung keinen Schritt nähergekommen, aber ich fing an, wie William zu denken; angenommen, ich ginge über die Felder, wie er das mit Leo tat, würde ich dann auf das Versteck stoßen, wie er darauf gestoßen war? Zuerst dachte ich, er hätte Mary Bradford in seinen Plan eingeweiht und sie dann töten müssen, aber das kam mir dann zu unwahrscheinlich vor. Es war ja überhaupt keine Frage, daß William Mary Bradford verabscheute. Egal. Obwohl ich die Felder entlanggegangen bin, sprang mir kein Versteck ins Auge. Aber ich habe mit Reed über die fehlende Kurzgeschichte gesprochen und ihm meine Theorie auseinandergesetzt.«

»Bevor Sie mit mir gesprochen haben?« fragte Kate.

»Ja. Ich hatte das Gefühl, er würde mich eher einen Spinner nennen als Sie. Und ich konnte Sie nicht in die Möglichkeit eines solchen Diebstahls einweihen, solange ich nicht völlig sicher war. Schließlich habe ich es Ihnen erzählt, aber verschwiegen, daß ich William in Verdacht hatte. Von jetzt an«, sagte Emmet und zuckte die Schultern, »ist es Reeds Geschichte.«

»Ich übernahm den Stab sozusagen aus Emmets zaudernder Hand. Für meine Verhältnisse gar kein schlechtes Bild, nicht wahr? Ich war frisch, ein neuer Läufer. Er war schon erschöpft. Am Ende wäre ich auch fast müde umgefallen, aber ich fing an, meinen ganzen Besuch hier noch einmal Revue passieren zu lassen – einen der schönsten und zugleich schrecklichsten Besuche, die ich je erlebt habe –, und ich erinnerte mich an den ersten Morgen, als ich über Mr. Bradfords Heumaschine aufgeklärt und von ihr unbarmherzig durchgeschüttelt wurde. Ich erinnerte mich auch, daß Mary Bradford mich da draußen gesehen hatte. Dies alles im Hinterkopf, wanderte ich wieder über die Felder, und während ich zusah, wie die Heumaschine einen Ballen zusammenpreßte, kam mir plötzlich der Gedanke, daß sogar ein umfangreicheres Manuskript sich sehr gut in solch einem Ballen verstekken ließe, wenn es nur in dem Augenblick in die Maschine fiele, in dem Mr. Bradford in eine andere Richtung schaute. Daraufhin fragte ich Bradford mit möglichst gleichgültigem Gesichtsausdruck, ob die Maschine mit dem Heu auch einen Packen Papier zusammenbündeln würde. ›Das ist schon das zweite Mal innerhalb weniger Wochen, daß ich das gefragt werde‹, sagte Bradford.«

Grace Knole stieß einen Pfiff aus. »Was für ein Versteck! Such mir eine Nadel im Heuhaufen.«

»Aber natürlich muß man auch die Chance haben, das Paket wiederzufinden. Ich unterhielt mich länger mit Bradford und erfuhr, daß William ihn gebeten hatte, ihn ab Anfang September als Erntehilfe einzustellen. Er sprach davon, daß er einen Job brauche, während er an seiner Dissertation arbeite. Er wollte körperlich arbeiten und so weiter. Er wußte natürlich, wie schwer es heutzutage für Farmer ist, Aushilfskräfte zu finden.«

»Und er hatte vor, während er bei Bradford arbeitete, das Manuskript zu ›finden‹. Liebe Güte. Hat Bradford ihn angeheuert?«

»Nein. Bradford war recht zurückhaltend in diesem Punkt, aber er schien mir anzudeuten, daß er William im Verdacht hatte, mit seiner Frau eine Affäre zu haben.«

»Das war es also«, sagte Kate. »Molly meinte – aber ich hätte nie gedacht...«

»Natürlich nicht«, sagte Reed. »Es gibt so vieles, was wir nicht wissen und wahrscheinlich nie wissen werden, wenn auch mit einigem Glück und Gottes gnädiger Hilfe ein Psychiater oder ein Priester oder vielleicht beide zusammen es ans Tageslicht bringen werden. Ich glaube, sie hat ihn verführt – vielleicht aus schierer Boshaftigkeit, vielleicht aus wahnsinniger Lüsternheit. Sicher ist nur, daß sie beobachtet hat, wie er etwas ins Heu legte, und mitbekam, daß es etwas für ihn Wertvolles war; ihr Wissen gab ihr Macht über ihn. Ich kann mir nicht vorstellen, daß er ihr je gesagt hat, was es war, und das ist der traurigste Aspekt der Geschichte. Hätte sie gewußt, daß es eine Kurzgeschichte war, sie hätte das Ganze wahrscheinlich der Mühe nicht wert gefunden. Ich bin sicher, sie hatte noch nie von James Joyce gehört. Weiß Gott, was sie sich gedacht hat.«

»Ich habe die entsetzliche Vorstellung«, sagte Emmet, »daß sie ihn genau in dem Heu, in dem sein Schatz steckte, dazu brachte, mit ihr zu schlafen. Es muß dort gewesen sein, denn wo sonst hätte Bradford sie entdecken können? Vielleicht hätte er sie auch weder wegen der Geschichte oder wegen ihres Anschlags auf seine Keuschheit getötet. Vielleicht war der Gedanke daran, daß sie ihn mit ihren lüsternen Blicken verfolgte, während er in dem Heu suchte – denn er mußte ja suchen – mehr, als er ertragen konnte.«

»Wie immer es gewesen sein mag«, sagte Reed, »als Kate mir ihr Gespräch mit Molly schilderte, dem Mädchen, das Bradford liebt – da paßte alles zusammen. Es erklärte die Sache mit Lina, es erklärte so vieles.«

»Und auf dem Rückweg von Mr. Mulligans Party dachte ich«, sagte Kate, »er spräche von mir. Ich hätte wissen müssen, daß er niemals ...«

»Oh, ja, alles paßt, wenn man es so sieht. Emmet und ich waren einer Meinung. Aber es gab nicht den Schatten eines Beweises, keinen Hauch. Und was Molly dir gesagt hat, Kate, war wahrer, als du ihr gegenüber zugegeben hast. Bradford wäre, wenn man das Motiv bedenkt, das er hatte, überall des Mordes an seiner Frau beschuldigt und verdammt worden.«

»Darum hast du euer kleines Spiel mit dem Feuer inszeniert.«

»Es schien uns so am harmlosesten. Hätte es nicht geklappt, hätten wir nichts verloren außer unserem Gesicht – Emmets Gesicht –, und er war bereit, das zu riskieren.«

»Soll das heißen«, sagte Grace, »daß ein unbezahlbares unveröffentlichtes Manuskript von James Joyce eingepackt in eines von tausend Heubündeln im Dachgeschoß von Mr. Bradfords Kuhstall liegt?«

»Oh, ja, genau das. William hatte den Brief in der Tasche, als die Polizei ihn abführte. Das Manuskript hatte er versteckt, aber den Brief trug er bei sich. Darin stand nur: ›Hier haben Sie es, Lingerwell. Blooms erster Auftritt.‹«

»Ich kann kaum abwarten, es zu lesen«, sagte Emmet. »Meinen Sie, daß Bloom nur als Teilfigur des allgemeinen Niedergangs angesehen wurde, oder war er bereits Apostel der Liebe?«

»Ich möchte wissen«, sagte Kate, »was ich mit den viertausend Ballen Heu anfangen soll, die ich heute Mr. Bradford abgekauft habe. Wo lagert man Heu in New York City?«

»Ich hoffe nur«, sagte Emmet, »er gibt ab sofort seinen Kühen anderes Heu zu fressen. Stellen Sie sich vor, diese kostbare Geschichte im Magen – was sage ich –, in den vier Mägen einer Kuh, wo sie sich langsam in Dung und Mist verwandelt! Was für eine entsetzliche Vorstellung!«

»Trotzdem ein Ereignis, das Joyce gewaltig amüsiert hätte«, sagte Kate. »Man lese nur ›Ulysses‹.«

Epilog

Der Vorsitzende der James-Joyce-Gesellschaft erhob sich zu einem Grußwort.

»Meine Damen und Herren. Der zweiundsechzigste Jahrestag des Bloomsday ist vorbei«, sagte er, »und ihm folgt ein Ereignis, das so weltbewegend ist, daß man sich kaum etwas Großartigeres vorstellen kann. So unglaublich es erscheinen mag: Eine sechzehnte, eigentlich für ›Dubliner‹ vorgesehene Geschichte, ist entdeckt worden. Eine Geschichte, die wohl die erste ist, in der es um Mr. Leopold Bloom geht. Über die faszinierenden Details informiert Sie jetzt Mr. Emmet Crawford.«

Es gab Beifall, und viele Augen glänzten, in der Mehrheit männliche. Im Hintergrund saßen – unauffällig plaziert – eine Dame, ein Herr und ein kleiner Junge, der sehr zufrieden mit sich aussah. Emmet Crawford erhob sich.

»Danke sehr, meine Damen und Herren. Uns alle, dessen bin ich sicher, hat die gleiche Spannung erfaßt. Aber leider haben weder ich noch sonst jemand ein neues Manuskript von James Joyce in Händen. Was wir derzeit haben, ist vielleicht ein bißchen mehr als eine verrückte Hoffnung auf ein Manuskript von James Joyce. Was wir derzeit haben, meine Damen und Herren, sind viertausend – nein, seien wir akkurat, wie Joyce es gutgeheißen hätte: dreitausendzweihundertunddreizehn Ballen Heu!«

dtv
Crime
Ladies

Zelda Popkin:
- Rendezvous nach Ladenschluß (11559)
- Karrierefrauen leben schneller (11640)

Suzanne Prou:
- Die Freunde des Monsieur Paul (11251)
- Die Schöne (11349)

Joan Smith:
- Schmutziges Wochenende (11387)
- Wer wohnt schon noch bei seinem Mann (11466)
- Ein häßlicher Verdacht (11550)

Rosamond Smith:
- Der Andere (11370)

Hannah Wakefield:
- Die Journalistin (11542)
- Die Anwältin (11681)

Margarete Zigan:
- Möwenfutter (11684)

MordsFrauen (11377)

Alle meine Mordgelüste (11647)

Frances Fyfield im dtv

Schatten im Spiegel
Kriminalroman

Sarah Fortune ist jung, schön und erfolgreich – und sie hat rote Haare. Gegen Männer hat sie eigentlich nichts, aber sie hat was gegen Charles Tysall, auch wenn er der wichtigste und mächtigste Klient der Kanzlei ist, in der sie als Anwältin arbeitet. Irgendwie machen ihr seine Annäherungsversuche Angst. Tatsächlich – und bei der Polizei seit geraumer Zeit aktenkundig – scheint Tysalls Bekanntschaft speziell rothaarigen Frauen alles andere als gut zu bekommen … dtv 11371

Feuerfüchse
Kriminalroman
Deutsche Erstausgabe

Eines Tages findet man im Wald eine ermordete Frau. Der Verdacht fällt bei den Ermittlungen schnell auf einen jungen Englischlehrer, der mit der Toten ein Verhältnis hatte. Alle Indizien deuten auf ihn. Zu eindeutig, findet Helen West und beginnt auf eigene Faust zu ermitteln … dtv 11451

Im Kinderzimmer
Roman
Deutsche Erstausgabe

Katherine lebt in einem luxuriösen Haus, hat einen beruflich erfolgreichen Mann und zwei gesunde Kinder. Von außen betrachtet das vollkommene Glück. Doch sie fühlt sich den Ansprüchen ihres Mannes nicht gewachsen. Ein psychologischer Roman, der mit fast kriminalistischer Akribie den Ursachen für den Zusammenbruch einer »glücklichen« Familie nachspürt. dtv 11516

Dieses kleine, tödliche Messer
Kriminalroman
Deutsche Erstausgabe

Keine leichte Sache, wenn man sich als Staatsanwältin auf die Aussagen eines verurteilten Mörders verlassen muß. Nichts anderes aber hat Helen West in der Hand, als sie versucht, die wahre Schuldige am Tod von Sylvia Bernard vor Gericht zu bringen. Der eigentliche Täter ist zwar geständig, gibt bei seiner Vernehmung aber zu Protokoll, das Verbrechen im Auftrag einer Frau begangen zu haben … dtv 11536

Fay Weldon im dtv

Die Teufelin

Die loyale, aber leider ziemlich unattraktive Ruth erträgt lange die sexuellen Eskapaden ihres Mannes. Irgendwann ist sie allerdings mit ihrer Geduld am Ende. Sie dreht den Spieß um und plant einen Rachefeldzug. Das erste, was in Rauch aufgeht, ist das Eigenheim. dtv 11132

Herzenswünsche

Was Helen und Clifford aus der großen Liebe machen (natürlich eine Scheidung und diverse andere Dinge und noch eine Scheidung und die eine oder andere Karriere) und wie ihre verlorene Tochter Nell viel schöner und klüger wird, als es ihre Eltern verdient haben. dtv 11197

Du wirst noch an mich denken

Ein Mann und drei Frauen, die Geschiedene, die Neue und die Halbtagssekretärin – aus dieser nicht ungewöhnlichen menschlichen Konstellation macht Fay Weldon eine rasante psychologische Studie über Schein und Sein; mit einer Komik, die manchmal mörderisch ist. dtv 11225

Kleine Schwestern

Zusammen mit dem Antiquitätenhändler Victor, ihrem zwanzig Jahre älteren Liebhaber, fährt Elsa für ein Wochenende aufs Land. Der Besuch bei Victors reichen Freunden wird für Elsa zu einer Tour de force durch Liebe, Lügen, Sex und andere Ungeheuerlichkeiten. Aus Prinzen werden Frösche, und nichts bleibt, wie es war. dtv 11305

Frau im Speck

Aus einer von Wohlstandsspeck, Diätkuren und den üblichen Midlife-crises-Affairen bedrohten Ehe hat sich Esther in eine schmuddelige Souterrainwohnung geflüchtet. Was sie dort tut? Sie ißt, und zwar alles, was fett macht. Eine »beste Freundin« taucht auf und spielt den »rettenden Engel«... dtv 11378

Sterndame

Sandra geht mit ihrem Ehemann auf eine Party und verläßt dieselbe mit einem anderen. Das Pikante am vorliegenden Fall: Die Dame ist eine prominente Fernseh-Astronomin, der Gatte ein bekannter Anwalt, und der »Neue« Boss einer Jazz-Band, übrigens ebenfalls verheiratet. dtv 11426

Das Buch

Eigentlich ist Kate Fansler eine eingefleischte New Yorker »Stadtratte«. Und nie hätte sie sich träumen lassen, einmal einen ganzen Sommer zwischen elektrischen Weidezäunen und feuchten Kuhfladen auf dem Land verbringen zu müssen – und das auch noch als Oberhaupt einer höchst merkwürdig zusammengewürfelten »Familie«. Aber schließlich war es James Joyce, der Kate in die dörfliche Gegend von Araby gelockt hat, oder besser: der hochkarätige Nachlaß des verstorbenen Verlegers Sam Lingerwell. Allerdings kommt die Literaturprofessorin dann nicht recht dazu, die brisanten Papiere zu sichten. Denn kaum hat sie sich – nicht zuletzt dank ihres Freundes Reed Amhearst – mit dem Landleben arrangiert, strecken tödliche Schüsse eine Bauersfrau aus der Nachbarschaft nieder und zerstören jäh die Idylle. Die Polizei verdächtigt Kates Gäste, was für die resolute Akademikerin Grund genug ist, auf eigene Faust nach dem Täter zu forschen ... »Wie Amanda Cross hohe Literatur und einen handfesten Mord miteinander verbindet, das ist eine herzhafte, aufregende und erheiternde Lektüre.« (Margarethe v. Schwarzkopf im Norddeutschen Rundfunk)

Die Autorin

Amanda Cross (eigentlich Carolyn G. Heilbrun), geboren 1926 in New Jersey, lebt in New York, lehrt an der Columbia University und gilt heute als eine der anerkannten feministischen Literaturwissenschaftlerinnen. Mit ihrer Figur der Kate Fansler, Literaturprofessorin und Amateurdetektivin, gehörte sie zu den ersten der neuen »Thrillerfrauen«. In deutscher Sprache liegen derzeit außerdem vor: ›Gefährliche Praxis‹, ›Albertas Schatten‹ (1988), ›Eine feine Gesellschaft‹ (1989), ›Schule für höhere Töchter‹, ›Tödliches Erbe‹ (1990), ›Süßer Tod‹ (1991), ›Der Sturz aus dem Fenster‹ (1992).